风流草

喻莉娟◎著

光明日报出版社

图书在版编目（CIP）数据

风流草 / 喻莉娟著 . -- 北京：光明日报出版社，
2012. 12（2022. 9 重印）

ISBN 978 - 7 - 5112 - 3732 - 3

Ⅰ . ①风… Ⅱ . ①喻… Ⅲ . ①散文集—中国—当代
Ⅳ . ①I267

中国版本图书馆 CIP 数据核字（2012）第 303518 号

风流草

FENGLIUCAO

著　　者：喻莉娟

责任编辑：钟祥瑜　　　　　　责任校对：张明明

封面设计：中联学林　　　　　　责任印制：曹　净

出版发行：光明日报出版社

地　　址：北京市西城区永安路 106 号，100050

电　　话：010 - 63169890（咨询），010 - 63131930（邮购）

传　　真：010 - 63131930

网　　址：http：// book. gmw. cn

E - mail：gmrbcbs@ gmw. cn

法律顾问：北京市兰台律师事务所龚柳方律师

印　　刷：三河市华东印刷有限公司

装　　订：三河市华东印刷有限公司

本书如有破损、缺页、装订错误，请与本社联系调换

开　　本：710×1000 毫米　1/16

字　　数：279 千字　　　　　　印　张：15.5

版　　次：2012 年 12 月第 1 版　　印　次：2022 年 9 月第 2 次印刷

书　　号：ISBN 978 - 7 - 5112 - 3732 - 3

定　　价：68.00 元

我用我的脚步，行过风流贵州
我用我的拙笔，抒写多彩高原
——这，就是我的贵州风流草

乡愁——是那说不完的家乡事，道不尽的故里情

（在第六届海内外华语文学创作笔会颁奖仪式上的发言）

（代　序）

对于我来说，"我的家乡"是一个复杂的词组。我的祖屋在那"美在农家，乐在农家，学在农家，富在农家"的余庆，我曾几次返乡，都是因为"文缘"，我的散文《积善之家必有余庆》发表在九州出版社出版的《迈向新农村》下卷《真情大散文》；我的出生之地，是贵州省城贵阳；而我成长于斯，成熟于斯的，却是一个名字叫务川的边远县城。

传说天上掉下一块陨石，人们叫它务星石，务川因而得名。这是老一辈人们告诉我们的故事。这是一个似是而非的说法，就好像那"蛋生鸡还是鸡生蛋"的古老谜语，从这故事里，其实你不能确定是因务星石而命名务川呢，还是因务川而命名务星石。但不管怎样，这在我的生命中，却是一个具有象征意义的美丽传说。当我终于从一个天真烂漫的女孩蝶化为一个成熟的园丁时，我又回到了省城贵阳。于是，在我的心中，我蹀蹀躞躞度过了16年青春岁月的务川，又成为我的"乡愁"之地。

无论是余庆，还是务川，它们都处于名扬天下的遵义。

于今，在省城谋生的我，回望这片美丽的土地，我认为，我与

她结下血脉之缘，更与她有不解的青春之缘，正是我的福分。

从小，我生活在那片风景如画的山山水水中；从小，我感受到那里多民族的风情；从小，我就了解到那么多丰富的红色文化……这为我今天能去写一点什么东西的时候，提供源源不断的创作生命源泉。那里有说不完的家乡事，道不尽的故里情。

家乡的红色故事，永远激励着我。遵义会议、娄山关战役、四渡赤水……多少壮美的故事，流芳的诗篇……

家乡的多民族风情，永远感动着我。苗族、土家族、仡佬族……民族风情万种，形成多彩多姿的文化。探不完的秘密，写不尽的风情。

更有那来自于家乡遵义的国酒茅台，连接着那神奇而英勇善战的长征红军，蕴含了多少历史文化意义……

家乡的美太多，毋庸置疑，生活在这样的地方是幸福的。但对我来说，也难免形成一个"审美的压力"。我总觉得，作为一个"文学女人"，美丽的家乡总在召唤着我，召唤着我手中的文学之笔。也曾，我以家乡小城镇文化为背景，写下了长篇小说《卉卉》，有作家报，贵州日报等十家报刊发表了评论。我描写家乡特殊地质风貌，特殊时代文化，家乡人民特殊生活状态的中篇小说《崖窝》，获大众文学百花奖；发表在2010年《山花》上的中篇小说《石轱》，描写了家乡人特殊的精气神，获第六届海内外华语文学创作笔会二等奖；短篇小说《公务员》，描写在今天经济浪潮中嬗变的家乡人，获《小说选刊》首届笔会短篇小说奖。我的散文集《水灯载去我的祝福》，被网友称为"一本让贵州人自信的书"，是我走遍家乡和贵州40多个县市写出的山水游记散文。

我还想告诉大家，我度过16载青春岁月的务川，是我的文学启蒙老师，也是我的公公——寿生先生的桑梓之地。寿生在20世纪30年代，是胡适的"门生"，也是好友，寿生的几十篇时评和小说，被胡适推荐发表在"向不登文学作品"的《独立评论》上，并推荐给年轻的作家以资借鉴（见人民文学出版社《胡适文集》第三集，给陈企霞的信）。寿生对我的最大希望，就是有一天，能够用文学的笔，描写文化的家乡。

于是，我愁，愁我难以用笨拙之笔，诉说我那说不完的家乡事，道不尽的故里情。如今，我工作在省城贵阳，心却常驻于三百里之外的故乡，以致我"夜夜乡山梦寐中"（谢榛《四溟诗话》语）。

但是，今天在这里，在大家的创作精神激励下，我愿意在文学之路上不懈地行动，继续以文学之笔，解我永远之"乡愁"。正如存在主义哲学家，诺贝尔文学奖得主萨特所说：行动吧，人在行动的过程中就形成了自身，人是自己行动的结果，此外什么都不是——我愿把这哲学的话语，作为我文学行动的琵琶之声（注解：葡萄美酒夜光杯，欲饮琵琶马上催）。

最后，祝大家在坚守文学的写作行动中，完善自己的美好人生！

谢谢大家！

目 录
CONTENTS

序 篇

贵州风流草（三章）

（收入大众文艺出版社《2011 我最喜爱的散文》）

一、神秘生命之药与北侗人

玉屏朝阳寨，是贵州唯一的北侗聚居之乡，传说这里有一种神秘的草药，你会觉得那只有神话传说和武侠小说中才会出现。有人告诉我说："玉屏侗寨有根药，生男生女由它说！"真有这么神吗？难以想象。如果真是这样，计划生育就好搞得多了。在农村，不知道有多少户人家就为了生个男孩，已有了三五个女孩还在东躲西藏的超生，这是因农村的经济状况而导致的陈旧陋习所致，地方政府为难，农民们却也感到难啊！但这个问题，在玉屏朝阳侗寨的确不是一个问题。一个神秘的现象，据说是古已有之。据当地的文老支书说："打洪武年间，我们文姓就安居在这里，自古每家的小孩都是一男一女。现在我们文家村，有 7 个村民组，225 户，865 人，平均每户不到4人。"

直到今天民间流传或现实"存在"的一些事况，人们往往只能看到现象，但要想深入了解其内部真相或者对它作科学的解释，还难以办到。因此，这样的现象就有了神秘性。这样的现象只能在一定范围的人中间有所了解而不能外传，其神秘莫测的真实信息，不是什么人都能够享有知情权。这就是神秘之源。

朝阳侗寨，距玉屏县城不过十多里路，却山高沟深。村寨是侗族群居的典型，依山傍水，吊脚楼、回廊杆栏式的建筑。先是沿河而行，河面不宽，水深不足三四尺，用"清澈见底"来表达，只嫌俗气；用毛泽东的"鱼翔浅底"，方才描画到位。两岸群山被厚厚的植被覆盖，院落就在竹林树海中，真是一个宁静而悠远的世外桃源。我曾经和寨子里两个八九岁的小孩子有过这样一段对话："大人呢？""爸爸、妈妈他们都出去做活路去了。""你们这里家家都这样干净，一个寨子就跟公园一样，是谁打扫的？""谁打扫？"他（她）们觉得这问题有些好笑，"我们从来就是这样的！不知道谁，都打扫。""你们的门怎么都不用门闩，不上锁，不会被人偷吗？""……不会！""你们有几姊妹呀？"两个小孩都说："两姊妹！"一个说还有一个姐，一个说还有一个弟。很有意思，这就和传说主题有些靠拢了。

当然，从他们的眼里，可以看出他们对这样一些问题有点感到奇怪。于是，我提议给他们照相，他们脸上的微笑虽然显出有些腼腆，但却很快拿起他们的铁环，唤着他们的狗，走到我们的面前，做出各种姿势，大方而纯真，真是可爱。

尖坡，是朝阳村的一个村民组——尖坡就是尖坡，只要你去爬一爬"尖坡"，你就会感受到它的"尖"，不爬得你汗流浃背是不算数的。村子，就在最高的"尖坡"上。这里的农家大嫂，能够一面给客人敬酒添饭，一面给客人唱本地的山歌，虽说是侗族人，却是用的汉语，当地的汉化程度已经很深。当你问她们的"家庭组合"

情况时，她们会告诉你，都是两个小孩，一男一女。但如果你问她们是不是有"一根药"的时候，她们就笑而不答，这可是真正的"文化秘密"。

据说密方——即那"一根药"，只传媳妇，不传儿女。世代相传到如今，就是没有外人能知道，越传越神，更难找到科学依据。但文老支书证实："我们这里两个女孩的只有一户，其他的都是一男一女，现在村里有十多户就一个男孩，也不再生了。""我们这里的社会治安好，可以说是'夜不闭户'，在这里，十多年没有一个矛盾送到乡镇，更没有一个刑事案件。可以说是矛盾不出寨门。省里经常有领导来考察！"

我曾经对朝阳侗寨有过几次考察，但考察的结果，对于到底有没有这样一根药，他们从来不正面回答。当然，这是一根什么样的药，更是无从解开的谜了！

但是，这里的人与自然是如此的和谐，人与人是如此的和谐，他们的思想境界是如此的高，尽管他们拥有这样一根神秘的"药"，能够左右自己生男生女，但他们却世世代代保持着"一男一女"古老而现代的文明。这是我们中国的学者早就提出而未能实现的梦幻目标。不管怎样，我的考察结果也是最令人满意的结果罢。

二、龙里大草原上的花红茶

中国的"茶"，是很有意思的，品种之多，恐怕是难以说清楚的。同是"茶"，因为不同的地域，就会形成不同的茶品；同一地域，因茶株的品种的不同，也可以形成不同的品种；同一品种的茶株，因加工方式不同，又可以形成不同品种的茶叶。

另外，其实很多植物都可以制作茶叶，形成多种多样更有意思的"茶"品。比如说"银杏茶"、"绞股蓝茶"等。而龙里大草原，拥有一种别致的茶品，它有一个美丽的名字——花红茶。

花红茶，首先要说的是，它是在龙里大草原这样一个高坡台地上自由生长的"茶"。龙里草原"高坡台地"，坡上是台，"台"上即是宽阔的大草坪——有王寨坪、五里坪、掌舍坪、亮山坪……十几个草坪，相连而形成一个起伏连绵60平方公里的大草原。大草原，随着四季的变换展现着它不同的美，天地宽广空旷，给人带来无限的遐想，使人的胸襟显得更为宽广。那是大草原给我们的美。但台地之下的"坡"上有什么呢？不高的灌木夹杂着些高高的草，不如猴子沟里的参天古树，也没有大草原上的如茵绿草，但秘密却就在这台地下的坡草中。

距大草原鹿园度假村不远处，有两个寨子。这两个寨子，是明洪武年间"调北征南"时，岳飞的第五代孙岳乾作为镇南将军，带领人马，在这里发展起来的。两个寨子的人全姓岳，没有杂姓。相传都是岳乾的后代。岳家寨内还有岳家祠堂的遗址——现在是一所新建的不错的小学；周围的几个山头，是岳乾祖及后人们建造的营盘——马峰营、英农营、英堡营……对面就是鹿园渡假村的台地。

我们从马峰营往鹿园渡假村走去，一路上，都是那种低矮的灌木，高一米左右，一簇一簇，长得十分蓬勃，蓬勃的枝头上，从头到脚长满了小叶子。小叶子就跟红籽树细小油绿的叶子形状差不多，却是软软的，有一层白白的绒毛。这种叶子放在嘴里嚼嚼，开始有点苦，慢慢地咀嚼慢慢地回甜，非常解渴。常年在山上的人，没有水时，渴了就嚼几片叶子，非常管用。因此，这里的人们就用它来做茶叶，把叶子放在开水锅里过一转，捞出来晒干就行了。岳家寨的女人们说："我们每年都要给贵阳的朋友准备好多'花红茶'，清热解毒，他们都喜欢！"这种美丽的野草制作的"茶叶"，有一个十分美丽的名字：花红茶！我曾经在龙里大草原的岳家寨尝过这种花红茶叶，放一片在嘴里慢慢地嚼，慢慢地嚼，果然，那回甜回甜的草味，十分悠长……

三、三都"风流草"

有一次，一个朋友告诉我，他见过一种神奇的植物，叫"风流草"，是一种闻歌起舞的草。就在我省三都县境内。神奇的植物，引起了我极度的好奇心。

我查找有关植物的资料，却没有找到"风流草"这个名称。朋友知道我对"风流草"的这般兴趣，特地到三都"瑶人山国际森林公园"的拉揽林场，找到了一点有关"风流草"的资料。资料云："'风流草'（学名待考）。瑶人山上生长着奇特的一种草本植物，植物高60～80厘米，枝丫繁多，偶数羽状复叶，单叶片宽1厘米，长5厘米，呈嫩绿色，奇特的是每当有青年男女在它旁边互唱情歌，草叶便会互相摆动地翩翩起舞，当歌声激昂时，每对叶片竟会完全合拢，就像一对恋人相互拥抱，看上去十分亲密。而当歌声停止，它的枝叶也慢慢舒展，恢复常态。"

我问他为什么不给我挖一株来栽植。他笑了起来："这是能随便挖的吗？"当然，我也笑了起来，我不过给他开一个玩笑，表达我希望见到它的愿望而已。

没有想到，一个机会，我竟然来到了瑶人山，见到了风流草。

瑶人山国家森林公园，位于三都水族自治县都柳江畔，距县城约12公里，总面积5431公顷，主峰海拔1565米。境内原始森林保护完好，是天然的植物基因库，有多种国家一、二级保护植物。风流草是这里的一种奇特的植物。

乘车沿都柳江而行，进入拉揽乡林场后，便徒步而行，进入了瑶人山的原始森林。拉揽乡林场的一个女工小吴给我们充当临时向导。

瑶人山的自然风光的确是"以林风郁，以谷显幽，以水见秀，以雾见神，古木参天，浓荫蔽日，藤蔓交织，林下阴暗幽深，落叶如毯。"应接不暇的景点，各种奇特植物扑面而来。但就是不见"风流草"。我着急了，问小吴为什么不见"风流草"。她告诉我说：你不用急，我们现在只是在山脚，"风流草"多生长在半山，山脚是见不到的，进入森林的深处后，上到半山，就会有机会了。我们继续向山深处探索而行。越往深入，路越艰难，有的地方根本就没有路。正当我们觉得无路可走的时候，森林外却出现一条小河，河对岸一座陡坡的半腰，却是林场的小公路。

于是，我们从一根横倒在小河之上的巨树上越过了小河，从密密的茅草丛中迤逦而上，登上了小黄泥公路。我站在路边的石头上，望着远处一片错落有致的茫茫林海、萦绕在林间玉带般的云雾，想象不知风流草躲在哪片云雾下面。正是思绪飞舞的时候，小吴大声喊道：快来呀，"风流草"！她的声音还没消失，我们已经急急地冲了过去。

小吴笑了说：

"不要动它，快唱情歌！"

这一下可把我们几个同伴都难住了。情歌不是说唱就能唱的，没有那个氛围，就唱不出来。大家红着脸对看了片刻，都期待别人开口。小吴灵机一动，掏出了她的手机，拨响了音乐。大家围着风流草，屏住气，生怕惊扰了它。只见草上相对的叶子慢慢的合在一起，那动作真像拥抱在一起的一对情侣，的确有些"风流"。有的"动作"较大一点，就有了跳的感觉。小吴说，云南世博会的"跳舞草"，其实就是从此地引去。却为人家出尽了风头。

寻找风流草，经过了这大半天的周折，却在"曲终人散"之时终于见到了它。真是"众里寻她千百度，那人却在，灯火阑珊处"……

走过贵州三关

贵州是一个层峦叠嶂的山国，山重山山山相望，关联关关关比肩。"关"是古往今来的通衢要塞，不知在这些关塞发生了多少事件和故事，因此，"关"，更是历史的见证。

贵州有多少关，那是难以统计的，可著名的关，就是三个，那就是娄山关、胜景关、七星关。贵州有远古而灿烂的历史文化，根据考古学家的考证，北京周口店、山西西侯度和贵州黔西观音洞，分别代表中国旧石器时代早期的三种文化类型。春秋战国时代，当西南地区许多族群处于"随畜迁徙，毋常处，毋君长"的状况时，夜郎人却已进入了"耕田、有邑聚"的阶段。秦始皇为加强对西南夷的经营，略通四川经贵州威宁抵云南的"五尺道"；汉武帝"开三边"，派唐蒙通夜郎，随之设郡县。贵州历史文化是如此远古灿烂！它给我们留下了神奇秀美的自然风光和绚丽多姿的民族文化。你踏上贵州的关，你会在心里慨叹，贵州的"关"，完全是贵州奇特的自然风光和独特的历史文化的集中展示。

我有幸走过了贵州著名的三大名关，悠久的历史文化和迷人的绮丽景色，久久地打动着我的心灵。

一、再上娄山关

古诗说，"秦时明月汉时关"，在贵州，遵义桐梓县的娄山关不但在全国有名，在世界，恐怕也算"蜚声"。

娄山关的知名度，从何而来？来自于 1935 年红军在这里的鏖战。四渡赤水，二攻娄山，红军大获全胜，展示毛泽东用兵如神的军事天才。从此"赤水河"，"娄山关"成了传统教育的圣地。更来

7

自于毛泽东在娄山鏖战结束，远望苍山夕阳，写下千古名词《忆秦娥·娄山关》，他把博大的胸襟，美丽的画卷留在了这里——"雄关漫道真如铁，而今迈步从头越。从头越，苍山如海，残阳如雪。"给后人留下了无限的怀想，不尽的追忆。

，人们常说"登山""登山"，第一次上娄山关，我们真的是"登"上去的。那是三十多年前的事。我们一伙县宣传队的少男少女，到遵义汇演之余，尽管对娄山关什么都不了解，就因为背得最熟的毛主席诗词中有著名的《忆秦娥·娄山关》，我们无论怎样也要去那里看看。我们乘着解放牌大卡车，一路欢歌一路笑地赶到娄山关山脚下，汽车不能走了，上山的路在维修，我们只有走路上去。这段路程不短，但修了公路，已说不上险。但因我们是抄小道，陡险之处也时有出现。不过既有红军攻打娄山关的精神激励，一帮少男少女在一起，也不知何为困难。我们直走小路，把曲折盘桓的公路远远地甩在了脚下。登上山来，指点之间，仿佛听到红军当年攻打娄山关时的冲锋号再次响起；仿佛听到"西风烈，长空雁叫霜晨月。霜晨月，马蹄声碎，喇叭声咽；雄关漫道真如铁，而今迈步从头越。从头越，苍山如海，残阳如雪"的激越歌声。

前不久，再到娄山关。这时，我对娄山关有了进一步的了解。据《桐梓县志》记载，唐朝时镇守本关的两将领，一姓娄名珊，一姓梁名关，因得名"娄山梁关"，后人习称"娄山关"。这里是千百年来兵家必争之地。遵义是播州旧地，从唐杨端入播，明李化龙平播，到清吴三桂入黔及其后反清等大战均于此鏖战。

传说有名的大诗人李白也曾经到过这里，留下诗篇。据说唐肃宗李亨至德二年（公元757年）李白因永王璘称兵失败连坐，被流放到今天的桐梓县夜郎乡，从此经过，见此天险，想到他自己的遭遇，愤愤不平，借诗抒怀。据《遵义府志》上记载，有五绝《题楼山石笋》，作者李白，后收入童养年所编的《全唐诗续补遗》："石笋如卓笔，悬之山之巅，谁为不平者？与之书青天。"有学者认为

"楼山"是"娄山"之误。李白是否到过夜郎，这首诗是否就是李白写的，如需定论，那就只有去请教李白。而史学界的争论，一说到过夜郎，其证据之一就是他写下了三十多首有关夜郎的诗；一说未到，那次流放他走到巫山遇赦得释而返。各自都有理由。而我，当然倾向于到过夜郎之说。一从这首诗的风格来看，近似于李白；二从我内心的意愿，我当然希望李白到过此地。

同样是面对大娄山，李白与毛泽东的心境完全两样。他翻越娄山，是那样的艰难，那样的孤独，那样的郁闷，不可能有"雄关漫道真如铁，而今迈步从头越"的豪迈情志，也难以体会"苍山如海，残阳如雪"的恢弘景象。他孤零零的，只有怨恨与不平，只能写"夜郎万里道，西上令人老"。因此，即使友人过黔，他也只能是"我寄愁心与明月，随君直到夜郎西。"当他艰难地翻越娄山关时，凝望山上大石，一定在仰望高天，俯瞰群山之际，高声长叹"谁为不平者？与之书青天"。面对同一事物，同一景况，不同的人却有不同的认识，不同的文章，不同的诗篇，这就是写作的主观性，人的世界观，人的胸襟性格，人所处的时代，人的遭遇等，决定了写作的特色。再登娄山关，对此道理，加深了感受。

李白在这里"题石笋"，其蕴意竟可析为两层。这一带到处是擎天石笋，托地石峰，娄山关主峰就叫"笋子山"。"笋子山"，一说山高如笋直上云天，一说群峰上生长着许多竹子，春回大地之时，竹笋遍地。这里每年要出几百万斤毛竹，几十万斤鲜笋。娄山关的方竹笋很有名，是娄山关镇的一大特产。我没有忘记要买几合带回去送给亲戚朋友。这算是此行的物质收获。

我还特别看了娄山关毛泽东词碑、遵义战役纪念碑和新开放的娄山关溶洞，还认识了当今两位书法大师的墨宝。关口右侧一面的石壁上镌刻"娄山关"三字，是号称"国内一支笔"的中国书法家协会主席舒同书所书；而纪念碑上，描写娄山关战役的诗，是酷爱书法的前国防部长、书法家张爱萍将军所写。这里集中了几个当代书法大师——毛泽东、张爱萍、舒同的作品。再上娄山关，真的是不虚此行。

二、滇黔锁钥之胜景

"滇黔锁钥"胜景关。走在关口的这条古驿道上，见到的是不平的路面，是夹道两山的沧桑。

有谁，能真正触摸到这里曾经的过去？远方苍茫，来路已远。除了一个个模糊的秋收庄稼人的背影，昔日的功名与荣誉、辉煌和骄傲，早已零落成泥，化作尘埃。战马嘶鸣，刀光剑影的那份悲壮与豪情，也早让位给日出而作日落而息的琐碎与平凡……

人们是否还记得这个贵州的西大门——盘县，与云南的富源县接壤，素有"滇黔锁钥"之称。这里有着悠久的历史。1998年，在盘县新民羊圈村发现了距今约有二亿三千万年的鱼龙化石，显示着这里曾经是一片汪洋。1992年开始发掘的盘县珠东乡十里坪村的盘县大洞，是旧石器时期的文化遗址，距今有近30万年的历史，可见在这块土地上，30万年前就有了人类的活动。年轮变成了山峦，叩问这里的历史，它是那样的清晰。

从秦汉的历史记载，可以看到，这里就曾设置设郡县，称盘州、普安路等，先后隶属于云南、四川、贵州等省。"民国"二年（1913年），盘州始称为盘县。盘县这块历史悠久，富饶美丽的土地，经过了千百年的风霜洗礼，留下多少美丽而神秘的自然风光，多少引人探寻的历史遗迹。这里有大自然馈赠的"盘县碧云洞"，幽深而神秘；有"盘县丹霞山"，都说朝佛的人们往往可以见到这山上的佛光。这里还有范家大院，据说范兴荣揭开了贵州小说史的第一页；还有张家坡上的张道藩故居，这里有中国话剧的"先声"之一者。这里更有"九层楼"里的红军盘县会议，才有红军走向胜利的决议，这里留有多少红军的精神。这里还是全省经济第一的大县。

回看眼前，月已挂西，农人赶着的牛车已在古驿道上走远。留下胜景关，这里的文化是那样的神秘，它是集天界、地界、水界、气候界、关驿界为一体的胜景关。今天随着现代化的高速路从其脚下而过，关隘，就再没有昔日车水马龙的繁华景象，但胜景关留给人们的是那沉重悠久的历史，引人无尽的思考。

最让人驻足的还是那清风亭。清风亭，为纪念清代平彝（今云南富源县）县令孙士寅而立，亭内有鬻琴碑。孙士寅这个浙江钱塘人士，康熙四十五年到康熙五十一年在这里任县令。县令这个父母官，孙士寅做得就跟父母一样，爱民如子，为官清廉，深受百姓爱戴。人们一直传诵这样一个动人的故事：说他到这里做县令时什么都没有，只有古琴一把，在这里做了六年的县令，离开的时候，更是一无所有，返乡盘缠也没有，无奈之下，将其珍藏半生的古琴卖掉。百姓见此情形无不涕下，自发成群为其送行，依依不舍十数里，一直送到胜景关。后来人们为了纪念这位他们爱戴的县令，立下了"遗爱碑"，后来改为"鬻琴碑"。它永远立在这胜景关的古驿道旁，上面写到"来携此琴来，去鬻此琴去，伤哉廉吏，来不可为，几载山城空吒驭……"他的精神感动了一代又一代的有志有识之士。碑亭在后来的纷繁岁月中多遭破坏，又经修复。据说，云南电视台以此为题材，拍了一部反腐倡廉的电视连续剧《胜景关琴缘》，后改为更为通俗的名字《草鞋县令》。

胜景关，古驿道。在这里有多少名人从此往来，留下历史的脚印。明代的旅行家徐霞客从这里走过，考察滇黔山水。明代四川唯一的状元旷世奇才杨升庵从这里走过，民族英雄林则徐从这里走过。在这里他们留下多少传奇故事，传诵不已。更重要的是1936年3月27日，红军从这里走过，那是红六军团，从富源县的后所，经胜境关进驻亦资孔，当日下午，红二军团占领盘县城，设总部在县城武营楼（九间楼），在此召开了具有重要历史意义的会议——盘县会议。由贺龙、任弼时、关向应等率领的红二、六军团在"九间楼"

召开了军委分会会议，会议审时度势，放弃在盘县一带建立滇黔边革命根据地的计划，执行红军总部的指示，4 月 2 日红军撤出盘县，西入云南省，抢渡金沙江，与红四方面军会合，共同北上抗日。这次会议对三大主力会师西北结为一体，对实现第二次国共合作，具有重要的历史意义。这里留下多少红军的故事，在一辈辈的农人口中，一代代孩童心里传诵。

我站在关口上，回望历史。农人的牛车从暮色中返回，渐行渐远了，远处的胜景关，身影也渐渐模糊……

三、一个人的七星关

来到毕节七星关，我感到很幸运，也很激动！因为在这里，我完成了踏访贵州三大名关的历史之旅。

贵州的三大名关，我已经走过两个。今天终于踏上了第三个，怎么不叫人激动呢！贵州的三大名关，一是遵义娄山关。娄山关山道盘桓，山峰千奇百怪，满山毛竹，十分险峻。红军长征时期曾在娄山关进行过两次激战，毛泽东留下著名诗词《忆秦娥·娄山关》——"西风烈，长空雁叫霜晨月"。据说当年李白被贬夜郎，曾经过此地，留有诗篇《题楼山石笋》。二是盘县的胜景关，那里是云贵的分界线，以其特殊的地理位置而闻名，红军也曾经在这里激烈战斗，留下历史硝烟。胜景关古驿道保存完好，留下过去时代商贾马蹄的印记，更有文人骚客留下的不朽诗篇。

还有一关，就是七星关了。七星关在毕节市杨家湾镇和赫章县平山乡交界处，距毕节市区 45 公里，是古时通往川、滇的咽喉要道之一。这里是乌江河的上游，当地人叫六冲河。只见两面崇山峻岭，谷底河水滔滔。

来到七星关，我就悄悄底脱离了"大部队"，我觉得这时候需要的是一个人去感受。徐志摩在他的散文《再别康桥》中就说过，你要知道一个地方的真，你得与它有"单独"的机会。我一个人单独缓行，慢慢体会这七星关"本真"的韵味。

站在七星关高处，眺望对面山脉，只见山脉顶上一个个小山包，错落有致，远望就似天上的北斗七星。相传三国时期，诸葛亮南征，到这里，见此滔滔江水和险要雄关，面对对岸的七星山群，搭台点灯祭旗，当七星灯亮，对面的七星山群也变得透亮。诸葛亮七星坛祭祀，那是传说而已；但我所看到的七星山，造物主是那样的神奇，你会感觉啊，是否这就是天上北斗星的化身呢？而据当地人说，七星山外"还有一个外七星"，我向群山的更遥远处，眺望寻找……

一个人沿古驿道走行，抚摸着石地上那如碗一样深凹的马蹄印，似听见千百年来这里来来往往，马帮的铃声，听见一次次攻关守关战斗中战马的嘶鸣。自古以来，七星关就是川、滇、黔交通要冲，历来为兵家的必争之地。古驿道崖边，著名的七星关刻石摩崖，有的依稀可见，而有的年代久远早已模糊不清，路边上，有一个岩洞，也许就是当年人们行走于此的憩息之地。

一个人远望六冲河三桥一线，七星关三桥形成一道独特的风景，有人说，这里可算是贵州省桥梁博物馆之一。自明朝永乐年间架设七星关浮桥以来，历朝历代，从竹索到铁索，从木架到钢架，从木桥到钢筋水泥桥，同一段江面上保留下来的三座桥，竟成为桥梁变迁历史的风景。1939 年修筑川滇公路，建石礅钢架桥，上铺木板作桥面，现桥面虽然不存，但两岸的桥墩却仍巍然矗立在江边。1965年，修建六孔石桥，虽有些破旧，也还是雄姿依旧。2002 年，动工修建了宏伟壮观的现代钢筋水泥大桥。据说还有那即将修成的第四座大桥。四桥并立在六冲河这一线江面上，形成贵州高原的桥梁史的实物展示，具有丰富的文化内涵。慢慢地走过这一线三桥，仿佛走在时间隧道上。

一个人在六冲河边，静静地坐在磐石上，看着河对面的水文站，有人在上上下下，那是他们在监测这乌江上游的水势。今年春季的雨水不多，河里的水不算大，不过它还是有滔滔之势。看着江水，我好像看见当年红六军团政治部主任夏曦在涉水过河，在急促的江水中起伏挣扎，渐渐不见身影……那是在 1936 年，红军到来此地，江桥被毁，3 月 1 日，夏曦涉水过河，去动员已改编为贵州抗日救国军第一支队的席大明部随红军北上，不幸溺水身亡，成为红军长征途中最高职务的罹难者。现在的岸边耸立的夏曦墓碑，萧克上将亲笔书写"夏曦同志之墓"。当年的硝烟已成过去，而这里留下多少红军的故事，这块土地上洒下多少烈士的鲜血，却是永远的风景。

如今，两岸山坡上多种红樱桃，我独自坐在三桥最高的桥下，古驿道光滑如玉的青石之上，好像看见每年的四五月，樱桃挂果，好像一簇簇红玛瑙，是那么的鲜美可人……

行过壮丽黔山

空 山

　　到普定化处乡，首先要去的就是——空山。去空山的路上，我想起了"空山不见人/但闻人语响/返景入森林/复照青苔上"、"空山新雨后/天气晚来秋/明月松间照/清泉石上流"、"人闲桂花落/夜静春山空/月出惊飞鸟/时鸣春涧中"等画境诗。王维写山喜欢用一个"空"字，来表现一种宁静与旷达、安静与舒适，人的神宁气静，山的幽深静谧，从而展现出人与自然的和睦，人在大自然中得到了彻底的放松。他诗里写的"空山"是一个虚境，并非指的是那一座山，他可以是你见到的任何一座山，也可以是你的精神上、思想中的任何一个山，他的理想之山。

　　而化处的"空山"却是一个具体的、实在的山，如果你没见过，是在精神上、思想中不能构建的。说来具体实在的空山我也见过，多年前，在辽宁本溪，开会之余，游览了他们的"响鼓山"，一个巨大的土山丘，上面基本上没有树木，在上面用力踩打，会听到咚咚的打鼓声音，走在山上的人都在做这个事，不过好像互不干扰，每个人都有成就感，很认真地、惬意地在那里体会大自然的奇妙。根

15

据地质学家的考证，整个山的下面全是空的，当地人也叫"空山"。

我们正说着这个地方的巧，乡里的领导指着前面说，"你们看，到了，就是它。"我看到了他所指的那个"它"，完全就是一个巨大的艺术品。我想它可能是玉皇大帝家的木鱼，不知那年那月掉在这里了。它那有变化的半开半合的嘴里，还有并不完整的牙齿，分为上下两层。也就似一只巨鲸的头，你可以从不同的角度去发现它的鼻子眼。

它就在化处镇上。这里的山都不高，也就不过三十来米，方圆也就四五十米。它明显地分为两层，每一层都有一排溶洞，大小不一，形态各异。它通体是石，但上面时有灌木、树丛装点。山脚边有几户人家，说是祖辈就住在这里。我们自然会问到化处镇为什么叫"化处"这样一个具有禅意的地名。他们告诉，传说很久以前，有一将军造福于此，老百姓五谷丰登，岁岁平安，将军功德圆满，在空山对面的一个叫屯上的小山上，面对空山坐化而登仙，人们后为他建了一座寺庙——仙人寺，"化处，化处，仙人坐化之处！"我认为它是一个诗意的名字。

我们从人家走出，谢过了主人家的凉茶，顺着他们的后院，沿着一条小道走进了空山。"空山"，它不是王维笔下的"空寂"，也不是本溪那能敲响的大空洞；也不是以织金洞为代表的贵州大溶洞。有人说玩过织金洞，不能再玩洞，这个话有一定的道理。但，我要说，"空山"不是指山，也不是指洞，山是小石山，洞是洞外穴，我认为对它最恰当的说法是——天然楼台。它半山腰上下两排不规则而相连相通的洞穴，就是最妙的二层楼台。它仿佛是江南水乡一个十几家人共住的连体歌榭楼台。

我们从"楼台"走过，看过了这里的"一家家"、"一户户"，同行者在设想，这里可以安放音响——唱歌；这里可以垒起七星灶——喝茶；那里应该摆上八仙桌——玩牌；那里应该挂两张吊床——小憩。我们只是沿"空山"楼台上下两层的"各家各户"考察了一遍。上下有通道，进出也就很方便。

洞穴向纵深发展，天地突然变宽，但因尚未开发，里面很黑，我们不敢再往里走，带路的乡干部说，他们也从来没有进来去，只是听说有人进去过，说是可以从另外一面出来。尽管他这样说，我们一行六人都无准备，还是不敢往里走了，都说，留点遗憾吧，下次我们全副武装，带上现代化的武器再来。走下空山，回头看着那天边的"木鱼"，东海的"巨鲸之头"，江南水乡的"联体楼台"，有人突然吟诵王安石的《游禅山记》中的句子，"世之奇伟、瑰怪、非常之观，常在于险远……"

楼台试似的空山，虽然我们未涉险远，但它的的确确，就是神奇之极的非常之观！

笔架山

笔架山，就像桂林漓江上的象鼻山及很多以形象命名的山一样，名字就告诉了它的形状。不过在没有亲眼看见的时候，在每一个人心中的想象，它肯定是不一样的。只有亲眼得见后，才能体会它的形体上的壮观和意蕴上的深刻。你只有用心与它交流，才能感受它的灵性。

作为文化人，到三穗不能不拜笔架山。怀着这样的信念，迎着公路两边田地里青青的麦苗、黄黄的菜花、多变的山石、多情的溪水，我们驱车前往笔架山。车窗外不时有新奇的景致。远远的，如黛小山上，不时有三两株李花和桃花。桃红李白镶嵌在葱绿的山冈上，如国画像油画，虽是野花几树，自有一番韵味。初春的自然，年年岁岁景一样，岁岁年年情不同。正想着，带队的说：到了，到了，看前面路边就是这里的乡干部，那就是笔架山。

几个乡干部，还有一个90岁高龄的老人在笔架山前的公路边等候我们的到来。老人家年岁虽高，人却很清楚。让我感动的是春寒时节，下着冻雨，风也很刺骨，老人家得到我们要来的消息，一大早的就在这里等着。他也许并不知道乡土文化的重要，但他明白这是他的家珍，要向客人们展示。

笔架山，在距三穗县城东 17 公里的长吉乡司前村。其形又如掌，因此人们又叫它五爪山。不过它并非"孤掌难鸣"，而是"一个好汉三个帮"，从西北向东南它还有好多朋友：桥顶山、毛山（马山）、旗山、下马山，朋友们一般高，一样齐，各有风姿，排列整齐就像广阔田野上一个巨大的屏风，为司前村添彩。明郭子章在《黔记·山川志》里记载："邛水司诸山，司东二里有笔架山，山凡五峰，中峰独高，余山峰依次而低，左右排列有序。"五峰最高的为 695 米，其余的每个相差十几米、几米，各峰之间相距 100 余米。峰如刀削，陡险难攀。远远望去恰似玉皇大帝的笔架降于此。千百年来它总是涂红着绿，有诗云："一重笔架在山间，地造天生非等闲，岁岁任凭春雨洗，涂红着绿绣云笺。"山脚还有清代诗人夏有勋的题诗遗址，其诗曰："天生笔架插云霄，高耸五峰未易描。大手雄才挥玉管，千军横扫笑提桥。"

老人家从传说到古迹，一一道来，神情认真而带些神秘。

在笔架山上能眺望玉屏城，历来有"火烧笔架山，玉屏坐不安"的说法，说是以前玉屏官员为保玉屏城的平安，曾派人镇守笔架山以防火。司前人也很看重它，新中国成立前这里的人就议定了保山条约，任何人不得砍伐笔架山上的一草一木。直到现在也没有人盗伐山上的树木，才有现在的葱绿，也才有笔架山左邻右舍的朋友们同样的葱绿。我细心地体会慢慢地感受，人们赋予笔架山的灵性，这个灵性就像会传递一样，让其他几座山也都有了灵性。就像人们常说的幸福是会传递的，人把灵性传递给自然，自然就有了灵性，就有了生命，也把它生命的繁衍幸福传递给人类，人类将永远受益。人与自然的和谐就是这样建立的。

笔架山前为赤瓦大坝，千余亩良田沃土，邛水河自西而来，贵秧河自南而北，在蒙冬垴汇合，如玉带环绕笔架山。真是神山圣水，福了一代又一代的司前人。山下有一个约成四方形的大水池，人曰砚池，池前，人们修了一座笔筒形状的塔——司前塔。清诗人夏有勋的诗称赞道："宝塔七层势接天，玲珑面面护司前。山川灵秀钟于此，福我黔黎亿万年。"司前塔、砚池现在都只有遗址，塔、池已不存在，但我们可以想象当年那壮观的景象，体会天当纸来地为桌，"大手雄才挥玉管"的气魄。人们说司前代代出文人，应该说是笔架山的庇护，是笔架山给了他们的灵性。因此，这里才有明洪武二十五年（1302年）邛水十五洞蛮夷长官司古城遗址、土司衙门遗址、高庵遗址、回龙山、变龙滩、沉鼓塘等文物胜迹。

笔架山的灵性，带领了这一方水土的灵性，传遍了这一带人的灵性。三穗司前笔架山，性灵的山！

向往金顶山

这次到遵义，一上的士，年轻的驾驶员就问我："来过遵义没有？"我说："来过？我是大半个遵义人呢。"

我虽然在贵阳出生，却是在遵义的一个小县里长大。那时候到遵义一趟，就是我们时常拿来炫耀的事情。那时遵义地区文艺调演、中学生田径运动会、篮球赛，我都是要来充数的。虽然拿不到什么好名次，算不上什么台柱子，但最高兴的却是能到很多有名的地方瞻仰、参观，回到县里那是非常的荣耀。遵义会址、红军山、娄山关，我都去了好多次。

后来我回到贵阳读大学，我也没有少来遵义。自认为遵义的大街小巷，名胜古迹都了解；哪家的羊肉粉、豆花面好吃，哪家的鸡蛋糕香脆没有不了解的。

驾驶员说："既然是这样，那你就去'金、大、海'耍嘛？"

"'金、大、海'是哪样嘛，你嘟个晓得我就没去过？"我故意用遵义话和他讲，显得亲热，"好多年没来遵义了，遵义都变得认不到了！"

"金、大、海是我们红花岗区新开的一条旅游线，就是金顶山、大板水、海龙囤。你去走一趟就知道了。"

巧得很，这次，会议就安排要去金顶山。可惜天公不作美，开会的那两天，天天下雨。眼看计划要泡汤。但最后组织会议的遵义朋友们决定，下雨也按计划执行，哪怕就是在山脚走一圈，我们也要"到此一游"。

听了这个决定，我是最高兴的了。因为这个金顶山我是多少次与它擦肩而过，早在中学时，到遵义参加运动会，老师就说带我们去那里玩，结果，说那里还有好一段路没有通车，不安全，也就没去成。后来我先生在遵义海龙坝教育学院教书，我自然常到那里。海龙坝出去不远就是金顶山，教育学院的年轻老师，经常约着去玩金顶山。他们也经常约我一起游山玩水，不巧的是他们去金顶山的时候我又不在，有一次他们是专门陪我去玩金顶山，走到半路遇大雨，又只好打道回府。

因而，这次去金顶山，对我来说，其重要性，是了还夙愿的问题，难道我与金顶山就这样无缘？不作美的天公，却着实好像要作一次美，我们的车出发后，天却晴了。因此一路上大家是笑声不断。而我看着海龙坝熟悉的路，路边的山水依旧，草木是那样的亲切。想到以前我先生每次周末到贵阳看我，常常是我送他上返回遵义的火车，却上了车就不愿下去，又一直送到了海龙坝。那时到了遵义，往往早已没有到海龙坝的公交车，我们就走路回到海龙坝教育学院，十多公里的路，我们却觉得太短，每次都觉得怎么这么快就到了。回想起来，十分怀念那段日子。因之而又增加了对金顶山的向往之情。

谁知车到金顶山脚下，天却又下起了小雨，黄泥路就像浇上一层油，车轮打滑，七八个农民一辆辆推，才把我们的几辆车推上金顶山门脚下的坝子上。一下车，接到领队传来的消息：下雨路滑，原来准备爬到金顶吃斋饭再返回的安排有所改变，现在只走到第二个庙，给大家两个小时的时间，十二点上车到金顶镇上吃饭。本来我们一帮年轻人都希望爬上金顶，只要多给我们两个小时就行。但也只能听从安排了。就抓住机会认识了解这个多次与我擦肩而过的金顶山罢。

金顶山，佛家文化圣地，山上有 8 个庙宇，14 道景观，号称"小峨嵋"。贵州、四川、湖南等地的人常来烧香拜佛。每年的六、七月，金顶山上有"万灯朝圣"的现象，当地老百姓有很多的传说，当然那只是传说，其实是这里产磷，到六、七月，由于大自然各方面的原因，山上荧光闪闪，有如万盏灯火，故而有"万灯朝圣之地"之美称。登临金顶山，四面郁郁葱葱，万山来朝。这时候有遵义朋友在给大家指点：那边就是海龙囤，那边就是大板水，放眼望去，都在视野之中。难怪这里有："拱海龙屯之磅礴永安斯土，援大板水之天然长富未来"之联。

我迈步向前，超过了一个又一个人，走在了最前面。我觉得个人在前，没有打扰，才能感受这佛门圣地之静，山清水秀之美。正如徐志摩所说"'单独'是一个耐人寻味的现象。我有时想它是任何发现的第一个条件。……你要发现一个地方（地方一样有灵性），你也得有单独玩的机会。"（徐志摩散文《我所知道的康桥》）我静静地在山里走着，感受着这里的灵性。

突然抬头看到一个殿——灵宫殿，虽不大，看上去却很有灵气。它上面的一副对联，"松声竹声钟声声声自在，山色水色烟霞色色色皆空"，虽是对"风声雨声读书声"名联的套用，可用在这里，其情其景都是好的，融入这里的一切是再也恰当不过了。

继续向前，是一个还在修建的寺庙——招财庙，一高排石梯之顶有一横一纵两栋木房，另一边还在修屋基，有两个出家人在那里忙。当我走近问他们才知道，他们接到通知，说是今天有很多贵客要来，他们正准备茶水。我告诉他们，贵客因天气不好，只走到山下的那两个庙就不来了，我是他们当中的最前面的一个，他们邀我进寺里小坐，听到今天贵客不来了，他们显得很遗憾。其中一个中年尼姑，她围着围腰，戴着袖套，正在忙着。旁边的一个人向我介绍说：这个庙是她一手新建的，以前就只有这横的一栋，纵的这一栋是从外面买来的，才把它装好。我便问那个尼姑这里的具体情况，她说这里以前是道教后来改为佛教，多年不修，已经很破了，现在是众僧集资，花了一万多块钱买的这个旧房子来装的，现在看起来有点样子了，还要慢慢来。并介绍说她在安顺出家，法号禅伦丈。当我说给她和她新建的房子照张相时，她很高兴，忙着把她的围裙、袖套解下来，整理好衣服，站在房前。我答应回去以后要给她把这张像寄来，让她做个纪念。

本来我兴致正浓，体力足够，但大家都在下面，我想今天也只能走到这里了，虽不能尽兴，留下些许遗憾，但也算了过了凤愿，也算是"残缺之美"。待有机会再来，也算还留下了一点希望。

层层梯田环绕雷公山

雷公山，苗族称"母亲山"，是苗岭山脉的主峰，最高峰2189米，为黔东南地区的第一高峰。雷公山现为国家级自然保护区，被视为世界十大森林旅游胜地之一，绿色植被覆盖率90%以上。

雷公山，你有多少秘密，多少美丽，让人难以知晓。山有多少个头，水有多少条支；树木草丛、花鸟虫鱼林林总总有多少种类。你为人类保留了多少珍稀的物种，创造了多少原始的美丽？

人们一次又一次在这里探索秘密，发现美丽。而我到雷公山，首先发现的，却是那沿路绕山的层层梯田，它那云里雾里的身姿，千变万化的倩影，我体验它的梯田文化，感受它和谐之美的宁静。

到雷山县，就要上雷公山。雷公山顶距县城 30 公里，车路一直到顶。车上雷公山，一路风景各异，让人应接不暇，可最要注意的，就是不能让那层层梯田云断路的景色，从你的眼前溜走。梯田从山底一直到山腰，盘旋在 22 公里的盘山公路两边。雷公山的梯田真可以说是千姿百态，大的如一个不规则的篮球场，小的就似一个变形的洗澡盆。我们上山时，时而飘来一阵大雾，那梯田就像披着面纱的妩媚调皮的女孩，半遮半现，跟你调笑嬉闹，三步一现，五步一躲。一现一景，一躲一换，她永远都在你的两侧变化，你总在揣想下一片是什么样，却永远都看不透她，永远让你产生美的想象。

突然，大雾打开，我们看到了一面梯土，坡很陡，陡得让人难以站住脚，但一排排绿绿的农作物，却装点了整个山坡。有农人在梯土里忙着，他做得很认真，一垄垄的土培得那么直，那么平。他不放过一个细节，就像在做一件艺术品。他的作品不仅仅成为了来年的收成，也成为雷公山的装点。这里的农人就这样把自己的生活跟大山联系在一起，自己的成就也成为大山美的成就。

第二天，我们再上雷公山，太阳慢慢地露出了她温柔的脸。我看到了那层层梯田的全貌，那一垄挨着一垄，从山脚一直延伸到山腰。车停在半山的丹江镇白岩村，按带队人老李的话说，"这里是一个全苗的寨子"。这里离顶峰只有 8 公里。为欣赏梯田，我们在这里吃农家乐，我一激动，叫了一声，"我们在这里吃雷公乐喽！"这一口误，虽然引来大家一阵欢笑，但大家却觉得非常好，都说雷公山的农家乐，就应该叫"雷公乐"。对着雷公山环绕的层层梯田，吃道地的农家饭，怎么不乐呢！在店家准备饭菜的时间，我们在老李的带领下，沿着那一直延伸向那河谷深处的田间小道，去欣赏那层层梯田的风景，去了解这里的梯田文化。

苗族作为传统的稻作民族，千百年来就与水田有着深厚的感情。

苗族从黄河之滨走来，一路迁徙到江南，又从江南水乡迁居云贵山区，因地制宜，开垦了梯田，形成了独特的农耕文化，同时也创造了独特的美。据老李介绍，苗族传说，远古，苗族祖先没有田土，种不出庄稼，他们吃的是自然长成的草木根茎果实，后来才用牛角开垦梯田，栽种水稻，开垦梯土，种植包谷，苗族古歌中歌唱苗族始祖姜央开田开土："他到斜坡去挖土，到平地去开田。他用衣袖作撮箕，手指当钉耙，牛角当铁钎。"苗族开田，要考虑阳光、水源等自然因素，还有许多习俗。根据光照和水源，选好开田的地方后，要燃香三炷，祈祷："蚯蚓毛虫走远点，山龙水龙走远点，今天是平定日，今天是好日子，我要挖山砌田了，坚若石、硬若岩，随砌随紧。"苗族人认为万物有灵，随意动土可能会伤及其他生灵，所以要事先请它们允许开垦，取得原谅，否则造的田可能会坍塌。这表达了他们对大自然的尊重之情，人与自然的和谐之情。

开田的竣工典礼也很独特。竣工时，每一块田中央留个小土包，叫"田心"，"田心"要请舅舅或姑父来挖掉。来参加典礼的客人带一壶酒，一只鸭和一篮糯米饭，作为贺礼。主人要也准备鸭子和酒饭。据《苗族史诗》记载："主人拿来一只鸭，客人拿来一壶酒，动手来挖小山包，山包挖好了，田也修好了，宰鸭喝酒来庆贺。"

层层的梯田沿山而上，而雷公山灌溉良田的水，也随山而高。雷公山国家自然保护区，森林密布，森林涵养的水源，无论在何处，都灌溉着这层层梯田，因此，这里有"山高水高"的说法。这是因为苗家人尊重自大然，大自然对苗家人的惠顾。因此我们祝愿雷公山自然保护区，能够永远不被破坏，永远保持她的自然原始生态。

我们沿着一层层梯田走，发现大多田埂上都一两棵杉树，这里也包含着学问，这些杉树可以护堤保坎，又不至于遮住阳光，在秋收后它又是堆放稻草的中轴。看这里，那一棵棵堆满稻草的杉树，那样坚实地侍立着，就像层层梯田的卫士，守护着这雷公山的田土。而在田边地角，又栽种的豆、麻类的高秆植物，这类植物，能防止水土流失，皮、叶就近入田，又是很好的肥料。苗家人有自己的生存经验，那就是要与自然一体，与自然相谐，才能永远幸福生存。

冬天的梯田，没有秋天梯田稻谷的飘香，也没有春天梯田天菜花飞扬的风景，但有的是宁静，是休养生息的安详。很多田里还蓄满了水，有的水清无物，则像玉带绕山，有的长满了浮萍，有红有绿，远远看去又如绒似毡，给山体增加了活泼的亮点。

我们正沿田间小路走，老李提醒我们注意："嗨！快看，田里有鱼！你们看，那水被搅浑的地方，有很多鱼。"我赶忙仔细观察，果然看到，田水了，一窝窝的小鱼，聚集在一起，就如一家一家的情状。老李说，这里的梯田中多养着鲤鱼，它们能吃掉田里的一些杂草，粪便又可养田。薅秧时节，劳作了一天的人们会捉上一两条鱼，燃起火，把鱼和青辣椒烧熟，和上盐，是这里的一道独特的菜——鱼辣椒，在田边吃晌午，那是最好的应时菜肴了。而秋收后，留下几条育苗的鱼，其余的捉来剖好，拌上糯米面放入坛中腌上，又是一道苗家的美味——腌鱼。

我们沐浴着冬日阳光，在田间路上快乐漫步，体会着雷公山的梯田文化，回想昨天我们已经领略到的神奇的原始森林、峰顶大雾，回想响水岩层层叠叠的悬崖瀑布，我想，这神奇的雷公山，你还有多少人与自然和谐相处的美妙乐章，要奏给我们听呢！

毕节拱拢坪吞天井

毕节拱拢坪吞天井，在我看来，你好像是通往地球心脏的端口，里面必定是走向地球那端的通道。靠近你，感动了我，你那吞天的磅礴气势，幽秘的神秘之境，你消融了天地的界限，化解了时空的流程，在这里静静地倾诉你的思想，展示你的情怀——那就是"久远"。

靠近你，感动了我，毕节拱拢坪吞天井。从毕节市出来，30余公里，来到毕节国家地质公园，这是一个林场，成千上万的华山松，高直挺立，形象地告诉人们什么叫高洁。我们沿着砖石步道，在悠深的松林里走行，装饰着华山松林的，是一路的杜鹃花，在人间四月天里，展示着娇艳。

正在我们陶醉在这迷人景色的时候，林场向导用带着神秘的口吻告诉我们：从这里上去就可以看到我们拱拢坪的天坑，我们把它叫做"吞天井"。好一个吞天井，这名字的气派，展示着毕节人的气度。

天坑在拱拢坪景区西北端，是一个崩塌型大型漏斗，四面山峦围合，坑口南北向约400米、东西向约150米，坑深约300米，有如一座巨型竖井。仰面朝天的"天坑"，地质学名叫做喀斯特漏斗、岩溶漏斗。

世界上的天坑主要分布在中国、俄罗斯、墨西哥、斯洛文尼亚等地。近年来，我国西南各省屡次发现天坑。目前发现的世界上最大的天坑是重庆奉节县小寨村天坑。但在我看来它那太大，大得你找不到观察感受它的角度。贵州也是天坑最多的地域，我去过紫云格图河的天坑，不过它太为幽深，幽深得让人不可靠近，找不到它在哪里。

而走进拱拢坪吞天井，一下觉得它是那样的亲近可人。为了更好地靠近它，我们围着它走了个半圆，来到一个较为开阔的边沿，从这里感受天坑，我们面对的是天坑大半面，它有如一幅巨型的山水画，随着画卷的铺开，景观一一出现在我们面前。

近处，是那不知名的红叶，红里卷着绿，葱茏的灌木簇拥着，右边的巨崖是千年瀑布冲刷而成的褐色巨斑，虽然尚未有水，却好像看见瀑布正从崖顶向下倾注。涨水季节，芳草溪、落花溪的山水就会交汇来到这里，水流带着云彩，就像眼前的彩色巨崖。

圆弧的画卷再展开，坑的圆弧向后退了一步，两山间是一个缺口，形成一个缓缓的坡，坡面披着绿草，几十只黑山羊在坡面上享受春天大自然的绿草生机。一个身着红衣的农人，在绿草地上悠闲自得，草地、山羊、农人，绿、黑、红和谐的三色，好像有意为我们作唯美的装点。农场管理人员指着对面的山羊吃草的地方，告诉我们，从斜坡那里可以下到天坑的一个底部的平台，再从台子上用绳子吊下到最底部，听了这话，我真想亲自下到下面去看看那里的洞天福地。

过了葱绿的斜坡，天坑壁陡然垂直，如刀砍斧劈的绝壁，崖树岩花，犹如水墨山水画。

靠近你，感动了我，毕节拱拢坪吞天井。望着这一切，我激动得有些行为失范，我不顾知识女性的仪表，爬到坑口边缘，探头观看这神秘的吞天井，它吞下了天，却又怀抱着地。

我匍匐在坑边，看到，坑底及崖壁上植被茂盛，坑内风景荟萃：五龙谷，天坑的底部，与山体构成连通井口的 5 条深谷，恰似 5 条巨龙盘绕坑底；穿天缝，吞天井内南侧，两崖相距一米，阳光从顶部穿过 100 多米深的岩缝直射谷底；通天叠瀑，在东侧崖壁之上，芳草溪、落花溪水汇于崖顶，两跌直下 300 米，第一跌瀑流经玉虚台分三绺；第二跌飞泻直落天坑底部，将绝壁石灰岩冲蚀成 3 个半圆岩筒，七八月瀑流雷鸣，三、四月如雨似雾，数九天冰瀑晶莹；天字岩，吞天井南面，一道绝壁乳白如玉，壁面之上暗色纹印隐约是那"石一古"三个字遒劲怪异，那是天翁的手笔；天王掌，吞天井东北玉虚台上，那是千万年水流的冲刷、溶蚀，在岩台上形成的巨型脚掌，有人说是猪八戒追赶钻入天坑无底洞的妖怪的时候，留下的脚印，它其实应该是老天爷的神脚印记；在那东面还有那玉虚台，通天瀑第一级岩台，岩坎雾气映霞光，五光六色，幌若天宫仙坛，才有这梦幻的名字。

大美天地，集中于斯，毕节拱拢坪吞天井，靠近你，就感动了我！

幽幽猴子沟

龙里猴子沟，高山峡谷，距贵阳三十公里，从龙里县城出发，则只有二十来分钟的车路。俯瞰猴子沟，它像从龙里大草原这样一个海拔 1700 多米的高山台地上俯冲直下 1000 多米的一条潜龙，俯伏向前。多少年来它在这里匍匐翻滚，形成了许许多多的悬崖峭壁、飞瀑怪洞。悬崖峭壁有着很多美妙的名字，如猴王出山、大鹏展翅、神龟望月、岳飞像等；而飞瀑怪洞的名字则十分古怪，如鬼洞、双龙洞、皮硝洞、猪猡洞、望天洞等。峭壁与洞崖共生，悬崖与瀑布同在，引起日本早稻田大学与贵州科学院的专家于上个世纪九十年代前来考察。

人们常说四川青城山是"天下幽"，我要说，贵州龙里猴子沟天下幽。幽静是它的形象，幽深是它的内涵。我们从大草原直下猴子沟，就像进入到一个幽深的时间隧道，从一个喧哗的闹市一下进入了"桃花源"，顺着沟底清澄的小溪向前，目之所及是两面连绵不断的山，连绵不断的悬崖与峭壁、悬崖峭壁上不断的古木新枝。在猴子沟抬头看天，天是那样的窄，像一道弯弯的长河蔚蓝而深邃。天上一条"河"，地下一条路，两面是森林和峭壁，看不到一个人，也看不到一间房。我感到沿着这条幽幽的小路走下去，就会走到上帝的故乡……我们采摘着路边的小花和野菜，一把花、一把菜，大家在讨论着怎样安排今天的伙食。童心是每个人都有的，那是要看我们怎样保持和挖掘。我们这六七个大"孩子"和老"孩子"可真是"久在樊笼里，复得返自然"。

沿着小溪走，这条通往上帝故乡的幽幽小路是那样的迷人。它没有人为的笨拙的商业化的建筑，一切都是那样自然天成，那样的悠然自得。我想，这样的深沟幽谷可能不会有人家了，不过细细地看看脚下的路，就会发现，这里一定有人家，要不这路上的石块不会这么光滑，这要多少个脚印来磨，才会磨成这个样子。果然，不一会，向导就说："就要有人家了。"不过，这沟里的屋舍只有走到眼前才能够看见，人们叫它"强盗屋"，因为它们总是躲在路边。

继续顺着小溪走，两边是一片片竹林。竹子的种类很多，有苦竹、毛竹、方竹、画眉竹、钓鱼竹。最漂亮的就是钓鱼竹，细细的长竿吊向小溪，你会觉得，那真是老天爷垂钓的千百根鱼竿。密密的竹林使沟谷显得更为幽静。坐在竹林边，观察着那"千百根鱼竿"，人的心灵可以在这里得到抚慰，人生的沉浮躁动在这里得到消解。走着走着，眼前一亮：前面的绿丛中，露出一所"强盗屋"的屋顶。

一家的人都在，两老、儿子媳妇，刚从地里来。我们采访他们，他们也很高兴。通过交谈，知道进出猴子沟，脚程好的紧走至少需要一整天，像我们这种考察式的漫游，一般就需要一个星期了。在这样漫长的一条深沟里，点缀着十几户人家，全都为江姓。明朝时，一个老祖宗带着他的两个儿子从湖南来到这里发展，开始是冶铁铸锅，后来是造纸，到现在已是七八辈人了。现在，十几户人家，也有好多都响应政府的号召，搬到城里去了。政府要保持这里的植被，动员这里的人们，能够搬出山沟的，尽量搬出去住。仍然住在这里的人，大都不认字，这家的两个孙子，就送到龙里县城去读书，大儿子和儿媳到城里打工，照顾他们。当我问他们的生活怎么过，他们告诉我们，地里种的，吃不完；那么多的竹子，祖业也还在搞，每年造纸是家里的主要经济收入。老人指着屋外说，你们看，还有家养的这些东西。这时我们才看到，马、牛、猪、羊、狗、鸡、鸭，他们都有饲养，单单是狗，就有五六条，大大小小，跟着我们跑前窜后。这里的人都养马，进出猴子沟，进城或者上大草原，都是靠马。看得出，他们的日子过得很满足，江大哥说：过年做了六十斤糯米的甜酒，每天从地里回来，吃上一大碗甜酒粑粑，劳累都驱走了。说到这里，婆婆和媳妇正将一锅甜酒粑煮好。我们每人抬一碗，毫不客气就开吃。我感觉，这是我吃过的最好吃的甜酒粑粑了。

晚饭，就摆在院坝里，丰富的农家饭是地道的绿色食品，而沟静风清，则使就餐过程成为精神享受。慢慢吃完饭，江大嫂抬出了油灯，我们才发现沟里还没有通电。我们坐在院坝里，万籁俱静，只有山顶上窄窄的天空，闪着稀疏的星星……

山峰　台地　草原

龙里大草原，实际上是云贵高原上一座座山峰上形成的一块块广阔的台地，一块块台地之间虽然有很深的沟壑，从这个台地，到那个台地，骑马也要走半天，但以整个地区来说，放眼望去，这些沟壑却并不影响台地相连，好似一片完整的大草原。高昂的山峰、空旷的台地、宽阔的草原就是对它最好的写照。这就是龙里大草原，与我们了解的所有草原都不一样。在海拔1700米的高山顶上，王寨坪、五里坪、掌舍坪、亮山坪等十几个台地，巨大的草坪，连成一个起伏连绵60平方公里的草原。独特的地质地貌，使我们贵州不仅有山水溶洞，也拥有了大草原，这是老天爷对我们的厚爱。

登上龙里大草原，我被眼前的这一切震住了。草原，草的莽原，那种辽阔舒展，苍茫静谧、坦荡开阔，任何文图都难以尽述。大草原凹凸起伏，高低绵延，如变幻的旋律，山峰、台地、森林、溪涧，共同组成龙里大草原的交响乐。

春天的草原，天高云低，芳草连天，碧绿如洗，成群的牛羊、骏马尽享草原最丰美的时节，一幅田园牧歌展示出草原不可抗拒的魅力。这时候你会被这里的地阔天宽所震惊，抑或不知所措。彩缎一样的云霞和墨绿色的大地吻合得那样自然，地平线就在不远的前方。但当你打马往前奔跑，到了"天边"时，却发现只是到了台地的边缘，天边又远退到了另一个"台边"，令人永远无法企及。这时候你回头环顾，原来你的前后左右，竟然都是地平线！人应该常到这里来，问问自然，天有多大地有多阔，可使心灵得到净化。

龙里大草原，因其是台地的组合，使人觉得太大。到了台地的边缘，我不敢再往前行，再行就得先行下沟，再往上爬，再到另一草原台地。我只有打马回程，信马由缰，慢慢往回走。这里的马是专门训练的，供游客们骑游，只要和马的主人商量好价钱，便可以骑马在草场驰骋。在回来的路上遇着几个骑马的少男少女，他们友好地问问我，那个坪好玩吗？我说，好玩，好玩，你没有去的那个坪就是最好玩的！说完大家都笑了。

时有台地之上，开着大片大片姹紫嫣红的映山红，谁人见了都会为之动容。大草原如绿毯铺到天边，美丽的红花如绿毯之上点缀的刺绣。"绿草如茵"是一种美，"鲜花盛开"也是一种美，二者得兼于此，就是美丽的龙里大草原。

醉——是那红与绿

走进赤水，就走进了一个红与绿的世界，你会有如醉的感觉。醉——是那红与绿！老百姓有一个说法，"红配绿，丑得哭"。而赤水的红与绿，却是那样的和谐，那样的美。那是老天爷的绝配。红与绿时时包围着你，拥戴着你，你不能不陶醉于赤水这红与绿。

山是绿的，岩是红的。一壁壁红岩，有如一座座巨大的山屋，开着一扇扇红窗户，竖着一面面巨型的红墙。

衬着红窗、映着红墙，你却看到那风情万种的绿，还有那如梦如幻的瀑布，和那千奇百怪的石峰和石柱。

在赤水，丹霞景观太多，有金沙沟的赤壁神州、香溪湖的万年灵芝、四洞沟的渡仙桥、丙安的天生桥、天台山的红岩绝壁、石鼎山、复兴转石、长嵌沟丹霞峡谷、十洞丹霞岩穴、金沙沟甘沟峡谷和硝岩洞穴，还有那佛光崖、五柱峰。最是那雨过天晴，金色的阳光照在一扇扇红窗户、一面面红墙上，将红色的岩石映衬得格外艳丽，红岩、绿树、银瀑相映成趣，大自然的杰作，非人能为之。日前，赤水市作为"丹霞之冠"亦已向上申报，与其他六个地区一起争取世界自然遗产名录。

这里只说我们在攀登佛光岩、五柱峰的特殊感受。从小金驿爬上了佛光岩的丹霞绝壁，从崖顶往下看，是一个巨型的槽桶，使人觉得那是玉皇大帝的洗浴之地。欣赏了丹霞绝壁，穿过红雨栈道，上通天门，到了五柱峰。其间对红与绿的感受是那样的宏伟，甚至于可以说是气势磅礴。从五柱峰下山，只看到一片绿的天，一片绿的地，套用欧阳修的名句"环滁皆山也！"更是"天地皆绿也！"而这时候要想看到那满山遍地的"红"，却得从密林的缝隙中找到能见到天的地方，抬头，从一隙绿的天窗中，窥到那高耸的五柱峰。在一片葱绿中，五根红色的柱子，恰似如来佛摊掌竖起的五根手指，参天入云，直冲霄汉。

继续往下山的路走，边走边回首顾望，五棵柱子时隐时现，显得有些神秘。它还在不断地改变，它的形象不再似"柱"，一会似佛，一会又如仙！

穿行密林，过花草小径，到了彩虹桥，进入太阳谷。太阳谷，因后羿射日古老传说而得名，这里的人们传说，后羿射落的九轮太阳都掉到这里，幻化为这里的九阳山脊，这里的山石也就成了红色，这山谷就叫太阳谷。传说是神秘和美丽的，你就觉得这山谷也更加神秘而美丽。

走到这里，你就进入了那红绿涂染的梦幻仙境。这条长1800米的沟壑，由梦幻道、犁辕沟、豹子沟、藏猫坡四个大景观构成。在这条长长的沟壑里漫步，再也看不到五柱峰的高耸入云的"红"，有的是造物主沿沟随意而精心堆砌的丹霞巨石。最奇特的是这里的丹霞巨石已经和"绿"融成了一体，在巨石的外面，都穿上了一件绿色的外衣，绿中透出顽强的红，绿好像变成了红色的绿，你可以叫它梦幻的绿，亦可叫它梦幻的红。

那透着红色的绿，竟是如绿绒般的苔藓！

太阳谷，环境封闭，水热条件好，生态系统完整，植物种类多，层次多样，花草层、灌木层、藤蔓层、乔木层交错分布，还有那"地被层"——苔藓。这里的苔藓，或粗如地毯，或柔似薄纱，有的还开着星星梦般的粉色小花。

苔藓广泛分布在森林，沼泽和其他阴湿的地方，有了适宜的环境，它就可以大片地生长。苔藓植物在自然界中有着独特的作用，它是自然界拓荒者，是大气污染的监测植物，监测大气污染的标签。它还能保持水土。据说，在医药上的作用还有很大的潜力。在植物界中，它是唯一尚未发现有毒的植物。它的起源，一说起源于绿藻，一说起源于裸蕨类，孢子类植物。说它是起源于裸蕨类，孢子类植物，让我想起了这里的桫椤。桫椤也是蕨类和孢子类植物。正是这里独特的自然条件，才造成了桫椤与苔藓共生的环境。这里的"红与绿"，展示的正是赤水的原生态。

丹霞石面上的苔藓是那样的幽绿、柔软，细细抚摩，你似乎闻到淡淡的醉人馨香。这就是五柱峰下太阳谷仙境中，那醉人的红与绿，那如梦如幻的红与绿！

天翁的盆景——旺草石林

大家都熟知云南的路林石林，其实贵州的石林别有韵味：如黄果树的天星桥水上石林、黄平冷屏山高原石林、赫章夜郎石林、兴义泥凼石林、习水石林……它们都各有各的风韵。

而我们这次采风所去的绥阳旺草石林，给我的感觉，真可说是

"天翁"的巨大盆景。在这个巨大的盆景中，山上有石，石中有洞，洞中有水，水上有人家。这是两三亿年前天翁老人的杰作。直到今天，它始终保留了天翁的设计，没有半点人为的痕迹。这一点正是我们采风同行们所感到欣喜的，也正是旺草石林可宝贵的。

旺草石林，距旺草镇9公里，距绥阳县40多公里。四月艳阳天，山清水绿，温柔的风吹在脸上，像婴儿的小手在摸你。

车沿着盘山的公路往上爬，两面山的树木很茂密。车上到一个山顶，几户人家一下就跳到了我们的面前。就像是从石林里，从竹林间，从小溪旁冒出来的。母女俩模样的两个女人，抱着鸡，提着鸡蛋，正往山下走，也许是去赶场，也许是去走亲戚。她们唠叨着什么，脸上的笑容都装不下了。我想下车和她们说说话，可她们走得很匆忙，一下就在山路转弯处不见了。

县里和镇上的导游干部告诉我们这里叫广榕村，占地2100亩，200多户，1000多人，海拔950多米，石林面积有1200亩。石林主要就在一座大山顶上。当我们问到这座山叫什么名字，几个当地人都说只知道这里的小地名叫印沁寺，山叫什么，就不知道了。大家便向在石林中犁土的两个老农民打听，这一下引来了好多故事，说是这里叫金银山，以前这里有好多金砖银砖，现在被人偷走了；又说这里叫李家梁杠山；又说叫马道子山。明朝洪武年间这里有一个姓龚的大户，喜欢斗富，夸海口说，他家的粮食可以一箩一箩排到绥阳城。他曾经在这里练兵训马，所以叫马道子山。山上石林中就还有好多当时训马跑出来的道道。后来被恶人放火烧了他的豪宅。可见这个石林，不是我们一般所认为的石头的林子，人们也就看看这块石头像什么那块石头像什么，在石头里面穿行而已。在从前，这里还是一块富庶的土地，有很多的传说。

我们从一片片的红籽丛里中走过，穿行在石林里。黑森森的一片片怪石如大海怒涛冲天而起，气势磅礴；又如壁垒森严的古代战场，令人思绪万千；有的峭壁千仞，如同刀劈斧削；有的直刺青天，有的巨石如磐；有的形如诸葛亮布的八卦阵；有的像太上老君正在炼丹的丹炉；有的像石堡、灵芝；有的似大象、骆驼、猪、羊，危卵怪石不计其数。石质古朴黝黑，深沉玄奥，更使人增添了一种神秘和苍茫之感。

最让人不解的是那"巨龙石"上面一块块的龙鳞，简直活灵活现。看了那逼真的龙鳞，你不禁想问，这是哪个能工巧匠在这里雕琢？当然，那是天翁的杰作。我们几个人兴奋地"考证"哪是龙头、哪是龙爪……忙着从不同的角度拍照，领队干部一次又一次的催促，大家都顾不得听他的了。我觉得，这就是旺草石林的"亮点"了。有了"神龙"石，这片石林就活了，就有了一种灵动。

"大家快一点，快来看龙洞！"向导远远地喊着我们，原来"神龙"的家在这里。我们艰难地通过一根独木桥，通过巨洞的外道，进到里面，见到的是如城市高楼一般的巨石形成一个不规则的四合天井。"抬头看巨石，低头拣帽子"，这就是我当时的写照。更深的里面，还没有开发，我们可不敢进去，大家只有说，让老龙王好好睡觉，不要惊动它，就退出来了。

一出洞来，想不到发生了一件精彩的事情，一只美丽的山鸡，被我们惊动，从我们脚前突然飞起，那可真是：人动惊山鸡，忽鸣石林中，好有诗意的一幕。大家都很遗憾，来不及抢拍下这个诗境的画面。

我们在石林走了两个小时，向导却告诉我们，还没有走到一半呢。再往上爬，就见石林中隐隐有两户人家，屋前的巨石，就似神仙的茶几，猫们躺在上面晒太阳，见了我们，欠起身子，好像算是给我们打过招呼，两只黄狗不动声色向我们走来，用怀疑的眼光看着我们。而在石林中的菜地里劳动的几个农人，则向我们打招呼，告诉我们"山那面还好看得很喽！"我们在那家人户找了口水喝，我出门前摸了摸门口站着的两个小男孩的头，大概他们很难接触外界的客人，用一种迷惑的眼光看着我。

这就是绥阳旺草石林，桃源般的地方。可惜我们的采风任务不单是这一站，不能再在这里徜徉，只有留下遗憾以待下次。不管怎样，贵州教育先驱者尹珍讲学的旺草镇，这块宝地，今天发现了这片美丽的石林，又增添了一处绝佳的美景，它是天翁的一个巨大的盆景，是诗乡又一片富饶美丽充满诗意的土地。

张三丰与福泉山

张三丰，元明之际的著名道士。或以为他生于1247年，中举于1464年，难以考证。他的生平事迹，有很多传说，多为神话。不过根据宣德年间编成的《大岳太和山志》和《明史·张三丰》的介绍及专家学者的考证，确有此人。其为辽东懿州人，"风姿魁伟，龟形鹤骨，大耳圆目，须髯如戟。寒暑唯一衲一蓑，或处穷山，或游闹市，嬉嬉自如，旁若无人。书经过目不忘，凡吐词发语，专以道德、仁义、忠孝为本，并无虚诞祸福欺诳于人。所以心与神通、神与道一，事事皆有先见之理也。"

张三丰是一个在民间有很大影响的人物。明太宗朱棣，多次遣人遍访，想把这位"真仙"，"延请诣朝"，可以点缀升平，收揽民心，更可以求道法仙药，以养生延寿，但他并未如愿。他渴望找到张三丰的心情，从很多历史文献中都可以看到。明英宗天顺三年（公元1459年），封赠张三丰为"通显化真人"。明清时期的许多文献和地方志对张三丰的丹经、诗文都有记载，如，《道藏辑要》收有汪锡龄编，李西月重编的《张三丰先生全集》八卷，康熙十二年（公元1673年）修《贵州通志》上记载：张三丰"尝有《了道歌》、《无根树词》二十四首"。从这些文献中可以看到，张三丰的主要思想，一是强调三教合一，而把三教同源一致之点归结于道。二是强调忠孝伦理实践并调和"入世"与"出世"之为。他不应明帝之召，但也不着重形式上的出家离俗，他主张"大隐市廛，积铅尘俗"。三是重视修炼内丹，而且认为最重要的是性功。《大道歌》上就说："未炼丹丸还炼性，未修大药且修心，心定自然丹信至，性情然后药材生"。四是内丹学仍从宇宙生成来探索人的生命之源。

张三丰这样一个在道学界有着重要地位，在民间有很大影响的人物，人们认为他是人，的确有这样一个鲜活的人；更认为他是神、是仙，在一代代人的传说中，他就是一个为人民所喜爱的大仙。这位大仙在贵州留下的传说很多，每到一个地方，几乎都能听到与本地特点结合的张三丰的故事。在遵义就有说，湘江河两岸，一面没有蚊子，另一面却有，是因为当年张三丰云游到此，蚊子来打扰他，他用神仙棍一扫，把蚊子扫到河对面去了。湄潭、余庆、石阡三个县的县名来历也与张三丰有关，相传当年张三丰挑着一个坛子一个磬，云游到此，"坛子"落到了湄江河边，"磬"掉入余庆、"阡担"放在了石阡，故三个地方得名如此，到现在，三个地方都还能看到这三件神物。独山县为什么一马平川中间有一座孤零零的山，是因为当年张三丰行到这里，看到这里四处都是山，人民群众生活艰难，就把它们扫走，扫的时候漏掉了一个，就是这座"独山"。

在贵州，这样的故事太多，但没有一个地方比福泉关于张三丰的传说多。张三丰在河南武当修炼而得道，更在此修炼八年而成仙。可以说，这里的山山水水，都经过张三丰的点化，都有张三丰影子，可以说这里是一块神地。自然就有很多关于他的逸闻趣事。

比如福泉山。因山上有泉名"福泉"，故而得山名，因山名而得城名。福泉山位于城南隅，即张三丰在此修炼八年的地方。山上有高贞观，建于明洪武二十二年（公元1389年）。张三丰选择这里修炼是有道理的，当年他在武当山得了道，云游到此，站在福泉山上极目远望，见四面群峰环抱，山下有一河，其水与岸边的草坪相接，形成一幅天然的"太极图"，阴阳分明；一座低矮的小山，形似入水的龟，而弯曲的河水似蛇，又自然形成了"龟蛇锁江"图。真是道家修炼的绝顶之地。大仙在此修炼，让整个福泉的山山水水都带上了仙气，应了那句名言，"山不在高，有仙则灵"。福泉山上的浴仙池、回生桂、草鞋井、吊井、天池等，都有一个与大仙有关的美丽传说。

浴仙池因形似半月，又叫半月池，池水一年四季不变，夏不盈，冬不竭。池边上有一井，形状酷似一只巨大的草鞋脚印，据说是张三丰成仙时留在这里的一只脚印，另一只脚印留在了贵定县，这个仙人可真是高大的巨人。草鞋井的旁边守望着两棵古桂花树，没有人知道它们到底有多少年，只说它们已经成仙。据《平越直隶州志》上记载，古桂久枯，"忽丐者到池中洗浴，山僧秽之。丐者曰'无伤也，吾能活此桂树。'乃掬沃其根，将破衲挂在树上而去。"后桂树复发新芽。这个"丐者"就是大仙张三丰。这两棵桂树至今枝叶茂密，每年的花季香气袭人。

以前福泉没有井，四面有一百座山；贵定有一百口井，而没有山。张三丰就用这里的一座山换了贵定的一口井。他亲自从贵定将井背到这里来。井名吊井，现在还有水。

更奇特的是山顶的天池。天池四五米见方，四面都是石头，高高低低似太湖石。池中长年有水，水位从不增减。因在福泉山顶，故得名"天池"。它没有长白山上的天池那样高、那样大，那样神秘，可它的神奇在于形状酷似明朝中国的版图。张三丰当年在这里练功，就在这里纵观天下，据说如果哪一个地方出现问题，哪一块版图上就会有气泡，张三丰就会施展他的道法去解决，"所以心与神通、神与道一，事事皆有先见理也。"据说无论什么人，只要站在天池四周的石头上，一顿饭的工夫就会感到脚下发热，似乎有发功的情景。我有意试了一下，在那些高高低低的"太湖石"上站了一会，的确脚底热热的。我不知道真是发功还是石头把我的脚顶得发热了。但不管怎样说，在这里长时间地站着，都有锻炼身体的作用。

张三丰在这里留下了200多首诗，记载了他以道德、仁义、忠孝为本的行为准则，人生观与价值观。如他的答蜀献王诗：

等闲钓罢海中鳖，

一笑归来楚晋陶。

花吐碧桃春正好，

笋抽翠竹节还高。

心怀凤阙龙鳞会，

身过龟城马足劳。

何必终南开捷径，

官情于我似鸿毛。

可以看出诗中反映了他爱好自然、隐居修道的生活和他的豁达胸怀。诗风格清新活泼，体现了他无拘无束的性灵及其深厚的文学修养。

人们了解的道教圣地多是武当山，而福泉山这一道教的又一圣地，正在被越来越多的人发现。它以道家文化，张三丰的众多的故事传说吸引着人们。正形成一种"文以景胜，景以文传"的局面。

我的大草原

务川栗园草场，我的大草原！33 年了，它时常出现在我的脑海，可以用一句人们常爱说的话"梦牵魂绕"，也正是"夜夜乡山梦寐中"。务川栗园草场——我的乡山，我的大草原！

今天我终于回来了，汽车在去栗园的公路上驰行，车窗外的风景叫人应接不暇，山峰不断地变换着，像雄狮，似金鸡……还有那不断出现一堆堆的银杏树——这里可是"中国银杏之乡"！全县有6000 株野生银杏。时值深秋，一堆堆银杏树，变得金黄看不到一点瑕疵；间或有那枫树、桐籽树在风霜的抚慰下变成了铊红，最可爱的还是农家房前屋后的柿子、橙子，红彤彤、黄橙橙挂满枝头，还有农家门前半弯收完稻谷的田地，田里的水已蓄满，夕阳从水田里偷偷露出红红的脸。

这就是我的家园，30 年前我在里走过了多少次，感触是那样深刻……

车厢里的务川山歌吸引了我"桃花又有红啊，嗨哟一闪着勒；桃子花开又有红啊，嗨哟一闪着勒……""一腔热血，一身汗，敢教山河换新颜呀，嘿哟、嘿哟！换新颜！"县里的歌手小田唱完前半阕，我很快地把 30 年前我们唱词填了进去。那是当年修栗园青平水库时候排演的，今天走到这里唱起这首号子歌格外亲热，还真有点热血沸腾。我们一直唱着，车过了泥高、青平，爬上了栗园。从务川都儒镇出来，约 53 公里。这一路都是高山，海拔在 13400 米左右，在这一条大山脉的浞水镇那面，最高的方地海拔 1700 多米。这一大山脉像一巨大的屏风从北至南矗立在务川的西面，邻近道真县。

这一巨大的山脉上有高山台地栗园草场，它是西南最大的天然草场，面积 10 万亩，有资料证明它是"长江以南特大型高山草场"。去年开始中央地方合计投资 120 万在此飞播种草，明年完成这一宏大的项目。这里近年开始种植高山无公害反季节蔬菜，在当地销售，以解决高山地区冬天的蔬菜问题。

那时候大草原的人们在仲秋的时候，家家户户都用大木桶砸酸菜，有多大的木桶呢？一个人差不多可以在里面躺着睡觉。砸好酸菜以后人要跳上去踩紧，然后用大石头压上，以保证不进空气，不腐烂。这样的一桶酸菜就是一家人一个三五个月的菜。由于是高山台地，上面天气冷的程度，有这样的说法，说是在凌夹雪的时候，一大早起来大门打不开了，老爹叫老娘，"老奶，快拿板斧！门又打不开了！"那是门被霜雪凝住了，要用板斧劈。人的鼻涕一出来马上变成冰条。因此，这里的冬天，怎样解决牲畜的草料，就是一个需要考虑的问题。

但你要认为这样的地方不适宜人的居住那也就大错了，这宽阔丰茂的草场，高山核桃树、栗子树，长在高山上的可都是上品，因为它的生长周期长，肉质特好。这里的地名叫栗园，我想是与此有关系的。

这里的一年四季，都有它特别的地方，春夏草木茂盛，"蓝蓝的天上白云飘，白云下面马儿跑"的景象处处可见。这时候的草，高壮，长得好的地方有半人高，可见这里的土地之肥沃，这时候人畜在草里行走，时影时现，完全超过了"风吹草低现牛羊"的情景。冬季莽莽白雪覆盖着整个草原，草原上起伏的山峦与远处的天边化为一体，让你难辨地与天，更有美妙处是草原西部的石林，在起伏多变的草原上有了，石林更有几分阳刚之气，在白雪的掩映下，你会觉得栗园草场好像处于冰河时代。

我第一次上到栗园，是在33年前的一个深秋，那时还是个十七八岁的小姑娘，那是一个充满了革命英雄主义和革命浪漫主义的年代，我们一行七八个这样的"知青"姑娘小伙，到栗园割茅草。从我们的下乡的地方砚山爬到栗园是一个垂直高度，有一座巨大的"屏"——高高的山脉，一直到涅水，经过镇南、砚山，到了砚山这一段的"屏"特别巨大，老天爷的大手笔，使人望而敬畏的。我们五更即起，带着一团饭，就上路。这里的垂直高度三四百米，当地人告诉我们只有从大垭口爬上去，其他地方都没有路。我们经过艰难的攀爬，在太阳升起的时候我们终于爬上去了。

但，一上大垭口，两个永远不忘的场景震撼了我们！一是太阳和月亮同在，天空是那样的清凉；二是那一望无际微微起伏的草原，齐腰深的茅草，轻轻地漾着草波，真是壮观！看不到一户人家，只看到连绵起伏的小山，远处有几棵隐隐约约掉了叶子的树。不知道是谁大叫了一声："我的大草原！"我们都同时叫了起来："我的大草原！"

这时，我们的车已经开到栗园草场了，把我从回忆中惊醒。我下了车，走上大草原。路上，我碰见了一位放牧的大嫂，就和她聊上了。她家主要从事养殖业，养得有猪、牛、羊、马各有二三十头，各种牲畜共一百多头，包括小猪，全是自由地在草原上放养。

作为曾经在栗园留下很深感情的"知青"我一直很关心的问题，就是牛羊过冬的粮草问题。我问她现在这个问题现在怎么解决。她告诉我现在他们这里正在推广一种高油115玉米，这种包谷在收了秋之后，秸秆还是青的，营养价值高，加工后就是畜生的过冬饲料，现在高山草场的农家，大家都在开始种植这种粮作物。

"大嫂，我还有一个问题?"我向她描述了33年前我们割茅草的地方，她告诉我："那，你们是从砚山大垭口上来的，那里是木草弯，火石沟，离这里还远呐，那里的草场比这里还大，现在也还没有多少人家去那里呢。"听她这么一说，我只有含着无比的激动，跑到山顶上，向着远方，放声大喊："我的大草原! 我回来了!"

桐梓凉风垭七十二道弯

桐梓蒙山凉风垭有一著名的风景线，从山脚到山顶要转过七十二道弯。七十二道弯有个最典型的情节，如果人与车同时从山脚出发，人抄小路，不出十个弯，就把车抛在了身后，回头一看：车还在脚下一折一折地向前，几辆车同时跑在路上，上下车的垂直距离也就十来米，可若论前后，他们的实际距离至少也有一百多米。人在山顶鸟瞰上山的车队，就像是一条曲折飘舞的长带上许多小生命在攀缘。看天高地远、壑谷陡岩，你会想，这样的路，不知是造物主的奇特，还是人的伟大。站在这里，似乎人间一切皆山也，人在山间，是那样的渺小。只要你上到这凉风垭顶，向北远眺，定然心胸开阔，尘俗尽消。

在这条道上，记录了多少历史。战国时掠取巴黔，有首开黔道的将军庄，秦始皇开通西南夷五尺道的史迹，汉使唐蒙、唐吏杨端对古石门道的拓宽；有明清古驿站；还有那七十多年前，黔政的主持者周西成"通江达海"的筑路蓝图，它的设计者和数以万计的民工，十载的艰难，流下多少汗和血，攻克了多少个七十二道弯，贯通了这条川黔大道。

在这条道上，流传着多少故事。汉唐蒙受汉武帝的派遣出使西南夷，与之建立友好和睦关系。他从巴夜古道来到夜郎坝，过夜郎溪，在凉风垭小梁子上安营扎寨，他的友好、他的先进文化的引入，迎得了老百姓的爱戴，为纪念他，这里才有了蒙山之称。李白当年流放夜郎从此经过，面对这凉风垭是西风瘦马，还是细雨毛驴？那是何等的寂寞与凄凉，故感叹"夜郎万里道，西上令人老"。他在过娄山关的时候写下了《题楼山石笋》"石笋如卓笔，悬之山之巅，谁为不平者？与之书青天。"为什么在这七十二道拐的凉风垭未留题咏？我相信这里面有多少故事无从着考。

最让我感动的还是在凉风垭七十二道弯上我的一个学生告诉我的故事。她说，七十二道弯，从它通车以来就是车匪路霸的黄金路段，驾车者从此经过，一畏道路的艰险，更畏的是"留下买路钱"。前不久她们调查来到这里的一户人家，人家拿出的是五六十年代的一瓶酒来招待她们，很自然地说，这就是老辈们当年在七十二道弯上"要"来的。故事很幽默，当年情景却可见一斑。

她还说道，去年春节前夕，天下着大雪，漫天的雪花在凉风垭七十二道弯上飘舞，显出大自然的美丽，但也给人们带来了不便和灾难。这样的天，要通过凉风垭七十二道弯，不是用"艰难"二字就能表达出来的。汽车在雪道上爬行，车上的每一个人心都收紧。汽车在七十二道弯上一弯一弯向前蠕动，全赖于一个活动"雪桩"的指示。车到山顶，停住了，"雪桩"走到了车前，举起了右手行了个礼，问到"你还有什么要帮助？"话音刚落，他身上的冰雪盔甲哗哗啦啦一下垮了下来，露出一身蓝色警服，车上的人全鼓起掌来，一个人拿了把伞，跑下车，给这位年轻的警察撑了起来。这一幕，人们只有在电影、电视上看到，但却是发生在凉风垭七十二道拐上真实的一幕。朋友说，后来这个"雪桩"感慨地说："我才感受到做警察最大的幸福莫过于此了！"他在这个垭口上一站就是三年，领阅了七十二道弯上的严寒酷暑，经受了七十二道弯上的风霜雨雪，他说："今天得到这样的褒奖，值！"这个学生告诉我，这个年轻的警察也是我的学生！

凉风垭七十二道弯，有多少美丽的历史。而今天凉风垭七十二道弯本身，却也将成为历史：一条北起贵州重庆交界处的崇溪河，南至遵义的崇遵高速公路已修通，长达四千余米的凉风垭隧道，把七十二道弯变为直线通途，川黔线上蜀道之难，难于上青天的历史已经改变。故凉风垭隧道洞口的一幅构思精巧的对联，道出这里的深刻寓意："七十多道弯，弯成历史；四千余米洞，洞穿未来"。想李白重游故地，一定又是另一番心情的"侧身西望长咨嗟"！

苗疆长城眺望

镇远石屏山脊上的府城垣，是明代为了控制"苗疆"，防范苗民起义，在湘黔边境建起的一道"边墙"。专家学者认为这是如同北方万里长城一样的"南长城"，"江南塞北长城"，"苗疆长城"。它起于湖南凤凰与贵州铜仁之间，到达湘桂黔交界处，蜿蜒起伏，全长150多公里，镇远石屏山一段是最为重要的一段。

到镇远，那是一定要去爬石屏山，登苗疆长城。它虽没有北京八达岭长城的雄伟气势，却有它的险峻与沧桑。站在石屏山脊上，沿着长城走到它的顶端，站在那里向下看是深崖，崖底是潕阳河，天然的屏障就从这里开始。展望眼前的远山，近水，高低错落，一层薄雾覆盖着，这山水似有若无，飘飘然如驾奔驭虚，羽化登仙，你会觉得是幻境，然而一回头又看到沧桑蜿蜒的长城，看到它远方高处的烽火台，这可真是在幻境与现实之间的最好境地。

镇远府城三面环水，坐落在石屏山下，这第四面又有石屏山，这天然的"石屏"为障，真是一个天险之地。难怪在公元前202年汉高祖就在这里设无阳县，2000多年来，历代王朝先后在这里设县、州、府、道。它是中原连接南方的重要交通孔道，千古中央集权向南方扩疆施政的军事要塞之地。水、陆交通畅远，又有屯兵的保障，商业繁荣，宗教、文化兴盛就成了必然。这里便成了移民文化、多元文化之地。

我站在南疆长城之上，看到对面的中河上的青龙洞，这个依山而建的古建筑群，看到了融佛教、儒教、道教为一体的圣地，三教你中有我，我中有你，是佛家的丛林净土，儒家的书院考祠，道家的洞天福地。这是一个很奇怪的地方，在全国也很难见到有这样的情况。或许是三教都看中了这块宝地，你不让我，我不让你，经过激烈的征战，儒家以"中庸"为要，佛家用"善哉"为怀，道家则"顺其自然"，要生存下来只有互相退让，互不干涉内政，在保持一定距离的情况下互相往来，和平共处，形成今天我们看到的这样的局面。看来他们都看中这块宝地，为了生存、为了共同拥有，只有和平相处。这也形成了"卧佛醉仙"的文化。

这里的城镇繁荣，商业发达，以形成多元文化、移民文化。12处码头，8大会馆，12栋戏楼，10所书院。从众多的码头看到来往船只的繁忙，商贾的兴盛。各会馆、戏楼的云集，带来了各种地域文化。繁多的书院，你是否听到琅琅读书声，看到历代从这里走出去的人。当头的不就是云贵总都潭钧培、中国共产党早期领导人周达文、参加过南昌起义的秦光远吗？

我看到了那深院古宅中的高高的屋脊，那里是"和平村"，是中国在抗日战争期间设有的两个日本战俘收容所中仅存的一个。它是第二次世界大战留下的一个重要的遗物，是世界反法西斯战争中的一份厚重的历史档案。我在想当年中国共产党为什么要选择这里做日本战俘的收容所，除了地理原因，肯定还有人的因素，二者决定了它的存在与成功。

我看到了顺城东北而下三五里，那是铁溪。一路平缓两岸原生植被翁蔚，树木葱茏，山峦雄峙。铁溪水势清幽，上有龙池，据乾隆《镇远府志》记载："池中云气蒸郁，白日晦暝，相传有神物居之。"让铁溪名扬天下的还不是它的山水的自然美景，它的神秘性，关键的还是吴敬梓在他的《儒林外史》中有三回都写到了铁溪，描述中还专门写到了龙池的龙神嫁妹的故事。没有人去考证吴敬梓与铁溪的关系，这应该成为一个研究课题，更能带动地方经济的发展。

我看到了顺潕阳河下几十里的青溪镇，看到了早在1890年6月初一这里的青溪铁厂开炉点火，那熊熊的火焰，那是"洋务运动"的火焰，是近代文明走进贵州的火焰，它比汉阳铁厂的火焰早三年点起。它炼出的铁锭理直气壮地打上了"天字第一号"。它还创造了几个第一，是贵州第一个近代企业；在贵州是率先引进先进技术、先进设备，比周西成的汽车抬到贵阳要早六七十年；它是贵州这块土地上最早的股份制企业，是名副其实的"官商合办"企业、"引进外资"企业。青溪铁厂起落20年，它留给后人的何止是几块博物馆里毛铁，一片青溪河畔的废墟？

镇远，你是一个美丽的仙都，神秘的圣地。

涉过秀丽黔水

再度乌江行

洪渡入乌江，乌江让一浪；乌江入长江，长江让一浪；长江入东海，东海滚滚浪。小时候听到寿生先生解读他的这首诗的时候，总是很得意，因为我感受过它的沧桑与美丽，知道它的故事与传说。

今天再度乌江行，从思南码头上船，早已不是三十八年前坐的那种小木船了，那是思南造船厂生产的机器船。人们说"千里乌江千里画"我在想这千里画里有千首诗、千个故事、千首歌。乌江流域，乌江文化，乌江文明，乌江哺育了多少乌江人。

出行不到一公里，闯入眼帘的是白鹭洲，我仿佛看到了风清月夜时的"鹭洲泛月"，想到了毛泽东的词"独立寒秋，湘江北去，橘子洲头"。有人说，毛泽东的诗词，画面感强，都是一幅幅风景画，一个个电影镜头，其实唐诗宋词都是这样。为什么呢？今天在思南的乌江边上，从白鹭洲边我知道了，那是因为所写的风景就是画。画是景的浓缩，景是画的扩展。据说那洲上有宝，这时有人提议，去洲上捡个"宝"带回家，导游说不行，那只有在正月十五捡的鹅卵石才是宝，传说金鸭只有在每年的正月十四晚来下蛋，十五那天这里就都是宝了。现在的需说也是一样的五颜六色石头，它就没有那个灵性。听她这么一解释，我说，就看你们的那，我是准备今年正月十五第一个来，不是讲究一个寓意，这一天要"空手出门，抱财回家"嘛我就来这里抱个宝回家。大家笑了。

过了老渡口，船老大托着舵对我说，老渡口早在20世纪90年代就撤了，早就用不着了。船到鲥鱼滩时，大家根据传说在讨论这一大堆石头是不是像鱼，我在想这个传说告诉我们什么？不就在鲥鱼对天发誓的那句话"原为乌江添一景，不回龙宫去受封"。这实际上是千百年来，迁客骚人在乌江的真实写照。在乌江的尽头涪陵有程朱理学的鼻祖程颐，在乌江的北源头六广河畔的修文龙场有心学大师王阳明，在乌江千里流域的好多地方都有宋书法家、诗人黄庭坚的脚印，还有后来的贵州教育之父乌江学子田秋，以及王阳明的三传弟子李渭等人，他们为乌江添的这一"景"，是华夏的文化之"景"，是乌江文化之"景"。思南得到乌江文化的滋养，在明清两代就有举人364人，进士32人，在现代有旷继勋、肖次瞻、廖锡龙这样的杰出人才。我仿佛看到新中国成立以来从思南走出去的两万多大、中专学生，在祖国各地，在世界各地，他们正缓缓向我走来，向着故乡思南走来。

说着到了湍急处，两岸光溜溜的石道是千百年来纤夫留下的，一辈辈的纤夫在这里走完他们的人生之路，有多少脚印，问江边的石道，问山腰的纤夫栈道。纤夫图我在电影上见过，在俄国著名画家列宾的"伏尔加河上的纤夫"上也见过，更在三十八年前的一个秋天的傍晚，就在这一段乌江上见过。那是我上小学的前夕，妈妈说让我到大坝场乡下外婆家，去感受农村生活，一个七八岁的小女孩，到乡下去了半年多。第一幕看到的就是在乌江的小船上看到的纤夫。至今想起来，很感激妈妈，就在那天我看到了人生苦难，生活的艰难，我的同情心与奋斗情也许就是在那里开始萌发。

那天一直都朦着毛雨，船一直是逆水而上，七八个纤夫在岸边的乱上弓着背，走到急流处，他们就像要趴在地上了。接我的大舅时常上岸走，这时候就我一个人在船上，只有他们的悲凉的歌陪伴着我，"大雨落来我不愁，蓑衣斗笠在后头。蓑衣还在棕树上，斗笠还在竹林头。"似唱似诉，唱得我心里好是难过。我对大舅说我们不坐船，走路还好一些。大舅笑了，你不坐，他们没有钱，就更难了。大舅的话当时我没听懂。多少年以后我都时常想起那一幕，人的一生有多难，不论你在那一个层面，实际上都是这样一种情景，只要你选择了道路看好了目标，就要一直走下去。

今天再一次走到这里，激流处看到的是思林电站，是大桥上来往的大车，是不舍昼夜的奔腾江水，是永远沉默的纤夫的栈道，是无尽财富。

哦，瓮安那条河

瓮安人是有福的，县境有条乌江河，还有一条瓮安河，乌江河过西东，瓮安河贯南北。

瓮安河长六七十公里，源头与尽头，都在瓮安县境内，千百年来，哺育了瓮安人，见证了这块土地的昨天和今天。

瓮安河发源于瓮安南部的平定营镇，一路走来，穿过村寨，流过县城，向北流进乌江，乌江入长江，长江入东海——瓮安河带着48万瓮安人悠久的历史文化、辉煌的红色文化，带着48万瓮安人祥和幸福的今天，溶进乌江，走出大山。它是那样平凡而又那样的伟大。

七月中旬，我们沿着这条河来到花桥村，在这里，瓮安河如乡村少女，恬静而美丽。两岸山脉呈南北走向，远山一望，起伏葱绿，两山间是望不到头的长川平坝，瓮安河就静静地从坝中流过。婆娑的杨柳，修长的芦苇沿河两岸，绵绵延伸，枝叶垂于河面，眷恋着水。半山脚下，遍种枇杷、杨梅，沿河 200 亩花卉，千亩西红柿和辣椒。

地里的农民正忙着，那红红绿绿的辣椒，鲜艳可人的西红柿，真是惹人喜爱人。田土边坐着的一个农民，吸引了我，我问他，怎么有闲坐在这里，他说，我这里忙着呢，那河里的水，抽上来浇灌这些地！这时我看见了不远处的抽水机，水正源源不断地流进灌溉渠，流进一块块地墒内。

瓮安河流过花桥，如一少女佩条上一根花腰带。

花桥，多美丽的名字！据说早年间，由冷氏家族的祖先修建。桥不大，也很普通，因从瓮安河上过，增添了它的灵气。汽车行人从上过，瓮安河在这里更有了许多小桥人家的景致。

花桥边，十里荷花，正是那荷叶肥美，荷花初绽的时节。绿的叶，白的花，红红绿绿观花人。而最悠闲的，是那河边的钓鱼人，人生的美好情志，就在那鱼竿与河面之间。两岸几家农家乐山庄，里面的游人正热闹呢！

翁安河一路向北，穿过瓮安老城与新城之间。在这里它是老城以前的西门河。瓮安河在这里成熟起来，河面宽广而水势强大，半月山下，它似一条玉带，镌刻着两岸的人文古迹，沧桑变化。

在这里，还有享誉黔中的自然景观：老鹰洞、下司石林、洞蟠龙，更有著名的奢香古驿道。

瓮安开阜较早，夏商时就有人类活动的记载。这里有千年古镇草塘，千百年商贾文化，古镇上的会馆、商行、酒馆……这里亦称得上人文草塘，从这里走出了以傅玉书为代表的众多文人。傅玉书与莫友芝，在贵州有"南傅北莫"之说；这里更是红色草塘，红军长征时期三进三出瓮安，在这里召开了猴场会议，因此，猴场会议被史学界誉为"伟大转折的前奏"，重申了黎平会议的精神，为遵义会议的成功召开做好了准备。

瓮安河流过半月山前，装点新城，独具特色。新建的渡江广场，对面的小山边，将瓮安河从这里改道，环绕小山，形成一个"玉水金盆"，从半月山看下来，瓮安河就像彩带在这里绕了一个圈。

已近黄昏，有人在河边乘凉，有人在广场散步，几个小孩子在一边戏谑。夕阳已走到半月山边，投出霞光几柱，穿过新建的行政大楼，斜撒在广场上，撒在悠闲的瓮安人身上。这时响起悠扬的音乐，在音乐的号召下，有几十个人翩翩起舞。

瓮安河流过银盏乡，工业区从这里开始，13公里，两乡一镇。几十家企业在这里发展。工业与农业，你中有我，我中有你。现代的工业，展现了瓮安的今天和明天。

瓮安河流到了北边尽头龙塘乡，号称江界河，著名的"江界河大桥"，其雄伟的气势，让人惊叹！当年红军强渡乌江就在这里进行，瓮安河一路走来，在这里融入乌江，短短的行程，却诠释了什么叫壮观与伟大。

哦！我赞美你，瓮安那条河，瓮安河！

梵净天体浴

"天体浴"，我是在江口梵净山第一次听说，别的地方叫老式洗澡，自然式洗澡。不过我觉得"天体浴"更具有美感，它有一种意境，那就是人与自然的合一。它是天地为房，山谷为盆，潺潺的河水如那无尽丝带在身体上绕过，那感觉只有享受到"天体浴"福分的人才知道。那可是跟在浴室家内游泳池的感觉完全两码子事。

贵州有的地方现在还保有这种洗澡的形式，特别是在远离城市的地方。同一条河，大家约定俗成，女子在上游，男子在下游，相距几十米，天地为屋，草木为屏，各自为政，没有杂念。人们自然、平静地完成洗澡的事，享受的是大自然恩赐的净洁的山水，清新的空气，洗浴完成，身净，心净。比如在三都，我们采风团的几位男士就玩过"天体浴"。

据我的推想,《论语·公西华侍坐章》里的记载,是否有可能就是"天体浴"呢?那意境和感觉有些近似。孔子与他的学生们谈到理想时,前面三个谈了自己的看法后,孔子问曾点:"点!尔何如?"正在弹琴的曾点鼓瑟希,铿尔,舍瑟而作,对曰:"异乎三子者之撰。"子曰:"何伤乎?亦各言其志也。"曰:"莫春者,春服既成。冠者五六人,童子六七人,浴乎沂,风乎舞雩,咏而归。"夫子喟然叹曰:"吾与点也!"

"浴乎沂,风乎舞雩,咏而归",是曾皙的理想。他认为在大地开冻、万物欣欣向荣的时节,安排一个洗涤自己、亲近自然的洗澡仪式,这个仪式看起来没有任何实用的意义,但是它却能给内心一个安顿。这种安顿需要我们与天地合一,去敏锐地感知自然节序的变化,感知四时,感知山水,感知风月。我的演绎,从考证上来说,虽然好像有戏说的嫌疑,但从深层哲理和意境上体会,则别有深意。

这次的江口之行,最令我难忘的,就是体会了"浴乎沂,风乎舞雩,咏而归"的境界,在梵净山脚下的太平河洗了一个天体浴,感受了这样一种感知四时,感知山水,感知风月的意境。

一进梵净山,让你应接不暇的是梵净山的一步一景的自然风光,让你向往的是这里的地域文化,让你的感动是这里的佛教文化,总之是说不完的灵山文化,梵净文化。

有人说,江口的梵净人"说起梵净山,三天三夜不下'山'!""讲起梵净就'牛',嘴巴边边都是油!"听了梵净人的介绍,最让我动心,是刚到梵净山脚下,站在太平河的风雨桥上,感受这宽宽的河床,不深不浅的清水,远处有几个光屁股孩子,在河中兴高采烈地戏水。给我们带路的梵净人小杨看到我的兴致,过来说,"这里的天体浴,你们一定要体验体验哟,这条河的水质,那可是一级的矿泉水,也就是可以直接饮用。到太平河去洗一个天体浴,那可是保你五天不用护肤品,皮肤润滑如玉!""有那么神?""神不神,你去感受一下嘛。我们梵净山户外运动协会的会员，经常体验呢。"他这样一说，我们大家都有些动心了。

说一千，道一万，不如一个干。吃过晚饭，我们一行七八人，在小杨的带领下，沿江口方向的公路而行约一公里，高坎下，黑压压一片茂密的玉米地，长得郁郁葱葱。坎下，树林遮掩中，隐隐约约有青瓦飞檐，这里居然有一个我曾在《幽幽猴子沟》文章中提到过的"强盗屋"（掩藏于路边林荫中的房屋）！我们攀爬而下，走到面前，才能看见它，三开大屋，两层楼房，嘿，它真是一个"强盗屋"呢。一到屋前，三四十岁的屋主人，一个精干的汉子，就过来接着我们，带我们走过屋阶沿，穿过玉米地，沿着扬花的稻谷田，低头穿过一架丝瓜，就下到了太平河边。然后就是我们自己沿河寻找最舒适适宜于"天体浴"的地段。当黄昏暮色将起时，我们终于找到了一处河床平，下水的地段干净，河水齐胸的绝佳地段。这里一面是山林，一面是平缓起伏的灌木，灌木丛外更有一种古老的柳树，梵净人说，这叫麻柳，树干高而婆娑多姿，恰是一道道优雅的屏风挡住外界的视线。于是，这样的地势就形成一个个巨大的天然的"浴盆"。

暮色朦胧，我们几个女士几下就脱掉一切羁绊滑到水里。哎呀，真舒服，真美！我们摸着河中的石头，石头如玉，干净润滑，水温亦很好，正合适人的体温。我们找到一个蝴蝶型的石头，水从蝴蝶的两个翅膀中间流下，蝴蝶石呈 45 度角斜角，成了一个天然的水槽，十分奇妙。我们躺在上面，水从头而下流过身体。这时，已是满天星星！有多少年没有见过这样清澈的夜空，星星是那样的明亮宁静。这时候，山厚，水薄，灌木林中有秋虫歌唱，萤火虫在岸边闪亮，风清人爽。我们情不自禁地大叫起来："太美了，老天爷，快给我们照张像，留下这美好的时光吧！""你们男士，敢不敢过来给我们照张相呀！"下游的男生，朦胧中，身影若隐若现，对我们疯狂的喊声，他们却噤不敢回声。

于是，回应我们的只有水声、风声。这是世界上最好的沐浴，仿佛一切都不存在，天地间，只有我们几个女人。还有诗情画意。

这时候公路上穿行的汽车已开了车灯，那车灯透过树林，扫过玉米林，又仿佛告诉我们存在的现实。

我侧脸面向梵净山，看着这沉沉的黑湾河峡谷。

这一号称"千溪谷"的峡谷，一道道水，从梵净山的一条条沟里流出。最大的水，叫太平河。它从松桃县出发，流到这里，与黑湾河汇合，再经过铜仁的锦江，流入湖南的沅江，进入洞庭，汇入长江。

黑湾河上的梵净山，是五大佛教名山之一，龙泉寺上的弥勒佛，以此地为道场。朝拜梵净山的信徒，到此可以化解心中的烦恼，面对人生，笑口常开。

其实，我觉得来到梵净山，在这月明星稀的傍晚，来山下的太平河洗个天体浴，感受那"浴乎沂，风乎舞雩，咏而归"的境界，与天地合一，获内心安宁。这才真正能够达到弥勒佛老先生"笑口常开"、"大肚能容"的境界。

我们正体会着梵净山天人合一的灵气，下游的男士们却在吆喝了，要我们赶快起来，说今天是古历六月十九，观音菩萨的生日，我们还要赶在午夜正点时，到龙泉寺，参观观音盛会。

于是，月亮为灯，星星做伴，我们一行人唱着歌，沐浴着清风，又走上了去龙泉寺的道路……

潕阳河畔美多多

风景名圣之地的美多多，让你应接不暇，顾不过来。而美是需要我们去发现的，这就是用心去感受。只有用心感受出的美，才是真正的美，有灵性的美，才具有美的本质。

潕阳河畔美多多，潕阳河的美，就是具有灵性的美。从镇远的潕阳河风景区沿山间小路而下，再上水路，一路上到处是景：迎宾鸽、战舰崖、天门洞、拇指峰（雄师回首）、相见坡、唐僧师徒峰、破镜重圆、鸳鸯弯、妈祖庙、五老峰、将军柱、虎头山、火烧赤壁、蟾蜍观鱼、坐井观天、玉壶流浆、珍珠落玉盘、三叠水、牛肝马肺、老翁钓鱼、鱼山、大象饮水、骆驼峰、一线天、卧佛山……简直是美不胜数，每一个景点都有一个美丽的故事。最美的景在眼前，最美的感受在心中。

天门洞，在一个巨大的山峰上，出现一个"窗洞"，阳光穿过窗洞，白云飘过窗洞，因此也可说，那是一座"桥"，故而当地人叫它天门桥。洞从何而来？虽是造物主的伟绩，但当地却传说着这样一个故事：说是镇远人潭钧培做了云贵总督，到昆明上任后，为了答谢家乡的父老乡亲，便朝着镇远潕阳河畔的群山放了一炮，结果就打出了这样一个巨大的天洞。这是一个多有人情味的故事，把官至云贵总督的潭钧培与潕阳河边的这个石洞联系起来，让"洞"有了人的灵性，人有了自然的永恒，是人文和自然的巧妙结合。游客欣赏了山水，记住了人文历史。这就是镇远人对文化的认识。

五老峰下的鸳鸯湾，夏天有成百上千只鸳鸯在此聚集，为人们创造了很多美的话题。鸳鸯湾外面的水面上，在桃花盛开的时候，有一种特别的水母，叫桃花母，如巨大的桃花漂浮着，一张一合，轻轻然，飘飘然，享受它七天的美丽生活。它短暂的七天，选择在两岸桃花盛开、水里落满了花瓣的时节，美的环境、美的气候，在这里生活七天也如仙。这是否对我们有什么暗示，只有我们用心去体会。如要想见到它们，只有桃花盛开的时候再来。

鸳鸯和桃花水母我们都未得见，这似乎为我们下次再来做一个铺垫：要看到成百上千只鸳鸯聚会，感受千百年来作为爱情象征的鸟的欢乐，夏天再来，现在带走的只是无尽遐想；要看到那如仙的桃花母，要来年桃花盛开的时候再来，现在带走的是用心感受生命短暂而幸福的哲理。

船过火烧赤壁，好像一座巨大的石岩被谁从中斩断，濑阳河便从中汩汩流过，一面山壁呈黄褐色，据说是在三国时期，火烧赤壁时，飞过来三个火球，在这里烧了三天三夜，使之成为这样一个光秃秃的、火烧火燎的山壁。它的斜对面一山峰，其腰间隐约有一带，落目细看，是一条似有若无的路，你会联想到那就是栈道。是的，它确还有许多栈道的痕迹。从这里通上去，绝壁上面，白云深处，据说有一个寨子，叫抛瓜寨，只有20多户人家。当地人说，上面是很平的坝子。从河下面沿陡峭的小道爬上来，给人的感觉是突然一个大平川，让你接纳不下，慨叹一声：多绿的山川，多肥的土地。寨子上的人在这块平川上耕作，在濑阳河里打鱼，日子过得悠闲，与外面的联系不多。寨上有一个大温泉，上面的人用它沐浴。这样的环境，这样的日子，因此出了几位百岁老人。寨上人最大的特点，就是人人都会划船，最小的船夫只有三岁，有好事者，准备去申报吉尼斯纪录。

这里的婚姻也很有特色。年轻男女一般都与濑阳河上游施秉高碑村的青年结为对象。每年开春，这里的老人便带着本寨的青年男女到高碑村去买树秧，也就是给他们提供结识了解的机会，年轻人互相看中，乐意了，再订婚、结亲。这是一种朴素的自由恋爱的婚姻形式。结婚，却又别有特色，要进行"抢亲"，"抢"，是一种形式，表示对方很珍贵，一定要把她抢到。

我想见见寨上的百岁老人，想见见三岁就能到濑阳河里划船的小船夫，想参与他们的"抢亲"，去体会一下这里的那种远古的朴素感情。难！你只看看陡峭的"栈道"。导游的船老板看透了我的心，对我说，以后来，镇里正准备修车路。我想，这又有了再来的理由。

船在水上缓缓地行驶着，河上不时有一两只"小三板"船上上下下——他们不是抛瓜的，就是高碑的——这种"小三板"是比较古老的小船，三块木板钉成，船上一个小矮棚，人能在里面坐着。

不过它的棚顶有了一点现代化气息，不是棕叶、竹叶，而是塑料布。红的绿的塑料布，给河面有增添了鲜艳的色彩。

我们对着"小三板"喊道，"哎！有鱼没有——？""有，要多少——？"小三板划了过来。"你们是哪个寨的——？""抛瓜——！"

突然船上响起了悠悠的歌声："阿哥如果来看我呀，一定要来潕阳河，潕阳河的阿妹多，个个都会唱情歌。"一个十八九岁的小姑娘，腼腆地站在船头，放开了歌喉。幸好我们船中现有全国卡拉大赛的歌手，大家一致推出他和小阿妹对起歌来。一时间歌声满船，情满人心。情歌飘溢在潕阳河上，人心也不禁飘溢陶醉。我突然领悟到，吴敬梓为什么在他的《儒林外史》第四十三回中要给镇远一个"歌舞地"的美名。

水灯载去我的祝福

"玉水金盆"的平塘，从传说到民间的活动，都与水与龙有关。划龙舟，耍水龙、泼吉祥水，舞火龙等等，从古至今，一直延续，永不间断。

有华人的地方就有划龙舟的活动，在每年的端午。而是平塘的耍水龙、泼吉祥水，却十分独特。这是平塘平舟河地区布依族群众十分喜爱的民间习俗活动，有着悠久的历史。它本是一种民间盛夏消暑的游戏。据考证，在明洪武年间后期，这样一种玩水龙、泼水消暑的游戏，逐渐演变为一种祈祷的形式，乞求老天下雨，保佑来年丰收。玩水龙便演变成了平塘地区布依族风行的一种传统习俗活动。参与人多，耍龙独特，泼水自由，气氛热烈。

舞火龙，则是毛南族具有悠久历史的一项传统体育活动。这次在平塘卡铺毛南族乡有幸见到，并得以参加到这样的活动之中，成为人生中难忘的经历。火龙是毛南族的图腾，舞火龙，每到大年三十，毛南族人都用这种形式来祈求来年风调雨顺，人民逢凶化吉、祛病平安。整个过程由请水、舞龙、放水灯一系列活动组成。火龙的外观与一般的龙没有多大区别，主要是在它每一节的肚子里都有一盏灯，晚上舞动，上下翻腾，龙身通体透亮，从龙的口中吐出火焰，十分壮观。人们围绕在龙的两边，敲锣打鼓、抬水端烛，充满激情。舞龙的时候还穿插各种舞蹈，那阵势就是一台乡村歌舞剧。

最使我感动的还是放水灯。放水灯是舞火龙的最后一个仪式，用一个个的莲花灯放于河中，寓意在照亮老龙的回家路。在电影、电视上偶尔见过放水灯这种十分有意思的活动，这次可是亲身感受。亲身感受比银幕观看区别太大了，在亲身参与体会的过程中，会有许多的联想，更会有许多的感悟。

火龙舞罢，身着民族服装的少女，用极其精致小竹筛子，抬着一盏盏红纸做的莲花灯，花心点着红红的蜡烛，走到我们的面前。闪动的火苗，似一颗颗燃烧的心。烛光照在布依少女稚嫩的脸上，是那样的纯真、可爱。

小姑娘们把她们的一盏盏灯慎重地交到给客人的手里。大家跟着"火龙"缓缓向河边走去。我对面前的布依小姑娘说："我们一起照张相？"她很高兴地走到我的前面，我端着的两盏灯，把她的脸映得红彤彤的，十分动人。照完相，她转头稚气地对我说，这灯，是照龙王回家路的，放的时候在心里许个愿，就一定能实现，很灵验。但不能说出来，说出来就不灵了。她说完就跑了，我还没来得及问她叫什么名字，在什么学校上学，到时候我好把照片寄给她，已找不到她的身影。在人群中有好多小女孩，好像到处都是她的影子。我很遗憾。

我默默地抬着灯跟着放灯的队伍缓缓行走。两条火龙，跟着放灯人的队伍，点点莲花灯闪烁着，高高低低、前前后后，又是一条别具特点的长龙。"长龙"蠕动着，慢慢到了河边。

河灯在水上漂游着，如夜空中闪动的繁星，它载着多少人的祝福和祝愿。我走在最后，轻轻地放下我的两盏灯，默默地许下心愿，我仿佛又听到小姑娘的声音在我的耳边响起：不要说，说了就不灵了……

想在肯池安个家

肯池山黛，乌江水长，桃花潭深，那杵河幽。想在肯池安个家，风景这边独好。

从金沙后山乡政府所在地，到乌江边的肯池，也就十分钟的车路。时令已是深秋，一路上，见两边的山麓，在秋风秋雨的洗礼下逐渐换了装，如黛的外套上添了红黄。红的是那年轻的枫叶，黄的是那古老银杏，还有那不知名的树叶草根，也跟着它们的打扮来确定自己的外套颜色。肯池的秋天有许多可圈可点。我们一路上不时遇到从肯池到后山赶场的农民，有的提着鸡，背着鹅，走得有信心，看那神态是正在盘算，今天鸡鸭能卖个怎样价钱；有的甩着两只手，那是去赶耍耍场的吧！有说有笑去赶场，到场上吃碗羊肉粉，喝杯小酒，耍耍就回家，那是人生的最大享受。看着他们我不禁生出几分羡慕之情，细细想来，实际上这样的人生，也是一种境界。

带队的乡领导小刘告诉我们，肯池是后山乡贵山村的一个小小的自然村，是那杵河流进乌江的入口，与旁边的尖坡形成一个半岛形式，大家也叫它肯池半岛。半岛对面是比邻息烽县境地。

我们一直都在山里行走，前面是无尽的山。我正在感慨前面的山好大，好多，突然，眼前一亮，那种感觉，让你真正理解什么叫豁然开朗！我们这是到了什么仙境，真是天生地设的美妙之地。它的美妙在于有山有水有人家。那是什么样的山，什么样的水，什么样的人家？

山是"乌江画廊"之山，是贵州省统一打造的旅游路线"乌江画廊"的一个重要地段。它如一个巨型的屏风正正展开在我们的眼前，不可一世。如你是一个善于观察之人，你一定会看见赤橙黄绿青蓝紫；如果你是一个敏于想象的人，你甚至可以发现，那不就是张择端的清明上河图，还有达·芬奇的最后的晚餐。这一巨型壁画下边的乌江就沿着画廊蜿蜿蜒蜒，映衬着巨大的壁画。山与水就是那样，像易经八卦图一样，阴阳合一，和谐为体。

肯池的山，山是"蛟龙问天"之山，肯池半岛形成的主体山峰——尖山。只见尖山如一条从乌江里跃出的蛟龙，直向苍天，跃到最高处，定格在哪里，高昂着头。是在问天?! 还是欲与天公试比高?! 而整个肯池半岛就如蛟龙的尾，那是蛟龙的最精美漂亮的部分，如美丽的鳍尾散开来，婉转在水边。

肯池的水，水是乌江之水。这里水面宽阔幽深。这里的水宽，那是因为下游乌江电站的大坝，才形成这样宽阔幽深的水面。乌江在这里为人类造福，却一点也不张扬，总是那样平静而温和，与两岸的万千大山那样的一致，都是那样的宁静安详。

肯池还有河，那是风光秀丽的那杵河。那杵河在这里流进乌江，它一路从山里走来，带来一路丁冬的泉水，就如这条河好听的名字——那杵。那杵河一路顺山而来，留下几多美妙的风景，其中最让人兴奋的，是在进入乌江口的上方，有一个潭，潭不大，但据介绍，却深不可测。而它的名字让我们不得不思接千里，因为它令我们想起了李白的诗句"桃花潭水深千尺，不及汪伦送我情"。是的，它就叫桃花潭。

有潭就有瀑，潭的形成，就是因为那杵河在这里跌宕而下，形成了一个不大却美的瀑布。我问小刘，此瀑有名字吗，小刘说，也叫后山瀑，也叫和兴瀑，都是以这里的大地名、小地名来命名的。其实要我说，它应该叫百柱水。因为水在山岩上，由岩石把它分为好多条跳跳动的细小的水柱，"百柱水"正展示了它的形象。

肯池的人，人是勤劳幸福之人。肯池半岛上，只有几户人家，形成两个相对集中的小院子。房前是面朝乌江的坝子，坝子下面是草坪，草坪下就是靠水的浅滩，浅滩很干净，见不到一点的污染物。几头牛吃饱了在草地边躺着。一小舟正好停靠在岸边上，几只白鹅在洲边戏水觅食，情到兴致处，不时扇动着它们的翅膀，远远看着尖山向上的龙头，它们仿佛也要和"蛟龙"比赛，意思是说美丽不能让你独占。屋后依山是一道道平缓的田地，田里刚刚收割完成，还留有稻谷的余香。地里的苞谷也已收完，红薯长势正好。我们走进一家院子，只见苞谷黄澄澄地一串串挂满了屋檐，南瓜一排排摆在门前。按农民的话说，这些收回的庄稼还要在外面放放，收收太阳，才能存放。一个正准备出门赶场的少妇走出来，却是穿着时髦，一身牛仔打扮。见我们，就很客气地和我们攀谈起来，她告诉我们，这里的人都姓李。谈话间，我上前摸着一串苞谷对她说："这么多粮食，你们今年一定吃不完了？"她看了看我，尴尬地笑了笑，我正不知她这个表情是什么意思，只听她接着说道，"我们现在，苞谷是用来喂猪的。"她告诉我们，现在不用上公粮了，那些我们看到的田，种上稻子，就吃米都吃不完，哪里还吃苞谷哟！她说，我们现在这里什么都好，就是出入还不方便。这里有了公路，可还没有班车，赶场不方便。小娃娃们上学也还不方便。不过现在马上就要动工修大桥了，名字叫钱壮飞大桥，两年就完成了，桥修好，就是到你们贵阳也就两个小时。那时候，我的小娃娃就安逸了。她说着歪歪头，看看背上背的小孩。我们不好多打扰主人家。说着话就出来了。那年轻少妇，对我们说，等壮飞大桥修好了，我们这里以后办成了农家乐，欢迎你们来哈！

我大声地告诉她，要来，要来！我都想来这里安个家！

神奇七星田

贞丰的美在于它的山，最美的山是双乳峰；贞丰的美在于它的水，最美的水是三岔河；贞丰的美在于它的人，最美的人是布依女。

其实，贞丰的美还在于它的田，最美的田，是闻名天下的"七星田"。

从贵阳出发，汽车行驶三个多小时，即进入贞丰地界。车行过处，美丽的山川河流，稻田层层叠叠，或如明镜镶嵌，或如阶梯台台。公路沿山而过，顺川而行，田，似乎没有尽头，田里劳作的布依小伙，悠然自得；路旁纺纱放线的布依姑娘，笑意恬然。这是我从来没有见过的风景线，生动地体现了人与自然的和谐之美，自然天成，没有半点的雕琢。我真的好生羡慕，人在这样一种状态下生活，自然安宁静美，益寿延年。

离贞丰县城约十公里的地方，就是七星田。汽车不知什么时候已经爬到了山上，车在半坡行走，山脚下，展开一片片梯田。站在半山公路边，俯看山脚下，山下奇妙的风景会叫你忍不住高声赞叹："妙啊！太神奇了！"所有的梯田，都在这里"回绕"，转成一个巨大的圆弧，圆弧里面，分布着大大小小七个漏斗型的圆坑，就像一颗颗巨大的"星星"。圆坑排列，就如北斗七星，形成一把巨大的勺。围绕着每一颗"星"，是一层层弯弯的梯田，天光云影、小山树林，倒映在水田里面，就是一幅幅绝美的工笔画。大家驻足赞叹，流连不忍离去，均为之倾倒。

同行的贞丰文化局蒙局长，年轻，热情。是个地地道道的布依族人，一口纯正的布依语，约带方言的普通话，在不同的对象、不同的场合下不断的切换，我们都亲切地叫他阿蒙。阿蒙告诉我，七星田最美的季节有两个，一是插秧的季节，一是稻黄的季节，春种秋收，在这里更显其美。现在正是五月端午，秧苗刚刚转青，还算插秧季节。时近傍晚。远山晚霞，余晖未尽，暮归农人，绕田而行。有两个农民从一颗星旁走出，他们结束了一天的劳动，回头瞭望，似乎在欣赏他们的杰作。身后跟着的两个小孩，在田边小路上，蹦蹦跳跳。

七星田后，是玉簪螺髻般的小山，树林内，隐现青色屋瓦，正是"暖暖远人村，依依墟里烟。狗吠深巷中，鸡鸣桑树颠。"几个大寨子，围成一个巨大的圆弧，与七星田圆弧相会，再往后是一道巨屏般的山脉，下面绝壁贯通，到了崖顶，才出现装饰性的一个个小山峦。阿蒙指着一个一个的寨子对我说，看，那是田弯苗族村，那是纳马苗族村；而那一面：东门村、边岗村、纳摩村、前一村都是布依族村寨；多少年来他们在七星田这块宝地上和睦相处。也许，是七星田给了他们祥和的灵气。

望着七星田，我不禁感叹造物主的神奇，也感叹美丽贞丰的奇景，可称：七星田世上无双，双乳峰天下唯一。

吻人鱼

最聪明的鱼是海豚，它是表演家和人类的朋友；最巨大的鱼是鲸鱼，它是浮在海面上有生命的小山；最凶猛的鱼是鲨鱼，它使游海的人时时感到一种神秘的恐惧；而最有人情味的鱼就是平塘掌布的吻人鱼了，它让你感受到人与大自然的亲近和睦。

去掌布之前，就听人介绍那里有神奇的"藏字石"、"藤竹"、"石蛋群"和"吻人鱼"。

"藏字石"经中国科学院专家考证是"浑然天成"，距今已有2.7亿年。巨石500年前，从山体上坠落分成两半，"巨石上由突出的化石及生物碎屑组成的各种图案，包括像'中国共产党'几个字在内，从不同的角度观察，均可有多种意会"。逼真的字样，吸引了多少专家学者，高官百姓的解读。真是"世界地质奇观，旷代天赐珍宝"。

"藤竹"属竹科，却细如丝，柔如藤，缘壁附崖，牵挂缠绕，两岸数里如绿锦、似挂毯。引得多少游客在这里驻足观赏，流连忘返。

"石蛋群"在一崖面上均匀生出无数圆形石卵，如鱼眼鼓出，似恐龙遗蛋。据说它30年一熟会自然拱破石壁接续而生。据地质专家考证，该"石蛋群"系成岩期地质作用形成的一种沉积构造。这种地质现象仅在峨眉山发现，而这里更奇特、更典型、更具有地质学价值。

我却对"吻人鱼"更有感触，也许是因为它代表了一种感情，一种生命，一种灵性。

正是金秋十月，一路上稻谷金黄，挞斗阵响。一进掌布，眼前豁然开朗，给人的感觉是犹如进了另外一个洞天，进了一个世外桃源。这里是布依聚居之地，身着民族服装的农民，正在田里忙着收割。砰、砰的挞斗声唱出多少欢歌，引出游人多少联想。两山上的荞花，红红白白开得可人，荞子一年两熟，秋荞比春荞更丰满。一片片荞子间隙中红薯长得正好，还未到收挖季节，但可偶在边角上挖一点来哄小孩子，老话说"挞斗一响，红薯正长"。远远可见布依山寨房上的雕花，门前的碾子，大公鸡拉长了脖子叫晌午，长长的水渠沿山而过，清澈的水流静静地流淌，一个女孩在渠边漂洗着一块家织布。我走过去称赞她漂亮的民族服饰，询问她是不是可以卖一块这样的布给我，她说她们从来不卖，要是我喜欢就给我。我不好意思白要别人的东西，遗憾找不到一样合适的东西和她交换。交谈中，她指着前面不远的地方说，你顺着渠走，前面就是浪马河，浪马河石蛋崖下面的河湾里有一种鱼，人们叫它"吻人鱼"，你把脚伸到水中，它们就会来亲吻你的脚。这里的人有条不成文的规矩，从不捕捉"吻人鱼"，他们认为这种鱼与人是相通的，是人类的朋友。

我沿着美丽的浪马河寻找"吻人鱼"，视线不时被这里的奇山、奇水、奇洞、奇树、奇竹、奇石所吸引。我想，在这样的环境里生长的鱼，得到的是真山真水的滋养，是天地的精华，才让它具有这样的灵性。

到了石蛋崖，更有早行人，几个穿武警制服的战士，已坐在石凳上，埋头注视着自己伸在水里的双脚。看到我们，他们叫起来："来吧美女们，来感受一下美鱼的吻！这可是天下第一吻喽！"女士们为得到"美女"的称号而暗自高兴，急忙脱鞋下水。我找了个石磴坐下，把脚放在水里。这里的水，那才叫做清澈见底，水下面就是有颗针都能看见。不到一分钟，鱼群就拥过来了，我有些激动，但却不敢动一下，生怕惊跑了鱼。"吻人鱼"不过寸把长，细挑的身材，玲珑可爱。它们急急窜到我的脚上啜一口，摆摆尾又游开。也有几个直接啜到脚上不愿走开，最多时达八条。我闭上眼睛，细细体会这大自然与人的感情交流，这样的感觉并不是随随便便都能感受到的，这需要一种超凡脱俗的自然心。

神奇大板水

从遵义城出高桥，过海龙就到了大板水省级森林公园，乘车用不了半小时。它是遵义红花岗区"金、大、海"旅游线上的一个旅游点。金鼎山、大板水、海龙囤三地相邻互交，你中有我我中有你，是遵义的一块宝地，遵义人骄傲地称之为"金大海"。这里有佛家圣地金鼎山寺，中国文化最主要的一个方面是佛家文化，这里有很多佛文化的积淀。这里有中国现存最好的中世纪军事城堡——海龙囤，它是西南境内最为宏伟的土司城堡，在这里有杨玉龙杨氏家族700余年的统治年史，有距今400余年的播州史。这里有的是历史文化的积淀。

在这佛文化与战争史两者的基地中间，有一美丽的大自然资源——大板水，二者都选中这块宝地，决非巧合，那就是这里的美丽、这里的天险、这里的丰富资源。

这里有 1700 多米高峰"白云台"，有老头 72 道拐之美景，有白云台古刹遗址之苍凉，有土司杨玉龙的跑马场子之遒劲，有小竹海、千年古树、国家一级保护植物——红豆杉。我们沿着密林小道，顺着潺潺小溪向前而行。

小溪可真是小溪，看到它你就知道什么是涓涓细流。带路的乡干部却告诉我它是遵义湘江河的发源地，真是不可想象。浅浅的细流在石缝里穿行，不时有几根木头架起的桥梁。我们时在水上走，时在桥上行。乡干部指着溪边一棵碗口粗的树对我说，"这就是红豆杉，它是国家一级保护植物，是很珍贵的，它结的一颗颗的红豆果，果子是药材，治疗乳腺方面的病痛。"我想找几颗果子看看，他告诉我现在这个季节已经没有了。

我们在密林里穿行，希望也能摘到我们进山时，农民在山门边卖的那些山果——猕猴桃、纤藤瓜、八月瓜，却怎么也没有找到。后来一想，在路边的早就被人摘完了，哪里还在等着我们。当我们完全失去希望的时候，我却有所发现，那就是地上时时出现一颗颗的枣，但它不是一般的枣，而是酸枣。形状比一般的枣要小，青皮，果肉黏黏的又甜又酸。小时候在乡下时就经常吃到这种枣。我像发现宝贝一样对同伴们说："这是酸枣，能吃的，好吃！"我们看到路上，水里都有，大家忙去拣，我赶快告诉大家，"掉在地上的我们最好不要吃，要摘树上的来吃。"我们好不容易在树上摘到几颗，大家分而食之，认为的确是美味，现在很多水果都不能及。

大约走了一个小时，离开了小溪，开始爬山。行不多远，出现在眼前的是漫山一片的竹林，这就小竹海。乡干部告诉我们，这些全是 70 年代人工种植，这些年发展很快，整整一面山都是竹子，清一色的楠竹。一个 50 岁左右的男子，从前面山上的林深处走过来，迎我们上山去坐。

我们这才看清楚，竹林中有两栋房子，房子前的院坝很干净，已经摆好了一些塑料桌子和凳子。我开玩笑说："哦，这大山深处，竹海中间还有茶室呕？"主人家忙着给我们一行人倒水，抬凳。我看到屋角墙上挂着个牌子，上面写着"沙子弯护林点"，牌字下还写着岗位职责什么的。护林员叫徐德元。我问他在这里护林，主要是做什么，是防人偷吗？他说："没有人偷，主要是防火，防野兽。"防野兽？我有些奇怪了。他接着说："山里野猪、山羊之类的东西，它们偷吃竹笋，晚上活动频繁。""你用枪打它们？""不，吓走就行了。""你一个人在这里不害怕吗？""我从小就在这山里跑，没有什么害怕的。"当我问他护林有多少钱时，他说"我主要是干农业，家就住在二道河，娃儿都大了，平时也没有什么事，从小就在这些林子里转惯了，不来还不习惯，每月还要给我 240 元钱，已经很感激了。""你在里开个茶店，来玩的人你还可以收点茶水钱？"我向他建议。"一杯水能值多少钱？有人来坐就好！"

我们坐了一会，起身告辞要去追赶我们的大部队，护林员站在他的屋角边，向我们频频招手，我回头间看到了屋檐下有一块小木牌子，上面有几个红色的字写得很端正——"竹海茶屋"。突然间，我觉得有几分诗意，比王维的"独坐幽篁里"多了些许生活气息。

都柳江边行

都柳江，从三都县城里通过，流经榕江、从江进入广西的三江，属珠江水系。在公路还不发达时的贵州交通史上，曾是通往两广的唯一航道。贵州第一辆汽车，40 年代贵州省省长周西成的坐骑，工业文明的产物，就是从广西用船载而至三都月亮码头（现三都城境内）上岸的。上岸后化整为零，用人抬、背而进入贵阳。从此，贵州大山里的人们，看到了这种能在地上跑的铁货，开始认识工业文明。如果没有都柳江，汽车进入贵州不知还要完多少年。在公路还不发达的岁月里，三都作为贵州通往两广的重要通商口岸，历来是商贾云集之地。

这次到三都采风，首先吸引我的当然是都柳江。沿公路顺江而行，只见清澈的江水，两岸的风光，时隐时现的水家吊脚楼，楼上时有人的活动，这一切是那样的和谐，"天人合一"在这里得到最好的体现。

我们走了一程，同行七八人看着清澈的江水舒展而平缓，有二三十只小白鸭，在水面自由自在地穿行，绿绿的碧波、白白的羽毛。大家被这一切所吸引，强烈要求到江边一走，领队同意了，大家七嘴八舌，"采风、采风，就是要采才有风。""不下来具体感受，能有什么感觉。"一走下河滩，大家都忘了年龄和身份，都孩子般的在那里打水漂，比赛在暗中进行。我们的"玩石家"专心致志地去发现他的宝贝，我们每走一处他都有收获；我们几个爱照相的，不会放过这样美丽的景色。宽宽的河面上，有白鸭一群，在一小河流入的交界处，有三五个小孩在那里戏水，不远处还有一小鱼舟，对面崖石上，隐隐有几个石刻，是什么字看不清楚，大家都在猜，最后是用长焦距相机的镜头把它拉近，才看清楚那是"山高水请"几个字。不知是谁那年那月刻在上面的，也无人考证，不过也给这里增加了一些神秘，这是多好的一幅山水画。

领队走过来说，怎么样，你们是不是也来一个"老式游泳"。他说的是什么意思，大家一时还反映不过来，憨憨地看着他。他诡谲地笑了笑，指着不远处那三五个光着身子在水中戏水的男孩说，"不知什么是老式游泳吗？你们看！"大家一阵的笑。

这时有两个年轻一点的老师说："天太热，我们搞一个老式游泳，女生在上面，我们在下面。"一女友也激动地说要去游，我会游泳，也很想游，最后还是没去，想着对这里的水况不熟悉，再说"光天化日"之下，老式游泳还是不雅观，最后我们女生都没有去，那两个倡议者还是去了。

我沿河慢慢走上了岸，远远看见那两个搞老式的游泳者，在水上一起一伏，那样自然、舒坦，很生自在，也有几多羡慕。没走多远，看到一房前晒了很多渔网，一男子正在那里打理着。晒渔网，只在电影电视上见过，便有了看看的兴趣，看着他把晒在竿子上的鱼网整理清楚，把青苔、藤草取下，损坏的地方补上，手脚很麻利。我走上去问道，"大哥，你是在这都柳江里捕鱼吗？""是的。""现在江里还有鱼？""有，不多，头天晚上放网，第二天清早收，可以收两三斤鱼。""你打鱼为生？""农闲时干一点，好的时候一次能买四五十块钱。"这时，屋里走出少妇，邀我到屋里坐。这时我才仔细地观察他们的"屋"，是新建不久的"吊脚楼"，水族的吊脚楼美在它的的吊脚上，楼在底层上伸出来一个走廊，有了观赏台、有了小晒台，那墙上一串串红辣椒老玉米，就像是刻意的装饰物。我从侧面上楼，望着都柳江，江水平缓我们那几个人还在江上玩。女主人送来了茶，我正渴，喝着是甜的，这地方是不是有喝茶加糖的习惯，小妹，你茶里放糖了？没有，这茶就是这样的，我们叫"糖茶"，这里人都喝这种茶。我具体的了解了它的生长情况和加工过程。它是生长在瑶人山上的一种植物，还没有人工专门栽种，都是野生的；加工比较独特，采摘下来后，用蒸子蒸，然后晒干。在蒸的过程中，有一点发酵的作用，它的茶汤呈宗红色。这地方的人都长寿，喝这种"糖茶"是一个重要的原因。我问她要了一点，给她钱她不要，说是还没有卖的。

男主人也上来陪我喝茶，面对都柳江的风光，坐在吊脚楼上，一杯糖茶，这种感觉，是现代都市社会生活的人所向往的。

在离县城10公里左右的都柳江上还有鱼，有专门的打鱼人，这很难得，说明生态保护很好，当我们谈到在江上打鱼是否有危险时，他告诉我，现在江水枯了，你看，那是以前的河床，以前的暗礁，现在都露在外面了，那不是吗？他指着远处，那是"门坎滩"，我们这一段是比较平缓的，从三都城出来，老人们说是有"四难"，有歌曰：

> 头难有虚名，
>
> 二难吓死人，
>
> 三难好点点，
>
> 过了门槛滩才是人。

在这不到十里的河段上就有四个浪急礁多的地方，以前打鱼行船，不归者多，从这里下去就是"望郎榕"，一个古老的传说，有一天天望郎归的女子，一天终没见郎归！最后变成了一棵榕，永远站在江边等她远去不归的郎。他说现在打鱼没什么险的头天晚上放上拉沟，第二天一大早去取就可以了。

正说着，游老式泳的上来了，汽车喇叭声响起，在催我们上车了。我告谢下楼来，女主人正端着一小锅鱼急急地往上走，"来来来，来吃角角鱼。""不吃了，大家都等着呢。"看着那冒着热气的鱼汤，啊，可真香啊！

洗去烦恼，享受幸福

石阡温泉，是上苍神灵对石阡人特殊的宠幸。石仟温泉是山汤，温汤醇水来自俊美秀丽的山间；石仟的山是汤山，到处的山间都流淌着美妙的温泉。石仟人有着"暖沸肤添润，云蒸气自香"的享受；有着"冬浴则身暖而寒退，夏浴则体轻而闷生"的安逸；有着"夜浴则睡眠安稳，疲浴则精神复振"的舒适。

石阡被誉为"中国温泉之乡"。以县名"石仟"命名的"石阡温泉"是这温泉之乡中，最有代表性、最古老的温泉，因位于城南松明山麓下，又名"城南温泉"。史料记载，在 16 世纪前，温泉尚无建筑物覆盖，人们"入井为池，始濯于云蒸日照之中"，叫做"温泉浴日"。到明万历三十年（1606 年），云南人江大鲲到石阡任知府，开始了"温泉"的建设，"温泉"成为初具规模的城镇重要建设之一。据《贵州通志》载："1920 年，始建简易女塘，乃有上、中、下三塘及官塘。"官塘院中有碑曰："泉温可濯，水清可鉴，男女有别，德不逾闲。"而在 1993 年底，更建成长廊、男女大小池、茶楼等设施。由城南温泉大门而进，长廊、聚景亭、武侯词、太白祠、斗姆阁、茶楼、石塔、碑群等风景群，与松明山麓、龙川河、温泉大桥形成浑然一体的景观。这样，历经 400 多年，尤其是改革开放以来的建设，形成了现在的"石阡温泉"胜景。到石仟，你还没有体验那美妙无比的温泉浴，就已经先陶醉于美丽的温泉美景了。

当然，更让人赞叹不已的，是大可进行研究的"石仟温泉文化"现象了！

"石仟温泉"紧靠贯穿石阡县城南北的龙川河，泉水从山麓石隙中间涌出，带着滚滚热气，融入平静而多情的龙川河。泉河相会，冷暖相融，我中有你，你中有我。多少年来，河水带着人们沐浴的体温，见证着人们生活的甘苦，潺潺而行。也带来了各种美好的传说。

传说在很久很久以前，一个美丽的仙女下凡来到石阡，看见这里山清水秀，风景优美，气候宜人，人民勤劳。但老百姓整天劳作，满身汗水，万分疲惫。于是她想，何不化着一泓温暖的清水，留在石阡，为石阡人民洗去辛苦与疲劳呢？这样也可长久留在此地，欣赏这里美丽无比的景色。于是她就化成了温泉，永远留在了这里，由于泉水是仙女所化，所以才那么温暖柔滑，为人们带来了"暖沸肤添润，云蒸气自香"的品质。

也有传说，很久以前，有一个堪舆家赶着火龙从云南来到石阡，看到这里的山水优美，物产丰富，人民勤劳俭朴，就想留在这里，于是他把火龙镇在江底，留了下来。这条江就叫龙底江，就是现在的龙川河。火龙在河中翻滚不停，温泉就从地下汩汩喷出。

这些传说，表明了这里的人们对温泉的一种感情，一种崇敬之心。

感受石仟温泉，体味石仟人对温泉如痴如醉的喜爱，你就会深刻地体会到，"温泉"在石仟已经形成了独特的文化。洗温泉，已经成为石仟人生活的一部分。

亲戚来了——洗澡，朋友来了——洗澡，高兴了——洗澡，郁闷了——洗澡。

老百姓洗澡：一大早——就来了，洗了——回去吃饭，劳作之后——洗澡，吃了饭——又来了，晚上——还要来洗一趟才回去睡觉。

石仟人洗温泉，感受温暖，洗去烦恼，享受幸福，已经形成了一种深厚而淳朴的温泉文化。

民间传说，代表了人们对理想的追求，因此，应当说，石仟人相信这水是火龙喷出的有灵气的水，来这里沐浴能够得到神灵的庇护，温泉是具有神力的；当然，他们更相信这水是仙女美妙的肌肤化成，来这里沐浴是一种美的感受，一种爱的体验。在石仟人的生活中，上到七八十岁的老人，下到一两岁的幼儿，每天除了吃饭睡觉，必不可少的享受就是"洗澡"了。一天早中晚三次，洗浴温泉，是他们在享受他们的人生。他们相信自古流传下来的话："冬浴之则身暖而寒退，夏浴之则体轻而凉生，夜浴则睡眠安稳，疲浴则精神复振。"洗温泉浴，对他们来说，已经是融入人生的信念和态度。

一天的采访结束，我也享受错落在绿树红花中的露天温泉中。休息的时候，我与一个服务员妹妹攀谈起来。与她的摆谈，使我大吃一惊，原来，泡在石仟最豪华的温泉里，我们还根本没有了解石仟的温泉文化呢！

我对她说："你们每天在这里可以免费洗澡了？"

"我们不在这里洗？"她的回答让我很奇怪，在这里工作有这样方便的条件，为什么"不在这里洗澡"？我好奇地问："那是为什么？"她很神圣地对我说："我们只洗澡，不泡澡！""只洗澡，不泡澡"？姑娘的"用词"大有深意！

"其实你要感受石仟温泉，就要到我们本地人洗的地方去，才能真正感受到。这里的豪华温泉，主要是招待外地来的贵客的。我们石仟老百姓洗温泉，一般都去两个地方，一个收费一块钱，一个就是免费的了。"

我按照她的说法，让导游妹妹带我去体验石仟的"大众温泉"。到了地方一看，那情景，简直是在赶洗澡集！女池内，姑娘媳妇，老的少的，从一两岁的小女孩，到七八十岁的老妪，她们背着独具地方特色的小花背箩，抬着时尚的塑料小盆和矮凳，摩肩接踵，玉体如林。

收一块钱的地方，池子外面有一个专门供大家换衣的厅，转过厅门，里面是一个半天然的池子，七八米见方，池的四壁有石槽，滚烫的泉水顺着石槽缓缓而流，女人们都沿着石槽而浴；不收费的池子所不同的就是没有专门换衣服的地方，窗玻璃有破损，其他没有太大区别。问问男池的情景，与女池一般热闹。

特别有意思的是导游妹妹带去的一个地方。顺路旁下去，一间不大的小屋，看屋顶，与一般老屋没有区别。进到里边，才发觉是这间小屋，罩在一个纯天然的石间温泉上，山石为池，池子二三十平方米，四面池岸上摆放着女人们的背篓和衣物。脱了衣服的女人，个个可称"玉女"，玉女们围着池边，或站着、或半蹲、或坐在小凳子上，尽情地展示着人体的自然美。导游妹妹告诉我，这样的温泉，只有女池，没有男池。

天然池子，池子里还有高高低低的崖石，热水在石间流荡，女人们站在池边，用勺子、缸子舀水从头上、身上倒下。小屋内有二十三个人，却显得十分安静，没人喧闹，甚至没人说话，她们都在静静地享受。一缸又一缸的水从身上滑下，就像珍珠般从象牙般的躯体上滚下，美极！

我早已忘记了自己是一个采访者，忍不住激动地对她们说："我可以加入你们吗？"

池边的女人们都说："你下来嘛！"

我脱掉衣服，就加入到她们的群体中，她们却也完全没有把我当成外人，有人递给我一个缸子，大家就忙自己的去了。我半蹲着，也像她们一样让这热热的"水之精品"从头上滑下。这一下，我才理解了那个服务员为什么说她们"只洗澡不泡澡"，原来"只洗澡不泡澡"是石仟人的"温泉浴观"，这是一种对生活的深刻理解。"石仟温泉浴"，早已经不是一般的"去污洗垢"的"洗澡"，一天三次，她们的身体早已经是毫无尘垢，她们的"温泉浴"只是一种生活享受。这种"温泉沐浴"方式，才能真正地感受这大自然的纯真。没有一个人坐在水里，有的坐石头上，有的坐在自己的凳子上，静静的"沐浴"，让润滑的水从自己润滑的肌肤上流下。看着这美的画面，我几次想拿起相机为她们拍一张照，但后来一想，为保持她们这种"温泉浴"的纯真意境，我还是把这样的美景保留在我的脑海中，免得世人的眼睛污染了她们的纯洁。

我想，面对流动的温泉，冲浴而不泡浴，石仟女人们几百年来保持的这种"温泉浴"方式，其实是一种虽原始却科学的卫生观所形成，也是一种特有的石仟温泉文化，它说明，千百年来，石仟女人的世界，是多么的清纯净洁！

十里河滩十里花

花溪之美，美在十里河滩十里花，十里花丛十里水，十里水边十里滩，十里滩头又是十里花！那是景中有景，美中有美，一步一景，回环往复，步步美景。人说花溪"十里河滩明如镜，几步花圃几农田"，我说花溪"绿水青山美如画，野鸭扁舟入画来"。

花溪是贵阳有名的风景区。贵阳的南明河自广顺流入，其龙山峡至济番桥一段，称花溪河。沿河两岸，秀峰林立，山水交融，田畴交错，四季风景宜人。

2009 年 12 月，国家批准花溪十里河滩为国家城市湿地公园。这是贵州省第一个国家级城市湿地公园，总面积为 4.6 平方公里，距离市区中心 12 公里。十里河滩，山涵水韵，令人陶醉。

花溪的山，小巧而玲珑，秀丽而多姿。麟山、凤山、龟山、蛇山，苍翠欲滴，各展风韵。花溪河上大礁小屿，溪流婉转，瀑布层叠，跳礅曲回。花溪河水，浅处清澈见底可以涉足，深处碧绿幽深可以泛舟。

山水之间，园林成趣，牡丹园、桂花园、桃花园、松柏园，园中有园；花影漫天，桂花、茶花、紫薇花、碧桃花、八角金盆、洒金珊瑚，花树婆娑。

我漫步于花溪河畔，只觉迷人之景俯拾即是，且不说花溪天下闻名清澈见底的潺潺溪流，你看那河边婀娜多姿的垂柳，两岸形状各异的喀斯特山貌，山下清秀淡雅的布依山寨，那才形成了花溪山水的独特风韵。

阳春三月的花溪，我最爱的是这里的花！那可真是五彩缤纷！你可以说，花溪花溪，那是花的山，花的水，花的田，十里河滩花的河，平畴远望花的海。最叫人心动的是那尖山坡上漫山的山花，麦达寨边连绵的菜花。

山上的花，隐隐约约隐在山石里，藏在树丛中，但春风挡不住它们努力探头望世界，带给世界一片斑斓的颜色。水中的花，却是岸花的倒影，也有风吹的柳絮，行云映水，花，又在云天。

岸边湿地的花，一片片，红黄绿，相连，也相离，中间穿行着是那悠远的流水。湿地上的花是那样的小，远远见着，似绒绒的地毯。而沿河两岸的花，长得很有特点，它们多为藤蔓体、金银花、野蔷薇、还有那一簇簇开小花的土名叫"和尚籽"的花，它们都把身体依附在岸边低矮的杨柳树上，缠绵在那岸边连绵不断的芦苇丛中。

沿河田地里，有人在忙着，那是一对农民夫妇，只见菜地中，又植满了一排排的梨树，他们施肥、除草、浇水，小电动机从花溪河中抽上的水，他们用手中的胶管往地里一扬，一片水雾，阳光斜照过来，飞起几道彩虹！

我再抬头四望，又看见远处，芦苇间，柳树下，花草中，隐隐约约，有人影在动。那是垂钓人，他们是最能享受着这十里河滩十里花的闲适之人了。

一年一度，花开花落，美丽的花溪十里河滩，留下了徐霞客的脚印；留下了巴金、徐悲鸿、贺龙、陈毅、朱德、周恩来、邓颖超……岁月的身影。时光流逝，伊人远去，只有这花溪湿地的自然之花，却年年岁岁，如此这般，长开不败……

走进神奇溶洞

解读龙宫的密码

龙宫有龙吗？龙宫之龙，有谁知道，它在哪里？

在那弯弯的河水底，在那静静的池塘里。龙宫之龙就是那平静的河，就是那狂奔的瀑。找到了龙宫之龙，也就找到了解读龙宫的密码。

游龙宫一般都是洞中走，水上游。千姿百态的钟乳石，曲折迂回的明沟暗河。在洞里，看到那酷似唐僧师徒、孔雀开屏等奇妙的钟乳石形成的千姿百态；走出洞，乘车从洞的一边，划船至另一个洞口出来，然后上车走人。我去过两次，感觉差不多，也就是溶洞的那个样子，没看到它有什么特别的。

前次安顺地区，西秀区教育局邀请给他们的中小学校长教导主任讲课，饭前课后，在他们的带领下，重新认识龙宫，才发现以前的两次龙宫游，并没有找到龙宫的亮点，没有读懂龙宫。那亮点就是龙宫之龙，那弯弯的河，那奔腾的瀑。

这条龙宫之龙，游离在洞里洞外，它走过的地方就是景，总的说来，它的外景美胜于它的洞景，洞外的神奇也不让洞里。

我们从旋塘方向而下。正是仲春时节，一路的山是墨绿的，间或间还有几丝新绿。这里是世界天然辐射剂量率最低的地方，它的绿才会那么特别，到这里，最应该感受的就是这看不见的最低天然辐射，给人的是神清气爽，要有这样的感受，那就一定要有徒步的时间。顺着公路走，青绿的两山，哪样的宁静，两边田地里种的多是油菜，为的是这里的著名的菜花节，每年的三月底四月初，这里的油菜花那是金色海洋。我们到的时候花期已过，油菜花已变成了一排排细细的油菜角，菜花结了种子，只在顶巅还有一小族还没有结子的小黄花，晃晃悠悠，着实可爱。

一进龙宫大门，面朝"绿海"，春风扶柳，花香扑面，站在进门高处，面见两边的群山形成一个开阔的山谷，谷底是葱绿的长川，油菜已经结子，变得一片葱绿，其间套种胡豆，这时候的胡豆枝叶深绿饱满，二者相间，形成天然植物的地毯艺术品，那是一巨龙在飞舞，在一片葱绿间清晰地漂浮着一个深绿的龙字，它好似鲜活青龙飞舞，那样轻盈自然。这个独特地创意，完成了人与自然的和谐统一，有一种"天人合一"的境界。有人说，你们在半个月前来，见到的是金黄的油菜花作底，嫩绿的胡豆在中间形成的龙字，那是更为鲜艳耀眼。我说，那是一种初春的灿烂之美，现在我们见到的是仲春的饱满之美，在这个季节来，更可以感受到勃勃地生机、厚实的生命力。你看，在一片绿海之中，那绿色苍劲之蛟龙，舞着身姿欢迎你。

从高处走下，走进油菜地间葱绿的海洋，巨龙在你的周围，这时候你看不见那是头，那是尾。迎接你的是一巨幅山水画，万山进入一个以大地为盆的盆景区，盆景在不断地变化着，山在葱绿间又现石壁，它们一个接着一个，牵着手，靠着肩，形态各异，集中在这里展示。有馒头状、笋子形、像笔架、似马鞍，夕阳从云集中透出几米阳光，照在那从山边远处流过来的顺水河上，最清楚的是山在河里的倒影。山的倒影与河边的垂柳相吻处有几只鸭子，还有水鸟自由地飞飞停停。我沿着顺水河边的台阶而下，想要体会这如镜的水，它那样的平静，感受这如画的山水，灵动的天地盆景。我悄悄地感受这水，害怕惊动了河面上的江山影，水面上的飞禽身。

我沿着顺水河，走过长烟落日下的农舍，慢慢走，细细体味着美妙的时刻。河水很平，几乎看不出它的流向，走着走着，河不见了，眼前是一个平静的塘，塘很圆，不过能看出它不是人刻意修建的，人工是不可能造就的。不过，有一个天然的塘也并不稀奇，稀奇的是刚才那条平静的河不见了，哪去了？那可是一条并不小的河流，怎么可能在眼前一下就消失了呢?! 带着狐疑我顺着塘走了一圈，答案找到了，在塘的一边有一石碑，上面两个大字"旋塘"，其下记着旋塘形成的原因。大自然真实奇妙，这么大一条河从这里旋转着流下地了，肉眼是看不出这个塘的水在旋转，它旋转着下去了，消失了。这里被誉为比北大西洋的百慕大还要神秘的山不转水转的奇观。

从这里旋转而下，这条河就像一条龙得到了重生，它窜过重山，从后面观音洞脚下遮遮掩掩地，时隐时现地流过，好像是要看看这个全国最大的洞中寺院，龙宫观音洞；它在山外、山里窜进窜出，它在考察龙宫的 10 平方公里范围内形成的里里外外、大大小小的水洞旱洞 90 多个，这个获得了世界吉尼斯纪录景观。再窜过几重山从龙宫洞口打开一个天窗窜出来，这时候就不是前面的文静温柔，遮遮掩掩，时隐时现的龙了，它可是一条汹涌澎湃的苍劲之龙，在这里它形成全国最大的洞中瀑布，龙宫龙门飞瀑。那可是：灵秀天生成，鬼斧神工开洞府；神绝人世造，瑶池群玉见人间。正是它的吞石为洞，吐水为花，造就了龙宫，是它歇脚成湖，翻腾成瀑，形成五段串珠式的溶洞，还有那弯弯曲曲地下暗河。它的五进五出，形似飞龙，时隐时现，形成龙宫之龙，是它的一往向前，飞跃形成了下一段的著名黄果树瀑布。这就是龙宫之龙，找到这条龙，就找到了解读龙宫的密码。

甲茶燕子洞

有山有水有溶洞，在贵州很普遍。在平塘甲茶，融为最佳风景。

就说燕子洞或燕子崖吧，在贵州多的是。

紫云麻山的燕子洞，虽说是洞，还不如说它是一座巨大的桥，因为它是一个空洞，足有上百米高。洞下是清澈的河流，高大的穹顶，像无际的天空，宽阔的洞壁就是燕子们的栖身之地。

赤水的燕子岩，已经成为著名的风景名胜。半山上，有一个凹进去的巨大崖壁，燕子们就在那里遮风避雨。水从崖顶落下，形成一个几十米高的瀑布，其形状酷似燕尾，便叫燕尾瀑，或许燕子岩其实因此而得名？瀑布在燕子岩前形成水帘，居然又是一个绝妙的水帘洞，虽不比黄果树水帘洞的玲珑，却比黄果树水帘洞壮观。

但要说奇，还是平塘甲茶的燕子洞。

从甲茶坐船到燕子洞，一路风景就叫你留恋。有人说贵州的风景都差不多，就是山、水、洞。而甲茶河却是景象万千，两岸的翠竹，绵延不断；多变的河床，令人眼花缭乱。有的地方很宽，可以同时通过几条船；有的地方却仅够一条船通过，甚至好像过不去了，慢慢划过去，却又是一重天。河水深的地方深不可测，浅的地方行船却常常搁浅，要人下水去推。这种复杂情况却给游客带来了许多乐趣。每到搁浅处，大家就拥到沙滩上去打水漂，或在大大小小、红红绿绿的鹅卵石中寻找收藏石。我注意到一个情况，一般河流，靠岸的浅水处都生长着不同的苔藓，正是长青苔的时候，而甲茶河却没有一点苔藓，说明甲茶河水之干净。这时船老大提来一大提篮活鱼，大大小小，大的有一尺多，小的筷子长，很是可爱。他要我们带一点回去，我们只能遗憾地摇摇头。船老大想想，鱼确实不能带，就说："那你们带点刺竹笋回去，这个东西与别的地方不一样。你看这沿河两岸的竹林，有十多里，都是刺竹，碗口粗，一根竹子就要两个人抬，一棵笋子半人高，你都搬不动，做出的笋子，切成一片一片，好吃得很。"听了他一席话，我倒是想上岸后买一点干笋子带回去。看两岸茂密的刺竹，那碗口粗的竹子，是多好的建筑材料和造纸材料。它为甲茶河增添了多少美景，难怪有人说"甲茶山水赛漓江"。

船再向前走不久，左岸的竹林突然不见了，眼前出现一座绝壁，好像不知是谁用巨斧一下劈成。船老大告诉说，燕子洞到了。

船一转过绝壁就停下了，因为没有"路"了，甲茶河消失了！

一条大河就在这里消失了？我奇怪地四处张望：这么大一条河怎么说不见了就不见了？船老大笑了说："不是不见了，是从这里才开始了。"我觉得这就更稀奇了，这么大一条河，一下子从这里开始，没有半点涓涓源头的样子，真是奇了。

上了岸才知道，原来水是从燕子洞的下面冒出来的。洞外是如童话小房子般的巨石，翻过一个又一个"小房子"，才找到了燕子洞，洞口较为隐蔽，走到前，却见到它是那样的大，洞里更宽大，却是一个旱洞，并没有河。那下面可能还有洞，大河也许是从它的下面一层流出去的。时当正午，没见到一只燕子。当地人说，勤劳的燕子一早就飞出去了，要天黑才回来。成千上万只燕子飞进飞出，很有次序，每天从六点开始要九点才飞完，晚上又按这样的情景飞回。每当这时，那可真是一道风景线，在洞口和河面，你都会看到那遮天蔽日的壮观景象。

从燕子洞下来，我还在一路探望，想知道甲茶河水是怎样冒出来的。知情人士告诉我，燕子洞下面是条阴河，阴河里的水却是从"玉水金盆"的平舟河而来。平舟河从平塘流到六硐就消失了，然后又甲茶的燕子洞下冒出来。如果涨水，阴河里的水还会从对面绝壁腰间窜出，大小不等的水柱从崖壁齐射，真是蔚为壮观。

甲茶燕子洞，真是奇观！

雪洞洞蟒奇观

从三穗往雪洞镇约25公里，向左一条山间公路，路沿山脚的小溪而修，沿路都有可观风景，不过一二公里，就到了洞蟒庙。民国22年，在这里建过一座庙，因本地洞中有蟒蛇出没，故称为洞蟒庙。它曾经香火很旺，后被损坏，现只有遗址，屋基还在。不过并不影响这里的奇观。

　　洞蟒奇观之一，是远观洞蟒庙，映入眼帘的是一幅中国山水画，但它的精巧构图，美妙着色，那是任何高明的画家也无法画出来的。大自然的杰作，自然天成。不高的两山交接处，透过丛林隐约可见一风雨桥。风雨桥的确历经风雨，整个桥体全木所造，已被风吹雨打而成一身灰白，通体沧桑，倒也更显风韵。两边山上古木可见，更多的是山崖上的翠竹。桥下一股清流潺潺而下，在二三十米的山崖上跌落而下，在崖边形成一个水帘似的瀑布。瀑布右山边，一条之字路竹林里时隐时现一直绕上风雨桥。左山脚下，一户人家，一楼一底，全木结构，房屋很有特色，用桐油漆成古铜色，古铜色的房屋，衬着鲜红的对联，更加耀眼。屋前几株果树，正是桃红李白。储藏室旁，是一间牛栏。栏内一头老黄牛将头伸出栏外，牛头下支着一辆摩托车，牛栏墙上站着一条追山狗，墙边站着一位红衣少女，真是闲情意趣、和谐协调，美不胜收。

　　洞蟒奇观之二，是万千萤火相聚于此，恰似银河落入人间。在这瀑布下，七八月的傍晚，两边的石壁上、树丛中有成千上万的萤火虫在这里栖息。它们栖息下来，如繁星点点，如遇光亮，群起而追之，则如流动的银河，真是梦幻一般的感觉。给我们带路的乡干部小袁说：一次他来这里开会，傍晚才回家，从这里经过时，听着瀑布的潺潺水声，想起洞蟒的故事。那是在三十多年前，三天三夜的大雨之后，一条大蟒从洞中窜出，被雷击死。他想着，有几分心悸。但看着闪闪的萤火虫，就像朦胧的星星，给人以温情，刚才的心悸和一天的辛苦都被沐浴干净。

　　奇观之三，是蟒坪坡下的响水潭，猴子洞里的石棺材。从瀑布头上，跨过风雨桥，就是蟒坪坡下的响水潭。蟒平坡有50多户人家，都是勤劳朴实的庄稼人。水从山上人家流下，到风雨桥前，有一口坛子口形的水潭，水不大，流动间发出咚咚的声音，更奇怪的是我们走在响水潭边的山路上，踩踩脚，也能听到咚咚作响的声音。当地人说这里是"五龙归位"的地方，前面的五座小山都交汇在这里，因此才有这样的灵性。响水潭前行几十米处有一个岩洞，洞不算深，也就十多米，洞口上的条形弯石，很像老鹰的尖嘴。从前，这里是猴子出没的地方，因此叫猴子洞。它的正对面也有一个洞，洞口处有一座长型巨石，酷似棺材，人们就叫它石棺材。钻进洞内站在石尾对着洞外亮光一看，那真是一副石头大棺材，大约三米多长，就跟真的一样。棺椁上一朵石莲花，正好顶着洞口。这里的风俗，办丧事时有在棺椁上点莲花灯的风俗，而猴子洞的石棺椁上竟长有石莲花，实在是奇巧之极。洞的最高处约有两米多，而靠边的地方却要低着头，有时还要猫着腰才能通过。带路的人笑着对我说："你们省城来的朋友，要从洞的右边进去左边出来。注意要手摸石棺材，升官又发财！""还有个说法：摸一摸，九万多！"我对他说：我不想升官，也发不了财，不过我就是要走一圈，要摸一摸。感受感受大自然的灵性，胜过升官发财！大家一阵笑声。

奇观之四，是人家屋后的狮子山，黑面白牙更壮观。瀑布左山下人家姓袁，古铜色的房屋后面，有一座天然的狮子头，那是几年前他们修建这栋房子挖屋基时发现的，这样一尊长宽五六米的黑石，酷似一座浮雕狮子头，那眉眼、那神情可真是绝版。两颗下门牙是两座青石，展示它的威猛。恐怕就是雕塑大师们见了也要惊叹它的神妙。主人家说：我们在发现它像一个狮子头以后，就没有敢再往里面挖。建房时，我们有意把后面的屋檐拖长了一点，把大石盖在了屋檐下，我们想，石狮也是狮，是有灵性的，不好惊动了它。我说，人有灵性，自然也有灵性，这说明你们的灵性与自然的灵性相通了，以后一定能够得到自然的回报。不知道主人家是否听懂了我的话，不过他们还是很激动地说，感激我的吉言，这里日后一定能发展起来，欢迎我再来做客。

双河洞　赤尾溪

　　双河洞、赤尾溪，你是先有洞来还是先有溪？为什么洞中有溪，溪上有洞，洞离不开溪，溪总绕着洞？这样的考问要追溯到几亿年前的寒武系和奥陶系地质层，老天爷的鬼斧神工。双河洞与赤尾溪，就像世界上最恩爱的夫妻，永远都是你中有我，我中有你。一个刚毅深邃，腹中自有万千世界；一个晶莹剔透，两岸总是苍茫秀丽。

　　双河溶洞群所在地桂花村和铜鼓村，深山苍茫，群峰秀丽，洞外有两条河流在铜鼓村交汇，双河溶洞因此得名。溶洞群主要有石膏洞、水帘洞、莲花洞、桂花洞、山王洞、罗教洞、连望洞、杉林洞、罗汉洞等20多洞。最奇的是它洞连洞、洞中有洞。有成套装的，大洞套小洞，一套两套；有成楼层的，三层五层。

　　这是大自然对绥阳这块土地的特别关爱。在上亿年后的今天，这里成为国家地质公园。双河洞以它的106米的长度，拿下了亚洲之最，进入世界16位。双河洞里的"石膏金花"以它的3万平方米面积，创下了中国独一、世界之最。"石膏金花"的美丽和神秘，引来法国、日本等国家的地质研究者、探险家的关注；赢得了多少国内外旅游爱好者的钟爱。

　　我怀着崇敬的心情，踏上了这块美丽神奇的土地。从遵义到绥阳90公里，从绥阳出来约50公里，进入了温泉镇。温泉镇，因这里有上好的温泉而得名，水温大约在48°，据说这里有的老百姓家的房前屋后都有温泉。有溶洞就有温泉，这是它的地理构造所决定。我们忙着考察溶洞，没有时间去品味温泉。汽车径直出了温泉镇，驶上柏油路，与赤尾溪河并行。

　　眼前是山绿、水绿、田绿，一片葱绿，怎一个"绿"字了得。

在这里，我看到了人间最美的四月天。这里的山，森林覆盖率达60％以上，到处莽莽苍苍，翠竹掩映着绿树，绿树覆盖着山峦。看到赤尾溪河，你才知道什么叫绿水如黛。宁静的原野上，沉甸甸的油菜角不知道是听了谁的命令，那样整齐划一地弯向一方，绿海一片，直到遥远而似不可见的山脚！远远的河边，水车在转动，一个穿红衣服的姑娘在水边洗着什么。

与我们同行的是一位年轻的女镇长，我觉得她还是一位小姑娘。可爱的姑娘，一路给我们指点，一路的风景让我应接不暇。她指着赤尾溪河一座高大古朴的石桥说："这是清朝道光年间的公馆桥，是当时正安通过绥阳到遵义的必经之路。一桥跨两县，桥这边是绥阳，桥那边就是正安。"一听她这样的介绍，我们激动了，要求在这里停一下。大家都下了车，除了要和这古老石拱桥合个影之外，更重要的是要到正安那边去走一趟，品品一脚跨两县的滋味。我们在对石桥及桥下的石碑，进行了一番考证，难得有这样保存完好的古建筑，上面还有好多值得研究的历史文化。我看着高跨河面的石拱桥，石桥前后的宅居和繁忙的车路，竟联想到了张择端的《清明上河图》，这里虽不是繁华的都市，但我总觉得如国画般的美丽画面有些仿佛。

镇长小姑娘又指着赤尾溪河右面的山说，"看到山脚下的那个洞了吗？那是大鱼泉，那里的水呈微黄色，流入赤尾溪就出现明显的界线。"我看到赤尾溪形成的"楚河汉界"，那可真是"泾渭分明"，赤尾溪水晶莹剔透，大鱼泉水淡黄如玉。

关于大鱼泉，还有一个美丽的传说，据说有一条很大的赤尾鱼，从长江游进乌江，再从乌江过四川的武隆，进入芙蓉江，到了温泉镇这里的池武溪，看到这里如此美丽，就不想回去了。他变成了一个英俊青年，引来了很多女子的喜爱。一个道士知道了他的身份，心里不舒服，就作法追杀他。青年现了原形，情急之下逃进大鱼泉这个池武溪边的山水洞。因他受了伤，洞里的水就带上了淡淡的黄色，许多大大小小的碎鳞鱼从泉中涌出来，向赤尾溪游奔去，它们要游过芙蓉江游到乌江进入长江，它们要回赤尾鱼老家去。从此这个山水洞就叫大鱼泉，这条河就叫赤尾溪。直到现在，老百姓还这样叫，只有在官方或正式的场合才叫它池武溪。

从温泉镇出来约5公里，我们到了双河水洞，它是赤尾溪的发源地，洞里的水很大，镇长小姑娘说除考察的法国地质专家和考察团坐皮艇进去过，还不知有其他人能够进去。洞有多深，未能全知。

水洞尚不具备开发条件，旱洞106公里，也仅仅开发了很少的部分。进入旱洞的第一个洞，是石膏洞。但说它是旱洞，其实里面也有许多小溪、瀑布。进洞不久，就有一只青蛙来欢迎我们，它还真通人性，蹲在那里让我们仔细观察，我们每一个人都用各自的照相工具留下它的靓影。我还没照完，前面的人又叫了起来，"快来看，这里有蝌蚪，还有无眼鱼!""快来喝点神仙水，永远快乐似神仙!"只见一股清泉从上洞流下形成一洞中瀑布，流下一池清水。这里没有春风，无法吹皱这一池清水。这如镜的一池清水，从一侧悄悄流出，又形成一级级的小溪，穿一洞又一洞，不知流到什么地方。蝌蚪和无眼鱼一会就窜不见了，它们没有小青蛙那么多情。

带我们进洞的小导游用她那约带方言的普通话对我说说，"不要动! 你看，你看，你肩上有一只小蜘蛛! 你们真是贵人哪，我们天天在这里走，也难看到它，你们一来就看到了。"我一下就看到了我肩上的那只小蜘蛛，它跟外面的蜘蛛不一样，细长的脚，灰色的身体。不知道它是否也像无眼鱼那样没有眼睛? 这洞里给我们留下了太多的新奇。

我们穿过一洞又一洞，上了一层又一层，其间有多少卷曲石形成的玉凤、荷花、石象、孔雀，让人叹为观止;有多少石膏晶花石膏钟乳、石膏石笋、石膏石幔、石膏飘带，令人流连忘返。

双河洞、赤尾溪，洞中有溪，溪上有洞，洞离不开溪，溪总绕着洞，你们留给人们太多的美丽、太多的神奇、太多的回味。

踏进迷人村寨

永远的"沙滩"

走近遵义新舟镇"沙滩"村，先见新舟现代化民用机场，接着是新舟十里水果长廊，那是一个春日来桃李芬芳，秋月里硕果累累的好去处，只是现在是冬日，春光秋日，只有来日再分享了；走进沙滩，撞眼，是一个又一个的大坝，黔北粮仓，土地肥沃。眼前仿佛有麦苗青长菜花香，稻谷金黄翻巨浪；如黛的乐安江静静流淌，两岸翠竹掩映，一叶扁舟栖息在琴洲湾绿荫深处。在乐安江转头而过的半山崖壁上，有西南著名的丛林寺院——禹门寺。这一路来，我被这一景又一景感动。这时，有人在介绍"沙滩八景"，而另外一个人则抢着说是"沙滩二十四景"。听着他们的争论，我既觉得有趣，心里说，10里沙滩，其实处处是景，美不胜收。

沙滩美景让人向往，让人难忘。但最让人向往的，还是"沙滩"文化之乡——清代西南三巨儒郑、莫、黎的故居之地。有学者认为，沙滩文化"润泽黔北，角逐中原，会盟吴楚，名噪中华"，堪为"中华文化第一村"。

寻找沙滩文化，我们首先到了乐安江边精巧的沙滩博物馆，这是一个集文化休闲餐饮为一体的文化会所，让人感慨万分的，这却是一个私人修建的博物馆，由此也可见有识之士对"沙滩文化"发自内心的景仰。

博物馆门口，一位少妇牵着一个三四岁的小男孩，我听见了他们的对话，我觉得十分有意思。小孩问，"妈妈，这里是做什么的？""是从前，一些人读书的地方。""读书？他们为什么在山里读书？""他们要种田。"也许这位妈妈并没有意识到，她无意之中，巧妙地把沙滩的耕读文化精神告诉了孩子。

人们来到沙滩，休闲之余，自然就可以了解到这种悠久的中华传统文化精神。

在博物馆，一个自愿给我们担任向导兼讲解员的妇女，却是沙滩有名地方特产"禹门卤鸭"的店老板娘，只听她如数家珍，给我们介绍有关沙滩文化，有关郑、莫、黎的典故；还有关于禹门寺、关于石头禅塔、关于鲁班……说不完的传说故事。看着这貌不惊人的乡村女子，听着她对这里历史文化的熟悉，我们都有些暗暗吃惊，一问之下，我们更吃了一惊：原来她就是黎庶昌家族的后人，名叫黎镜。怪不得！

我们顺着乐安江而行，一路农舍错落，田园优美，江边竹柳摇风，田里草莓叶嫩。一个六十来岁的农民坐在乐安河边，望着河水，见我们过来，他走到小船边说："你们坐船到河中间的琴洲不？我送你们过去，还可以给你们唱山歌。以前，老辈人些，就是在对面的琴洲上吟诗作画哟！"老人显然看出我们的身份。他说的老辈人些，就是"郑、莫、黎"时代的人了。我很想去琴洲，单是这名字就是那样的充满诗情画意。可是时间不容许，村政府的干部们还在前面黎庶昌的故居"钦及第"等我们。只能遥望感受先辈大师们的神韵了。黎镜对他说："三叔，把你前几天参加比赛的山歌唱给他们听听！"只见他来了精神，抖了抖衣裳，大大方方地唱开了：

乐安江头杨柳村，杨花愁煞渡船人。
东园载酒西园酸，摘尽琵琶一树金。

家乡无穷美风光，夹岸幽篁乐安江，
沿河两岸翠竹柳，绿水清波戏鸳鸯。

他一气唱了好几首，其实，他哪里唱的是"山歌"，应该说都是他创作的古诗，只不过是用山歌的调调来唱而已。我说，看得出你的古文底子不薄呀，然而他却告诉我们说，他只读到小学三年级，写这些都是在老辈子哪里听会的，这就是刚才唱的"蓝屏晚翠沙滩学，教子同学闻书香"了。

黎镜在旁边说，"我们这里的人，会种田的人，也能读书，能读书的人也会种田，老辈要求的。等一会，你们在'钦及第'的大院里就可以看到院子里的石雕——'春夏秋冬，渔樵耕读'图了。"黎镜不经意的一句话，却让我领略了什么是"沙滩文化精神"了。三百多年来，"春夏秋冬，渔樵耕读"的沙滩文化，滋润出了多少于国家民族的有志有识之人：郑珍、莫友芝，他们的《遵义府志》，被梁启超称为"天下第一府志"；黎庶昌，他的《西洋杂记》，以贵州第一个放眼看世界的人，把出使欧洲的见闻，介绍给国人，引进了西方的先进文化；著名的学者、诗人，黎氏后裔黎焕颐；"文化将军"陈沂；学者、沙滩文化研究人黄万机；还有春晖行动那众多的回报桑梓情的青年学子们。恢复高考三十余年以来，以沙滩为核心的新舟镇，仅仅7万多人，四所小学，五所中学，走出去的大中专学生，就有一万多，这就是沙滩精神在这块土地上雨露滋润的结果。

这种精神，将在这里永远传承：

我们沿着乐安河边行走，晚风轻抚，夕阳遮面；在南屏晚翠，水红树边，大悲阁下，江桥岸柳，河面如镜，白鹭低飞。处处是景，忽然，撞入我的眼帘的，又是一景，一幅巨大的横幅，贯穿在街道上空：热烈庆祝我校07届毕业生李润润考入南京航空航天大学。这是沙滩文化中学前的一景。

走进沙滩文化中学，校门前是郑、莫、黎的巨型浮雕，他们凝视着天天进出校门的学生，顺着进门的大道，是一排光荣榜，那是近几年从这所学校出去，考进重点名校的学生榜，除了李润润，还有两个考上清华大学。看着中学高大漂亮的校舍大楼，你真不相信这是一个村级中学。学校现在又修建了好几栋新楼，这里也有学子回报。沿着光荣榜而上，是一路壁画，叙述着沙滩文化先辈们的经历：拜师黎恂、耕读写作、山居撰述、棠阴苦读、书局校勘、赴京应试、游历欧洲、刻印《丛书》、潜心治学、出使东瀛、辞官治学。前辈们读书治学报效国家的精神就这样潜移默化地在这块土地生长。

已是上晚自习的时间，有几个学生拿着劳动工具，那样子像是刚去打扫卫生回来，我跟着他们走到一间教室边看看，桌上堆满了书，几个学生在作业。没人发现我，我也不想打扰他们。回到大门口，我正和校工交谈，一个穿红衣服的女孩，牵着一个穿运动服的小男孩从我们面前走过，我问她，"你也要考上清华北大吗？"她嫣然一笑，说，"会的！"校工对我说，她是这里最好的学生之一。小男孩用他那对黑黝黝的眼睛看着我，我问他："你来干什么？"男孩说，"我是沙滩小学的，来跟我姐姐上晚自习。"说着，她们一溜烟地跑了，我望着他们一高一矮地晃动着，从沙滩文化墙前穿过！

朝门八字开

水田镇的董龙村是一个以布依族为主的行政村，由大寨、新寨、湾子寨等15个寨子组成，每个寨子有二三十户人家。古老的民居，层叠而建，分布在一个大坝子四面的层层山麓上。寨上的老屋多为洪武年间建造，五六百年后的今天，他们仍然能与我们相见，虽然苍松翠柏簇拥着它们，也是满带着人间的沧桑。历史的印记，写在这些老屋的脸上。

　　仔细观察，就会发现这些老屋有一个最大的特点，那就是无论老屋朝向何方，院子的大门都是呈八字形摆开——村民们称为"朝门八字开"。

　　进入董龙村的地界，迎接我们的是一片大田坝子，这是这里的布依人生存的根基。大田坝的四面是莲花般的层叠山麓，最可爱的要数那白虎山，有如一只巨型猛虎卧于山门，而另一边又有曲曲弯弯的小山蛮连成一体，如一青龙游动在寨间，龙头探向坝子间一座郁郁葱葱的小山，村民们说这是"青龙探宝"。按中国传统的左青龙，右白虎的风水观，这里就是宝地。左青龙，右白虎庇护着这里的每一座老屋，庇护着寨子里一代代的人。

　　老屋外坝子上，人们正忙着，正是栽秧打田之季。看这整齐的秧苗，仿佛看到秋收的新米，这里的米是最好吃的，那是因为这里的田地，还有这里的水。水来源于山那面的"千砍箐水库"，这个水库的奇特之处，是真正的"天然水"，三面山形成一个天然的大水沟，沟顶头上，有长年不断的地下水源，一坝横断两山，水库自然而成，水质没有任何污染。这样的水养了这里的人，这里的田。这块宝地才如此的富足，这里才会有这样多的寨子，这样好的老房子，那样多"朝门八字开"的朝门。

　　一个忙着插秧的大嫂见了我们，她的一句话让我有了感触，"哦！来玩老古董的呀?!"真有意思！她说的"老古董"就是指这里的老屋。这里的老屋有个特点，无论怎样，都要形成一个院子，院子都有一个呈八字形的朝门。朝门进来，正面是正房，两边是厢房，与正房相对的是对厅，形成一个四合天井。最有特点的是朝门，特点在于它的八字形。八字摆开的朝门，是因为两面摆成八字形的门墙，有的墙上画有各种民俗绘画，有的则是福禄寿喜等字样。我探索这朝门的原因：八字开，基础是一个梯形，梯形是最为稳定的；八字开，还形成一种开阔的气势，给人以宽阔的胸襟，浩瀚的情怀的感觉；八字开，还形成一种海纳百川、财源滚滚之形势，那是老屋里世世代代的夙愿。

陪同我们的罗镇长介绍说，这里有许多民风都与朝门有关，如红白喜事，来客要进朝门，首先就要开财门，用特殊的方式，客人主人要对唱八首歌，客人赢了进朝门，输了要喝八碗酒；进了朝门，同样的形式进里面的腰门（堂屋大门前的一个半截门），同样的形势进到大门、进到堂屋。最要紧的是进朝门的那八首歌。布依人爱歌，唱歌是他们生活的一个重要部分。布依山歌唱腔主要分为：三滴水、四平腔、桂花调、夹黄歌等形式。内容上分为四种，古歌、酒歌、情歌、山歌。酒歌可以分为欢迎歌、做客歌、起房歌。在一辈辈的传唱中，有一些基本的，更多的是歌者根据所处情况随机编唱。在朝门前唱得最多的那当然是欢迎歌、做客歌、起房歌等。

比如开财门时，客人就唱：你家朝门修得好，财源滚滚如山倒。你家朝门修得高，福气还比朝门高。

又比如女儿在家，朝门就是屏障，形成了里外天地，情哥哥来了，朝门外歌声响起："吃了晚饭来闹家，一阵狂风吹树丫，哥来吹个桂花调，吹朵鲜花到我家。"听着朝门外小伙的歌声，里面的姑娘唱着出来了："半夜三更起歌头，一费灯草二费油，一来吵着老人伙，二来闹烦表心头。"于是"朝门八字开"的两面墙，给她们提供了幽会的地点。

"朝门八字开"，这里是多少母亲送子远行之地；这里是多少妻子望郎之处；有多少女儿拉着情哥哥的手出门去，又有多少新娘坐着花轿，走进门来……

董龙十五寨有多少朝门，来不及一一点数，但朝门八字开，却可以体验这方人的情怀，体会他们自由幸福的人生。

92

向往神农百花寨

世间尘事太繁，所谓"红尘三千丈，都在山水间"，那是对山水之自由闲暇的向往，远离世俗的一种理想。近日，和一群志气相投的朋友去到一个地方，一个现代城市人向往的地方。那是石阡县河坝场乡坪中村。哪里可真是一花一世界，一树一菩提。我们在花下参禅，在树边悟道，许多的困惑，随花间的一缕清风吹拂，思想豁然开朗。所谓的明镜，并非一定要架在高台之上，为何不是在这样的乡村小寨上。

这个乡村小寨，若说城市里的东西，如汽车、洗衣机、电视机、电冰箱等，农户们都已经拥有。就连电脑网络，这里的人们也不陌生。时见这里新修的小楼房，白墙红瓦，有几分现代气，也难免透出几分乡土气，隐藏在万绿丛中，倒也是一种特色。

而若说这里拥有的，城市里就稀罕了——青山，绿水，带荚的百亩油菜，倒映花树的秧田，田间掠过的白鹭……晚上满田满坝的蛙鸣，城市人哪里能够享受到呢！

这里四面群山，远远近近、重重叠叠，如莲花层层展开，莲花的中央就是一块大坝子，一条小溪从山间流出，时隐时现，穿过坝子，保障了一坝田地的水源。坝子的四面山脚下是人家住户，一条环形水泥公路围着坝子绕了一圈，把分住在四山脚下的人家户连接在一起，是真正的"环村公路"。

我们的车一直开到坪中村的南面最低处，是环形公路的转折点，那条穿坝而过的小溪，在这里汇聚了一股四季不干的山泉水，漫到下面的大田里，村里正计划在这里蓄水成湖，这样，浅浅的湖水依山势而自然生成，更添了几分灵气。蓄水大田的边上有一栋规模很大的现代化建筑，上下两层，白墙红瓦。这里就是我们下榻之处。

楼房下面是很大的一个院子，用蓝色的围墙围着。这本是一个现代化的幼儿园，园内各项设施齐全。这是本地一个热心回报桑梓的成功人士罗明学工程师所修建。幼儿园本意是为河坝场乡的干部居民们提供一个现代化学前教育的场所，但因地处僻壤师资不逮而未开办。他的更大计划是在坪中打造一个"百花寨"。

已是仲春之时，只见四面的群山葱葱茏茏，近低远高，远似泼墨，近如翡翠。盆地中间是一大坝油菜，正是望收的时节，在高处一望，一坝子的油菜，宛如绿海翻滚。放眼望坪中，实实虚虚，如国画仙境。

村支书告诉我们，这四面山上都是果子树，如果你们早些来，可见漫山雪白，中间还错落些红花，哎呀，那叫好看。我对支书说，其实我们现在看到的是另一种美，你看，路边的桃李已经有板栗大小，枇杷果开始见黄，柚子树却刚挂白花，花香四溢，沿路蜂飞蝶展，这是一种生长成熟之美。村支书笑了说，老师说得好，花有花的好，果有果的好。

我们围着绕寨公路走一圈。这时候太阳很低，云层也很低，万物焕发出勃勃生机，这里太美了。不说"太美"那显得苍白，应该说，这里那是一个抢眼。一路上都能见到插秧的农人。他们忙着手上的活路，好像没看见我们的到来，更不知道他们已经是我们相机里面的美景。路边田里的油菜果实饱满得像即将临盆的孕妇，肚子里的菜子娃娃们呼之欲出。这里的油菜高得像一棵棵小树，我站在田边与油菜比高，我靠在油菜杆上，它也重重地靠着我。呵！我把头使劲往上抬，还是达不到油菜杆子的高度，多好的丰收果实，真叫人叹为观止。在一块早熟的油菜地旁边的水泥院坝里，一个大姐正拿着"连盖"，在翻打割下来的油菜。"连盖"，是一种拍打油菜荞麦高粱果实籽粒的工具，一棵长杆上横穿一棵短棒，短棒上又斗了一排稍小的短棍，举起长杆，翻动短棍，拍打在果实籽粒上，就把籽粒拍打下来。只见这位衣着现代的农村大姐举着连盖啪啪地翻动，脸上露出丰收的微笑。让人感到人与自然的祥和。我大声喊道，大姐，今年的油菜好哈？她抬头笑笑，没有回答。不过那抬头那眉眼间已经告诉了我们，她的喜悦。

村支书给我们介绍，这里在罗明学工程师的计划下，准备打造成一个专门种植花卉的村寨，到时候一户一花，那时候这里的一百多户，那就是一个百花寨。同行人说，百花寨，百花百药，我们给你一个名字，叫"神农百花寨"。村支书激动地说，好点子、好名字，就是神农百花寨！

阳光把小路都晒湿了。小寨从内到外到处都散发出一种凌静，呈现一种幽幽的墨绿，如水一般玲珑。溪水，便从石板与石板间的缝隙里溢出来，从路边的小草尖上滚落到小路，打在裤腿间鞋面上，感觉到从未有过的清新。路边的石墙上，土坪边，金银花开得正好。黄的白的，一串串带得扑鼻的清香迎接我们。走过一户农家，蔷薇花攀爬在石墙上，白底红花，一下抓住了我们的相机。蔷薇花丛中，几只小鸡在忙着找食，一条白狗在门前懒懒地躺着，见了我们把瞌睡的眼睛睁开，嗅嗅鼻子欲起来迎接。村支书招呼主人家，出来一个六十来岁的老人，热情地邀请我们进家坐。我们站在院墙边，和他聊了聊，说到种花，老人笑了说，我家就种有牡丹和芍药，我们这里的气候，水土，搞个百花寨，是没有问题的。到那个时候，欢迎老师们来赏花就是了！

我忽然想起《镜花缘》中，武则天作诗下令百花齐开的故事，那是小说的虚构，但这里，石阡河坝场乡坪中村，却将变为现实，想想真令人激动！

离开老人的院子，回看站在院坝前跟我们告别的老人，我挥挥手说，老人家，我一定再来你们神农百花寨做客哟！

讲义寨的解读

从安顺的西北方向行约 10 公里，就到了我们要说的白岩乡的讲义村，它是普定的门户，再向西北行 18 公里就是普定县城。这里跟贵州的很多乡村一样，用得上那个词——山清水秀。你会觉得它不过也是那样的平凡的一个村寨，没什么特别，作为城里人，来到这里，不过就是呼吸清新的空气，摘撷芳香的泥土。那你就错了，其实，这里的山水、屯寨、风情，是很值得我们去欣赏、去研究的。

山水。走进讲义，第一感觉是景色似曾相识，搜索记忆，找到了，那是桂林的样子。当我说出这一想法的时候，同行的当地人说，这已经不是你的新发现了，好多游客都有这个感觉，特别是在收完油菜，灌注田水，准备插秧的时候。我想，有这样的"感觉趋同"就有审美的转换，也就有了个人的审美感受。按照黑格尔的美学观点，"美是理念的感性显现"。这里，就是我的理念里最美的山川了。当这片山川都开满了油菜花的时候，小山连绵起伏变化，和那种一望无际的情景相比，又是一番风景。当地的人把它叫做"花季农业"，实际上它何尝不是"果季农业"呢？仲春时节沉甸甸的油菜子榨弯了枝，深秋季候金灿灿的稻谷挂满了穗；作为观光农业，"花季"只是"果季"的开始，当周围小山上的经济林挂满了果实，漫步在林间的感觉，真够你享受。

屯寨。这里的屯寨最大的特点就是具有"战争文化"。人类历史的演变过程实际上也就是一个战争的过程。我们姑且不去探讨这里战争的正义与非正义。它留给我们的是当年的硝烟、弹洞；让我们看到的是战争的残酷，战争与人类的极大的不和谐。这里的大屯小屯和寨子，我们仔细地去考察，读懂的就是，寨即是屯，屯即是寨，它们战时是军事屯堡，闲时是生活居住地。所以在它的屯上有家居的石磨、石水缸；所以在它的寨上有碉堡、炮楼和护城河。大小屯修建在拔地而起的小山上，山虽不高，说不好是否"一夫当关万夫莫开"，但四面的陡险也是易首难攻。寨子在平展的坝子上依山而建，所依的山有一个好听的名字，"飞凤山"，确像一只栖息的凤，茂密的树林装点了它的羽毛，隐约可见的野花显出它欲飞的翅膀更加美丽。山上有两个空洞相连，通往外界，也就是当年建寨时候考虑的退路，如果寨子失守，寨上的人很快从洞里逃走。地形的选择就可见建造者的军事才能，与战争意识。

整个寨子呈弧形，所有的房门都是向右斜开，朝着一个方向——北方。有人说这是因为战争的需要，如若有敌，全寨上下一志对敌，显现出一种战斗的决心；有人说那是因为这里的人最早是在明洪武年间，"调北征南"从当时的应天府，今天的南京来到这里的，这表现他们对故土的一种思念；也有人说这是为了接银水，阿宝塘的水源从这面过来，接银水按老人们说也就是招财进宝，代表着人们对美好生活的一种向往。不管怎么讲应该都是体现了本寨的一种精神。

这里是白族和苗族的居住地，它是普定唯一的白族聚居地。据《普定县民族志》记载，普定县的白族原为"龙家"，西汉武帝时置郡迁徙入黔，在这里定居。因为他们也是龙图腾，与白族相同，按照民族划分的"名从主人"的原则，也把龙家认同为白族。龙家的来源，据讲义寨赵谢两家家谱记载也就是明洪武年间随军调北南征时来的。由于长期与苗族汉族和睦相处，很多都已汉化，原来的语言在《古歌》、《祭祀词》《开路词》中还有保存。在今天的讲义寨中还流传着"龙家入黔"、"供皂化"、"庆天王"等史诗传说故事；它的花灯、地戏多取材于这样一些故事和军事题材；刺绣和编制多为盘龙花纹。他的地戏与其他地方的地戏不同，其他地方的都是在地面，最多也就是打一个矮台，这里却是十几张八仙搭成宝塔式的高台，在上面跳跃着唱、舞、打，那可真是精彩又惊险，很有特色。

最精彩的要算《秦叔宝大破铜旗阵》,你要是有幸看到这高台地戏,你会大开眼界,你会感受到民间文化的精髓。

我来到这里,感受了这一切,在穿着节民族的节日盛装的姑娘的迎接下,喝下三道酒,跟他们一起唱着、进了寨,在他们的感染下,我也和他们一起跳起了芦笙舞,忘记了一切,完全陶醉在那山水、屯寨、民族的风情之中。

石寨　石巷　石门槛

走进晓寨,我便喜欢这里的石头房子和石头巷子。这些石头房和石头巷虽不规范,可你一看到它们,一接近它们,就会产生许多遐想。可以看得出来,它们记载了多少历史的沧桑,人间的变迁。

这是距贵阳70公里左右的贵定县沿山镇的一个布依寨子。寨子的地理位置得天独厚。一马平川,良田万亩的大坝子中,有一座约约高出坝子的小山堡,晓寨便坐落在山堡上,美丽的独龙河缓缓地从坝子边流过。河床很宽,在弯曲的河面形成一个又一个沙洲,沙洲长满了茂密的灌木,装点着这一片美丽的"江山"。远远望去,河与坝连成一体,洲与田连成一片,十分壮阔。独龙河是洛北河的上游,流入乌江进入长江。不知为何,站在寨门口,眺望这片美景,竟感到人生的美好。

这里有田有水,是乡民居住的最好地方。不过我还是有些忧虑,河与田坝的位置相差不多高,涨大水的时候,水是不是会淹上来?村支书告诉我,有时候也会淹上来,不过水退得很快。这里的河面很宽,水很快就流过了。就是这样一个话题,却又牵连上了传说。据说,以前河水经常淹上田坝,因此这里的人很穷,但清道光十四年,有一道士来看了地形以后,在这里修了一座塔名叫"隆秀毓",名字十分独特。塔形似笔,却镇住了这里的山水,自从修了塔,就很少涨水上来。传说固不可信，但这样的地理环境，自然使勤劳的人民丰衣足食。

我对民族学没有研究，但我总是觉得我见过的布依寨子多是用石块、石板修建宅舍。有的寨子修得很考究，晓寨的房屋没有那么多的考究，不过多是就地取材以石头为原料，石块、石板，建宅铺路，但也自有其味。房屋、巷道多是在清嘉庆年间修建，有的保存完好，可以充分展示其旧景风韵。这里曾经出过两个秀才，最好的当然是秀才宅院。我们走到一个宅院，一进大门，一下就吸引住我的是二楼上面的闺房，那半开的雕花窗里，我仿佛看到了一个羞答答的女孩在那里"当窗理云鬓，对镜贴花黄"。对于我来说，这样专门的"闺房"以前只在电影上见过，今天却在这样一个小寨中看到了，我激动得真想冲上"闺房"去体会那样一种感觉，拿着把梳子在窗前梳妆，唱着"半个月亮爬上来，照着我的梳妆台"。

从楼上下来，在堂屋的"腰门"前拍了一张照。以前的老房子在堂屋门框中间装两扇小花门，相当于现在有的人家在门上挂的半截门帘，它的实际意义就只是挡一下视线、拦一下小孩，称为"腰门"。这一家的"腰门"做得很漂亮，雕花很细，擦洗得很干净，不像大多数"腰门"不过是两扇活动栏杆而已。接下来闯进我眼睛的就是石板院坝中的石缸、石碓、石磨、石猪槽，一样样象是随意摆放，又像是刻意的陈设，仔细观察，透出一种讲究。

村支书带我走到大门口，指着石门坎对我说。"这个门槛，是嘉庆年间的，看到上面的花纹没有？看到它的特殊没有？"我在他的引导下仔细观察，这么大的门槛竟是一块整石！而上面的纹路也竟是天生而成，像浮云，又像流水。的确十分独特。这所宅院已经是几易其主，它也已历经沧桑两百年，可以想见它见证了多少历史的变化。从它上面迈进迈出的有达官贵人、平民百姓；它看到的既有锦衣玉食，也有粗茶淡饭；听到的既有迎来送往的客套虚词，也有平素质朴的真诚话语。这样的门槛，的确我们平常难得多见。

这时主人家端着一盘"果子"出来请大家吃。这所谓的"果子"就是炸米花、炸米线、炸粑粑，做得很精致。正好这天是"鬼节"，祭奠祖宗的日子。主人家已经是烧香点烛，供好"果子"。我奇怪的是她又抬出一钵掺合着汤水的饭，把它倒在院坝里。支书告诉我，这就是所谓的"水饭"了，是专门给那些没有人祭奠的"野鬼"的。小时在县里，小孩走路做事有些毛躁时，大人便骂："抢'水饭'吃么！"原来就是这样的出处。边倒"水饭"，主人家嘴里边念念有词，她做得很虔诚，足见心肠很善。就在她前面的两壁墙上，有一对联"为善最乐，读书更佳"，那字迹逃逸了时间的摧残，还是那样的清晰可见，在现代化了的今天，尤其显得动人。

正看着，门口一个十三四岁的布依小女孩清甜的歌喉吸引了我。一问之下，这女孩子竟是贵定"云雾山歌会"一等奖获得者，听着乡土味十足的"节气歌"、"姊妹歌"，我们入了迷。可惜时间不待，我们须乘车赶路了。车行好远，她的歌声还在回荡……

我们走了，望着渐渐远去的晓寨，和那古老的石寨、石巷、石门槛。

乡韵鸟儿惊晨梦

在人间四月天的美好时节，来到遵义乡韵山庄。

走进庄园，只见应接不暇的一排排根雕，一棵棵银杏树，一片片花木，一礅礅独特的石头艺术；还有那一栋栋亮丽的黔北建筑。在漂亮的建筑里，走廊两边是一幅幅墨宝，书法和国画。这是一个独特的农村庄园，它把休闲、园林、艺术融为一体，"乡韵"浓郁。

这里虽为休闲山庄，却每每"谈笑有鸿儒"，遵义县龙坑播雅文艺社的成员在这里聚集，来自全省的书画家们在这里泼墨挥毫，这里是贵州省写作学会挂牌的写作基地。乡韵庄园的员工开展写作征文大赛，倾听省市的学者举办文学讲座。

我站在楼檐下，眺望夕阳西下，感受乡韵独特的晚霞之美，太阳与山尖若即若离，远山尽在紫霞的笼罩下，开始有些朦朦胧胧。我正妄图细数暮归的鸟，看它们归向何处。一个如莺的声音叫我："老师，我给你安排住宿！"原来是一个漂亮的服务员妹妹，身着古典女装，引我到了一个典雅的房间，推开窗户，是隐隐青山。这时候，乡韵公司老总吴进走过来说："喻老师，你的房间是背靠大山的。我认为男人乐水，女人喜山，特意叫她们安排的，不知是不是满意。"我说，女儿似水，男儿如山，这样的安排，有道理！聚在走廊上正待入室的人们都笑了，在笑声中，大家各自归向"乐水""喜山"的房间。

窗户后面的小山群有五座小峰，据当地人说，它们叫"王五桩"，据说不知是哪个天王的花园桩子掉了五棵到这里，形成了五座如桩的山峰。树丛中不知名的鸟儿上下跳着，不断地啁啾呼唤，却显得黄昏更加幽静。

渐渐，刚才如鼓的蛙声稀疏消失，万籁俱寂。不知过了多久，忽听乡韵鸟儿一齐高鸣，惊了我的梦。我一下睁开眼睛，才感觉到自己是在龙坑乡韵现代农家宾馆，一夜梦已醒，正是"春眠不觉晓，处处闻啼鸟"，我起床走到窗边，推开窗户，"开轩面场圃"，梳妆问鸟花。

一群群不知名的小鸟，在乡韵翠绿的群山树丛中一边欢快地起飞又落下，一边展示自己的歌喉，让你感受到这里愈加浓郁的春光。清晨的半山间，几个农人早已在土里忙着，正是种瓜点豆，植树造林的清明时节。乡韵的员工在也在地里忙着，他们在栽种乡韵食谱中纯天然的"归真"瓜菜。

我伸了伸双臂，向着早晨的阳光，喃喃地自言自语道，乡韵的鸟儿，你们好，你们是想提醒我，好好享受这返璞归真的人生韵味么，那么，我谢谢你们，我正在享受这美好的乡韵呢！

夜行"林城后花园"——后山

　　来到金沙县后山乡，吃过晚饭，天色已晚，出去走走行行。听说最要去看的是乡政府后面的马山。这匹山酷似一匹卧马，就这个，一定要在第一时间去欣赏。从乡场口边新建的现代化宾馆出来，边上刚收完庄稼的田地里，还留有收割人的脚印，鸡鸭们也正在回家的路上，两只黄狗在我们面打跳，路边的人家正忙碌着准备晚饭。

　　场口前面有两家店，里面还有人在活动。一家是百货店，另一家专卖鞋子。我走到卖鞋店，问问他们的生意情况。见"外面来的客人"来和他"摆龙门阵"，店主兴奋了，他眉飞色舞地告诉我们，在这里卖鞋有生意，本地人劳动费鞋，外面来的客人有时也要来买一双登山鞋。这里现在有"林城后花"之称，来的人就不少。这里的红花米是贡米，还有上好的茶。有万亩贡米，万亩茶，生态养殖到各家；还有深山古镇，东汉的古墓，千年的古刹；最要去的是当年红军四渡赤水南渡乌江时，红军从这里经过的三个渡口——大塘渡口、江口渡口、梯子渡口；还有钱壮飞烈士牺牲地；还有就在这个地方都能看到国家安全厅拨款修的钱壮飞烈属的博物馆。你们看，那就是。他越说越起劲，摇着头说，哦！你们应该去的地方多啰！我问他马山怎么回事？他带着我们出来，要我们远远看，"看到没有？"老板幽默一笑说，苏东坡的话"不识庐山真面目，只缘身在此山中"。我也笑笑说，懂了，你的意思是，我们现在马山的地盘里，要看马山，就要到对面看。不错，就这个意思，天色已晚，你们只有明天看了。

　　马山，现在是看不到了。我们就顺着街向前，这时天已黑了，路灯亮了。路面宽阔，在乡镇，这么空旷的街道还不多。街上没什么人，除了我们，还可见的，就是几个赶路回家的人。

　　这时从街边一家亮灯的屋里，走出一个年轻人，嘴里哼着小调，很快乐的样子。他的情绪吸引了我，我看过去，看到那里是一个店铺，门前挂的一幅广告牌，更引起了我的兴趣——大字，"能工巧匠培训班"，小字，"培训雕刻、根雕、盆景等"。在这样一个小镇上，居然还有办这样班的地方，超乎我们的想象。我走过去，见店门前有好多木头疙瘩，旁边空旷的一个大屋，根雕成品、半成品、原材料，堆积如山。我走过去招呼："我可以进来看看吗?"屋里马上有人很礼貌的回答："请进!"回答的也是一个小伙子。他告诉我，他是培训班的第一个人，他的师傅，就是刚才出去的那个小伙子。我看到这间不大的房子里摆了一张床，床头堆着一把吉他和各种有关雕刻的书籍，旁边小桌上放有几件精致的小样作品，桌旁的地下，堆放着一大排堆放有序的雕刻工具。我还是第一次见见到这样多的刻刀，大大小小几十种。我问小伙子学了多久，他说不久，不过他是坚持不懈学艺的第一个，以前来这里学习的，都因各原因走了。我说能坚持下来不容易，很好，学好了，这也是一门艺术，不能只看眼前的经济效益，要看远点。他点头表示赞同，指着桌子上放的两个球形松木疙瘩做的"不倒翁"告诉我，这是他们准备参加的由乡里选送的多彩贵州能工巧匠大赛的作品。

　　正说着，刚才唱着歌出去的那个年轻人进来了。这就是师傅，还是一个不到三十岁的小伙，他告诉我，他是在福建泉州打工时学的手艺，开始学雕塑，后来又学根雕，搞了三四年，觉得钱都归老板赚了，就想回家乡来搞，家乡材料丰富，乡政府扶持，这个班就是乡政府支持搞起来的，尽管现在就一个徒弟，相信以后会多起来的。他指着徒弟说，这个兄弟不错，现在我们一起搞。我问他收入怎样，他笑笑说，能养活自己。你们住的宾馆大厅里的那几个大根雕茶几就是我的作品。这时我想起我们一帮人进宾馆时，看见大厅里有几个很大的根雕茶几，大家赞不绝口，以为作者一定是见过大世面的人，想不到竟是这样的一个小伙子。他说，要不是乡里扶持，他一个乡下青年，打工仔，那里敢想有自己的根雕店，哪里敢办能工巧匠培训班，参加多彩贵州能工巧匠大赛，更是想都不要想。他还告诉我，除了这个根雕，他还有几百棵盆景，在乡下的家里，很近，有机会欢迎去看看。

来到后山乡，乡里安排的考察尚未开始，没有想到，这一夜行中，我却看到了别人没有看到的后山风景，这就是后山人胸怀志向，勇于追求的后山精神文化。

高坡美丽而神秘

高坡，花溪区的一个乡，距贵阳48公里。是离省城是很近的一个乡镇，一个美丽而神秘地方。高山的台地，高高的山峰、层层的梯田，葱茏的竹林间隐约的农家，画也没有这么美；迷幻的浓雾，秋冬时节浓雾弥漫，来去如行云天，好似人间仙境，为美景增加了神秘；玄妙的洞葬，古老的苗族风俗，至今还有它的逸风，古老而神秘。高坡有自然的风景，有变化多端的气候，有神秘而古朴的民风，这是最吸引我们这些现代城市人的地方。

我们一行20人，开会之余来到这里，正是秋高气爽的好天气，车过了花溪行驶在乡村公路上，路不算宽，路面却很好。高坡高坡，名字就告诉我们它在高高的坡上。不过沿途的风景绝不单调，层层梯田金黄的稻谷，不断传来打斗有节奏声音，是那样的悦耳。在海拔1700米的高山台地上种水稻，田里的水是"望天水"，老天下雨时就蓄水，那就要望老天爷帮忙才能有好收成。高山天气凉，这里的温度比平坝子的地方低，种稻子是不容易的，不过往往这样条件生长的农作物还更有它的特色。这里的水稻就是最优的，高坡红米是很著名的，煮熟后色泽红润，香气袭人，入口糯软爽口，因它的产量不高，当然也就更是珍贵。

看这绮丽壮观的自然风光，层层梯田连云接天，点点村舍树绕竹环，东北端云顶处是龙里的万亩草场，葱茏一片，俨然一派塞北风光；红崖峡，林茂谷深，洞水蜿蜒而流，在阳光的照耀下，如丝如弦；摆弓岩瀑布，如苗家少女，多姿多彩。面对这眼前的风光，我们要求下车，要到这样的情景中去感受大自然的恩惠。

下车后，各自都有了新发现。不过最大的发现是，刚才我们在前面地段时还是秋高气爽，走到这里，在没有任何感觉的情况下，不知不觉说有雾就有雾，像是谁用一块巨大的面纱一下把我们给罩着，只能看见自己面前的人，刚才的旷达山水，美丽台地，层层梯田，都不见了，只有那打击乐一样好听的打斗声，还依然有节奏地响着。大家在忙着照相。迷雾给带给人的是神秘，"神秘"是人们最喜欢的，大雾中的倩影，人和景都在似有若无之中，这就留下更多的神秘。

大家说得最多的一句话，那就是"浓雾弥漫，好似人间仙境，令人虚无缥缈"。有趣的是一个小年轻，独自到一边去放松放松，回来就找不到我们的车。在能见度也就两三米的情况下，方向不对，他可是越走越远了。大家都回到了车上，还没见他，有人提出要下去找他，这样可能会又多一个迷失的人，最后想出的好办法，那就是大家一起唱歌。这比用汽车喇叭声来叫他更有诗意。在歌声召唤下，他得以回归。一进车门他的第一句话是"迷雾中歌声唤我，就如迷失的羔羊，听到了母亲噎噎地呼唤，寻声，迷途的我，找到了方向，歌声那里，就是我的家。"大家一阵欢喜，"欢迎迷失的羔羊回家。""诗人回家！"

高坡为典型高原台地，地势北高南低，北为高山台地，南为峰丛畦地。地质系喀斯特岩溶地质，山高岩底，直上直下，多溶洞。溶洞，就是这里的苗族人民洞葬悬棺的最好条件。最近又在高坡乡五寨村东南4公里的北杉坪半坡岩洞内，发现了建于明末清初的苗族洞葬遗址，有30余具棺木。

洞葬遗址，在高坡已经发现的最大的要数甲定苗族洞葬墓，它位于贵阳市花溪区高波乡甲定村龙打岩，在半山腰一天然洞穴内，洞深 35 米、宽 10 米，高 20 余米。洞内共葬各型棺木百余具，分上下两层，以井字架原木支撑棺木，第一层棺木摆满后，再往上摆二层、三层以至七层，高达 5.6 米。这些棺木存坏任其自然。地面摆放数以百计的小陶罐。

同行的乡干部告诉我们，该洞葬为甲定村王姓苗族同胞从古至今葬人之处。今保存完好的棺木有 60 余具，其他已自然腐烂。苗乡民风古朴，民俗浓郁，芦笙舞、跳花洞、斗牛、射背牌、敲牛祭祖等，无不呈现独特的民族风情。其中最让人难忘的是，跳洞舞。它与神秘的苗家"洞葬"紧密相连。每到春节，苗族同胞在洞穴里跳舞，以祭奠祖先。这个"洞"就是祖先的墓地，跳洞舞，作为丧葬舞蹈，跳洞舞不仅是春节进行，有丧事的人家也会跳洞舞。一般是在家里设立灵堂，亲戚带上芦笙，用舞蹈来悼念死者。以前进行丧事活动时，人们会在洞中跳舞，现在基本没有"洞葬"，跳洞舞也就在家里进行，所以也有人称之为"跳场舞"。

其实跳洞舞还有一作用，就是联谊。正月期间，远近的苗家人都聚集在一个个有"洞"的村寨，一个"洞"跳一天舞，亲戚朋友之间也借机联络感情。而对于青年男女来说，则是一个"相亲"的机会，通过跳洞认识、熟悉……杉坪村的家庭基本都是由这样的开始组成的。不过现在的情况是变化了，也有好多年轻人是在外面找来了他的"另一半"，但跳洞舞，也还是一个"相亲"的机会。

大家进到洞墓，看着层层摆放的棺柩，他们没有墓志铭，也没有墓碑，不知道到姓名，看不到任何年月的标注，都静静安放在那里。大家的考证、联想就多了……今天的高坡之行，在这里结束，大家都有感慨。不知是谁说了句"看看他们吧，看看他们就知道回去该干什么了！"

贵定沿山的历史疑云

不久前，贵定沿山镇发现了一个古代奇特的丧葬——瓮葬坛棺，引起了人们的关注。

贵定沿山，是香港歌星陈美龄的外婆家，1984年她回家探亲，一曲《妈妈的吻》唱得多少人流出了热泪，从此这首歌唱红了全中国。

近年来，这里又考证出，吴三桂曾在这里暗建"皇都"。

吴三桂受清廷封为平西王坐镇云贵兼辖川陕，贵定沿山"皇都"正建在这古代滇黔通湖广京师主驿道上的军事防地。吴三桂在此屯田屯兵，暗建"皇都"，为他后来起兵反撤藩到湖南衡州称"周帝"作准备。

考证是否属实，那是历史学家的事。而这土块地却留下了许多给人启示的东西。先看地名：皇都、营盘、马坝、团山、王寨、上中下洛海等等；再看遗址布局，完全是一个完整的"皇家"住地的规格和布局。在《康熙贵州通志·寺观》、《贵州府志·贵定县志稿》上有记载陈圆圆在贵定隐居的一首七言绝句"题北门外兴福寺壁"，可考陈圆圆当时在这里出嫁。按1979年国务院《国发〔79〕305号文件》出版的《贵定县地名录》记载："沿山区概况……有小平伐长官司和吴三桂皇都古遗址等。""沿山公社概况……在公社三公里处，有清代吴三桂领兵入黔时的皇都一座，城墙内外有衙门两幢，墙高两丈，墙内面积约250亩……"吴三桂在这里屯兵离开后，留下许多老弱病残与屯兵屯田的留守士兵，他们在这里生存繁衍。在这少数民族聚居之地，至今"皇都堡""尤溪堡"中的乡民全是汉族，他们至今还使用一中古老的交通运输工具"鸡公车"，也就是北方的"独轮车"，据考，也就是诸葛亮制作的"木流流马"。这里出土的一个古墓，碑上有"大周四年"字样。这里还传唱着许多歌谣，如"大田大坝谷子黄，我乡来了平西王；修起皇都城一座，指挥兵马练刀枪。"这些都足可证见沿山的历史。

我从马坝河畔慢慢走过，这里以前是吴三贵跑马的地方，现在已是千亩粮田。正是金秋时节，整个大坝一片金黄。

马坝河是洛北河的上游，属于长江水系。这是一条迷人的河，河床宽而平，清澈见底的河面似乎能看到鱼儿在追逐。我沿河上石"跳磴"一步步稳稳向对岸走。一般河上的"跳磴"多为一条直道，至多根据地形有些弯曲。而这里的"跳蹬"却不一样，是很艺术的曲尺形，好像公园里的设计。我无法考证，为什么要把它修成这样，是为了美观，还是什么别的原因，我只知道它给我的特别感觉。我一步一步走到河中间，石磴下的水很大，我不觉有些紧张。我深深地吸了口气，平定了一下紧张的心，慢慢地走了过去。我边走边数，不多不少正好166石磴，正是今天人们所喜欢的数字。走过了河，只见满山的李子树，足有几千棵，可以想见春天李花开满山坡的迷人景色。不知当年陈圆圆在这里戏水时，是否也有这样壮观的李树圆？不过那一坝坝的菜花，一坝坝的谷穗，当然就是她天然的御花园。

我在河岸边慢慢地走，大河在这一段呈"S"形向北流去，坝与河相配构成天然的"太极图"，展现"一阴一阳"的《易经》之道。当年吴三桂选择了这里作为他暗建的"皇都"，有这样的地理位置，他一定是请阴阳先生看过，真是块宝地。

吴三桂、陈圆圆，这两个明末清初"改朝换代"的关键人物，由于吴三桂的"冲冠一怒为红颜"，"借兵灭闯"，带清兵入关消灭了在北京当了十八天皇帝的李自成，满洲贵族入住北京建立了清朝。在当时如果李闯王进京没有抢陈圆圆，吴三桂没有"冲冠一怒为红颜"，整个历史是否将改写？如梁启超所说，大人物心里稍易其轨，整个历史可以改观。

　　我走到"皇都堡"现仅存的南城城门。从两米多宽的驿道，可以看到当时这里的气势，那是可以通过八抬大轿的"官道"。城堡内占地达250亩，那是多大气派。我站在城墙边，眺望千亩良田，眼前不禁出现一片片油绿的麦苗、一块块金黄的菜花、一坪坪沉甸甸的谷穗。我在设想当年吴三桂站在这里是何等的威风和气派，一马平川，尘烟弥漫，真是一种王者的感觉。只是想问：吴三桂，他能成为王者吗？

雷公山上闹苗年

　　在雷公山格头村，我感受苗族人的节日。

　　节日是一个民族的集体心理符号。一个民族的精神和传统，乃至于凝聚力，都可以在节日得到一种体现。中华民族自古就很重视自己的节日，我们可以看到，尽管在兵荒马乱、金人南侵的南宋时代，著名的爱国诗人陆游的笔下仍出现"箫鼓追随春社近，衣冠简朴古风存"的节日景象描写；而辛弃疾笔下也出现"东风夜放花千树，更吹落，星如雨"的节日气氛描写。苗族的节日之多，节日的讲究之多，那恐怕是我们难以穷究的大景观。

　　在苗家，有这样的说法，"大节三六九，小节天天有"。单说苗族传统的大节日，就有苗年、四月八、龙舟节、吃新节、赶秋节等等，更有十三年过一回的鼓藏节。

　　雷山县被称为苗族文化的中心。民族风情浓郁，人文景观神奇，自然风光秀丽。苗族人口占82.2%。过苗年是苗族同胞的传统节日，也是雷山苗族一年中最重要的祭祀性节日，有如汉族的春节。节日期间要举行斗牛、赛马、斗鸟、跳芦笙、踩铜鼓等传统娱乐活动。苗年也是最集中地展示苗族服饰、银饰、手工艺美术等有形文化的节日，时间大都在农历十月。苗族认为，一年只有热、冷两个季节，热季和冷季交替的农历十月，既是热季的结束，又是冷季的开始，同时也是旧年的结束，新年的开始。

苗年有大年、小年和尾年之分，小年仅打点糯米粑祭祖，尾巴年也仅象征性地过过，唯大年最为热闹，所有的传统活动亦在"大年"期间举行。据说节日早晨，人们将做好的美味佳肴摆在火塘边的灶上祭祖，在牛鼻子上抹酒以示对其辛苦劳作一年的酬谢。盛装的青年，

男女跳起踩堂舞。入夜，村寨中响起铜鼓声，外村寨的男青年手提马灯，吹着芦笙、笛子来到村寨附近"游方"——男女青年的社交恋爱活动，村村寨寨歌声不断。

这次我们到雷山县，到雷公山的方祥乡格头村，有幸赶上了苗年的尾年。

到了村口我们看到的是一个安静的村庄，好像并没有什么节日。一到村口，就看见格头村的标志招牌树秃杉，那是一棵几人合抱的巨杉。接待我们的护林员老杨说：这是国家珍稀植物朱杉，当地人叫秃杉。它是冰河时代的植物，有"活化石"之称。这种杉树现在地球上只有中国，缅甸还有。而在中国，秃杉最多的地方就是雷公山。

大家在树下欣赏着这巨大的杉树。这时我发现，格头村巨杉周围，长着很多小杉树，大大小小，土埂上草丛中，随处可见。可见雷公山还是自然环境保护尚好的一块圣土。

这时候，杉木皮屋顶下，传出阵阵闹声，好像有好多人，好热闹。但只有热闹的声音，看不见人群。只见两个十来岁的男孩，一人骑着一辆崭新的山地自行车，在格头村五百年的老"街"巷道中窜行。看着他们的欢笑，我走了过去，与他们交谈，他们兴奋地告诉我，"过年买的！"一个苗族打扮的年轻妇女，高高兴兴地挑着两个大包，看得出里面好东西一定不少，顺着寨子弯曲的巷子走过来，我对她笑笑说，赶场回来？她笑笑说，不，过年回娘家。

又是一个少妇，背着一个新背肩，一手揣着一升糯米，一手提着一只鸡，走进寨子深处。同行人说，这是寨上"走人户"的。

一栋楼，二层屋传出热闹的声音，听不懂的语言传递的是欢乐的气氛。我想上楼去感受他们的苗年，但听得里面的话声、杯声不断，我还是停住了脚步，不想去打扰主人家的欢乐。我只在楼梯口听着，细细地感受楼上面的过年气氛。

我顺着巷子，顺着一家走过一家。闻饭香，那的是一缕缕的，新蒸的糯米饭，还带着稻谷的新香。这家是要准备打粑粑。见了我他们微笑着，我们交谈，知道他家姓杨，祖先到这里，到现在有二十多辈人了。这家人一直生活在这雷公山的深山里，现在儿子媳妇在温州一家电镀厂打工，刚赶回来过苗年。他们回到自己的寨子，在红火的节日里重温那一份久违了的亲情和乡情。两男孩大的在凯里上高中，小的在县里读初中。小的就是我们刚才遇见的骑自行车其中的一个。两个老人在家做农产，现在的粮食是吃不完，生活很好的。我进门看了看，过年的东西很多，鸡鸭鱼肉，各种果子、糕点摆了一大桌，家里的电器大凡城里人家有的东西这里都有。我想，他们的青山绿水，城里人就不可能有了，这就值得我们羡慕了。

前面的坝子里吹响了芦笙。我们急急走过一个"寨子市场"，场头一家的桌案上的猪肉还冒着热气，几个家庭似的小店，东西琳琅满目。一座风雨桥，桥头有一排案桌，放着苗家特色的物件，又是一排肉案，旁边是两个竹笼子，那是鸡鸭们的临时住地，在等待新主人，用它们去祭年，几个卖家正在交易。

走上风雨桥，桥那边风景真好，苗屋里传出欢乐的声音。河里水不深，几只鸭在河里感受过年的欢乐。这时不知道是谁家的鸡从河对岸飞出，窜到河中间，吓得正在河中间洗菜的姑娘站起来抖抖身上的水，一身鲜艳的苗服，这时候展示得更美丽。

我们到了吹芦笙的坝子，芦笙吹得好热闹。有四只高排芦笙在哪里最为突出。这种芦笙有两米多高，成对吹，一雄一雌，一大一小，声音是一粗一细，和上大大小小的芦笙一起欢。让我们领略到，苗家寨女戴银花，男吹芦笙，舞步粗犷，旋律流畅的民族风情。欢乐告一段落，护林人老杨，他是前任村长，拿着高排芦笙教我们吹。在这节日的气氛里，大家都有参与的欲望。我们很快能吹出声音，能吹出一点节奏。特别兴奋的是我，因为一般情况芦笙是男生吹，女生跳，我今天是跳也跳了，吹也吹了。一路感受苗家的苗年，这时我唱起了，"牵手走苗家呀，苗家山也美呀，苗家水也长呀，走进苗家不想家哟！"

正安桃花园寻芳

陶渊明的《桃花源记》出世以后，不知有多少文人雅士试图寻找现实中的"桃花源"。湖南的常德、新化、桃江、湖北竹县、重庆西阳，甚至张家界和江浙的一些县市都在声称拥有"桃花源"原址。"桃花源"到底在何处？毛泽东有诗："陶令不知何处去，桃花源里可耕田。"桃花源，那不过是陶渊明虚构的理想之邦，哪里需要我们去认定一个真实的原址呢。其实，在中国这块美丽的土地上，如桃花源一般远离尘世幽僻静美的地方是很多的。

这次到正安采风，我就亲身感受了这样一个美丽的地方。它的名字叫"桃花园"，它当然不是陶渊明散文中的"桃花源"，但只要你来到这个神奇美妙的地方，你就会觉得，那千古传诵的"桃花源"，就是这里。

从县城行车八十多公里到了"桃花园"的所在地——市平乡，一到市平乡，就了解到，这里的非物质文化很多，古盐道、市平花灯、市平辣椒、市平豆腐果……"桃花园"只是市平的一个风景点。市平是正安县最远的一个乡，连接务川县的交界地，曾是川渝黔古盐道上的重要集镇，老话说这里是"能买买不到的东西，能卖卖不掉的东西",可见这里当时的商贸之繁华。一路走来,真是山青水碧,高山流水,平畴远风,良苗怀薪。我们访问了申家寨,考察了申佑祠;调查了横旦山,鉴赏了乳祖墓;感受了大自然的杰作——龙桥、龙阁、龙洞。其感受用"惊叹"一词怎能表达。从龙桥飞阁出来,大家感慨地说:"怎么王母娘娘的盆景竟掉在这里了!"这时,离我们规定回程的时间已经不多了,我们应该往正安县城回赶了,还有80多公里路呢。

但给我们带路的韩副乡长,却不停脚地往前直走。他要带我们去穿桃花洞,看桃花园。他对我说:"桃花洞我去过,应该不远了!"这位年轻的韩副乡长,原来是一个学校的校长,刚竞争上岗做了乡副书记。不知是他工作的执著,还是做惯校长的文化精神,他不甘心放弃桃园行。他一路打听,一路还不忘做他的乡下工作。走过一个人家户,他就打招呼:"赶快把你家门口坝子搞好,还缺水泥,就到乡里去要一点,就说我说的!""那还不好!书记这是要去哪点?""桃花洞!""桃花洞,这两天涨水,怕是淹了!"但我看韩书记还是执著地走,走得那么快,走在我们前面好远了,还在积极地走。我才知道,人们常说乡干部是"田坎干部",成天都在田间地头跑,他们的实力别的不说,两条腿就足见工夫,信然。

路虽走得急,但一路上庄稼长得十分爱人。正是收苞谷的时候,站在地里的一个个饱满上颠,红缨变黑;收回家里的一串串挂在屋檐上,一排排树立在门槛下,金光灿灿;田里的谷子正浆饱待黄,弯腰驼背的惹人喜爱;惹人喜爱还有那农家房前屋后的南瓜,它也抢着进入这收获的季节。这里的南瓜十分奇特,好大好长,像个巨型的不倒娃,或躺在道路边,或挂在屋墙上。据说这里有一种南瓜,奇特之处是吃的时候,从它的下部砍一截去吃就行了,不用把一个瓜全摘下来,过两天砍的部位又长好,它还是自然地生长,故得名"砍瓜"。

忽然,韩书记在前面大声喊,"找到了,找到了!"一片金黄的稻谷田边，一座山脚下，突然有一个一人多高的坎，坎上弥漫的灌木丛中，陡然有一个洞，洞口不大，直径也不过两三米，洞里有一股水流出，水不大，但清清地汩汩不绝。这就是我们费力寻找的桃花洞？

这时小韩书记一边弯腰往洞里走，一边介绍：这个地方，和陶渊明《桃花源记》的记载完全一致，现在洞口很小很黑，但出口却很敞亮，穿过洞，就是桃花园。你们都熟悉《桃花源记》，我不能不带你们来！

我们相扶着进了洞，洞窄而黑，直径也就两三米，对面不能见人，我们都摸出手机，摁亮屏幕背光，慢慢地走过一个弯道，突见前面一道光亮，远远的可见出口，这时山洞的空间也开始变得很高，少说也有一二十米。正如《桃花源记》所描述："山有小口，仿佛若有光。初极狭，才通人，复行数十步，豁然开朗。"整个洞长一百多米，出口很大，几十米高，四面是绝壁高崖，洞上是参天的古柏，春夏之交常有野鹤栖息，故此地有"古树栖鹤"之说。一出洞口，天地顿宽，一个大坝展现在眼前，一条小溪绕村而过，亦如《桃花源记》所描述："土地平旷，屋舍俨然，有良田美池桑竹之属。阡陌交通，鸡犬相闻。"这里的房屋依山傍水，多为杆拦式木屋。村里长满了桃树，故名"桃花园"。韩书记给我们介绍，寨子里的人邻里友好，兄弟团结，妯娌和睦，尊老爱幼，是典型的"和谐社会"，与《桃花源记》里面描述的情景亦完全相似。

这时，正巧有两个六十来岁的老人走来，说是要出去赶市平场，我赶忙来了个"现场采访"。两位老人告诉我，这里桃花多，所以小地名叫桃花园，洞叫桃花洞，又叫大阡洞。"阡是那个字？""'岩箐'的箐。就是桃花洞出口的那一壁大崖箐。老人们说的'古树栖鹤'就在那里！"看来，是地名在当地口传中，读音发生了变异，"箐"读为了"阡"，这在古汉语中，叫"一声之转"，常有的语言现象。我见他的回答，惊叹地说："你学问好嘛！"他笑而不正面回答我，又说"我们这里多姓黄，300多户，仡佬族。在清乾隆年间从江西临江府迁来这里的。在没修路以前，我们赶场都走桃花洞，现在修了公路，一般都走大路了。但有时要抄近路，或者要到洞那面做农活，就还从洞中穿过。"

当我问他们读过陶渊明的《桃花源记》没有，他们说，"听老一辈人们说过。"说到这里，他们热情地邀请我们到屋里喝杯茶，这又正是《桃花源记》中"便要还家，设酒杀鸡作食"之举。但人家是要出去赶场，而我们更没有时间，忙说："谢了，谢了!"两位老人见我们没有时间，遗憾地笑着招招手，往村外摇摆而去。

这就是我们在匆忙之中见到的正安桃花园，听说小韩书记就是本方人士，再看着含笑而去的两位老人，我想，"桃花园"，虽不是"桃花源"，但当你身临此境，你会觉得，"桃花园"就是"桃花源"。

铁索桥边布依人

北盘江——古夜郎时期叫"牂牁江"，流经贞丰，便称为花江。贞丰县在秦汉时期属古夜郎国的领地，而古夜郎国的都城就在牂牁江上游地区，正如班固《汉书》中所云："夜郎者，临牂牁江也。江宽百步可行船。"据花江人说，以前这一地段两岸的山崖上花草树木十分繁茂，每适春夏时节，百花盛开，花瓣纷纷坠入江中，碧绿的江面上飘着一层绚丽的色彩，得名"花江"，一个很有诗意的名字。花江大峡谷，深沟绝壁，山势险要，水流湍急，奔腾呼啸，花江民谣唱道："山顶入云端，山脚到河边。隔河喊得应，相会要半天"。清代光绪年间，军门蒋宗汉竭力筹款建桥，历时6年之久，终于建成了一座长71米，宽2.9米，距水面高约70米的铁索桥。这座桥既是连接贞丰和关岭的纽带，也是贵州和云南交通道路上的一把锁钥，一个咽喉。河北面关岭古驿道直通的花江镇，再经由黄果树瀑布直达安顺、贵阳，河南面贞丰古驿道则经由兴仁、兴义直达昆明。古道犹在，岁月将古石阶磨得光光溜溜而凹凸不平。

北盘江流经贞丰县的 7 个乡镇，在境内形成了一条 94 公里长的大峡谷，为贵州的峡谷之最。这条峡谷集峰林、溶洞、怪石、瀑布、伏流、花滩、旋塘和原始森林植被于一体，既有长江三峡的秀丽险峻，也有美国科罗拉多大峡谷的雄奇壮美。那真是"天沟地缝"近千米高几公里长，两岸绝壁在这一段峡谷中，还萦绕着远古壁画、古城遗址等夜郎文化之谜，以及铁索桥、摩崖石刻、古驿道等古代人文景观。

我带着对花江美景的憧憬，对夜郎文化的好奇，从花江峡谷的顶端乘车而下，来到了峡谷底部，从上千米一直下到了几十米。过去，山脚的布依人是踏着古驿道登上峡谷顶。现在，汽车在新修的毛坯公路上走。

山的上半部多怪石，千奇百态，那是石的海洋。

我们很快下到接近花江河的谷地，突然，风景就变了一个样。只见草木茂密，山泉不断。茂密草木中，时见芭蕉树，它并不成林，可间隙间很抢眼，最让人爱怜的是刚修的路边道旁，在土石头间不时窜出几棵新芽。

我急忙叫下车，指着路边的一窝新长的芭蕉嫩芽，对迎接我们的村支书说："多可爱可敬的芭蕉啊！让车路弯一下，把它留下来吧！"这本来是"不近情理"的要求，没想到支书竟满口答应："好，好，修路就是为了发展我们这里的旅游，这些芭蕉都是叫人喜欢的好东西嘛。"听他这么一说，我很欣慰。看来，我对贞丰芭蕉还有那么一点"芭蕉情结"，五年前我就写过一篇《我爱贞丰大芭蕉》，赞美贞丰土蕉。

花江峡谷脚下，有一个美丽的村寨，就是小花江村。这是一个布依村寨，82 户人家，百分之百为布依乡亲。村支书告诉我们，他们这里的媳妇，自古都是从外面进来的，看来他们对优生问题是早有讲究的。支书告诉我们的第二件事，是指着眼前的巨型山脉对我们说："来来来，你们抬头看，那就是你们刚才下来的地方，看见没有，是什么？是一幅大壁画，上面什么都有！"他的话很有意思，什么都有，就是让你去发挥自己的想象力，你认为它是什么，他就是什么。不知他这一说，是中国古典派呢，还是西方现代派？认真看去，整个一两公里断壁，就似一个展翅高飞的大鹏之翅，千百年来庇护着峡谷下面的花江河，庇护着河边的布依村。一个年轻人走过来接着村支书的话说："这一排巨型石壁，我们叫它'鹅翅膀'，河对面的关岭县还专门在崖上修了个'观景台'，观那样，还不就是观我们的'鹅翅膀'上的景！"

在刚才那样乱石山岗上，哪里知道，下面会有这样美丽的地方，这样罕见的风景。

正说着，一群牛羊堂而皇之地穿过我们的人群，它们并不在乎我们，自作主张地走它们的慢路。领路的是一个十来岁的小男孩。他自在地骑在一匹袖珍马上。起初我想，这马这么矮小，就算是小孩骑，它也是怕走不动吧？结果，我们看到的是，小小的马，在山路上走得是那样轻松自在。我们的人群中，有人说："那是驴吧？""不是驴，就是马，是山地小马！"也有人更正。小男孩赶着一大群黄牛和黑山羊，皮毛都油亮亮的，长得很健壮。支书告诉我，这里的养殖业发展很好，每家都有几十头牲口，多的有上百头。

我们走过古驿道，考察了摩崖石刻上"飞虹"、"花江桥"、"万缘桥"、"功成不朽"等碑文；走过铁索桥，观赏湍急的花江河水和河床两边的莲花石；然后，吃村支书为我们准备的野芭蕉、山葡萄。我只想对大家说：花江河边古驿道旁的布依村寨小花江，你是多么美丽的世外桃源！

顶坛花椒人家

"远上寒山石径斜，白云深处有人家"，贵州农村的"人家"，一般都掩映在柏树、竹林、芭蕉丛中。而在花江大峡谷峭壁之上的几个村落，农家小院，却是花椒蔚然成荫，房前屋后都是郁郁葱葱的花椒树。景象十分奇特。

这里，就是"中国花椒之乡"，成功治理石漠化的"顶坛模式"的创造地，贞丰县的顶坛村。

这里，曾经是除了石头还是石头，遍地石头，石头成丘，石丘成山，石山成脉，放眼望去，急流之上，万仞石壁，真是雄关漫道、苍山石海，翻滚着顽石巨浪。

贞丰县北盘江镇顶坛村，曾被国家列为"生态脆弱保护区"。典型的喀斯特地貌，名副其实的"石头的王国"。民谣唱道："乱石旮旯地，牛都进不去；春耕一大坡，秋收几小箩"，是当地严酷的生产和生活环境的真实写照。一方水土，不够养活一方人。一堆堆乱石，从石地里窜出，面目狰狞，向人们诠释着"石漠化"这个冷漠干硬的名词。

但贞丰人却以独特的眼光，发现了十分适应这里环境的独特植物，种植了十万亩花椒，硬是在这种被认为"不具备生存条件"的喀斯特地区创造了两个奇迹：一是将石漠化地区变成了绿洲，彻底改变了生存环境；二是打造出了一个农业经济品牌，培植了具有"贵州第一麻"的"顶坛花椒"。为此，国务院总理温家宝到顶坛视察时，对贞丰的生态农业给予了很高的评价。"顶坛花椒，麻到全中国"这句广告词，说出了顶坛花椒的特点，也说出了顶坛花椒的销量。

"顶坛花椒"带来的生态效应更大于经济效益。顶坛花椒具有生命力强、耐旱、易管理的特性。"顶坛花椒"根系发达，能有效固持水土，对治理石漠化和防护水土流失有着不可低估的作用。受顶坛花椒的启示，目前当地林业部门已探索出一套花椒、金银花、香椿乔灌藤混交种植治理石漠化的模式，能有效促进石漠化土地向较完整的生态系统演替，被称作"贵州模式"，得到全国林业界的普遍认可。

我们慕名来到顶坛。只见公路边的一户人家，砖混楼房，门口停放着两辆摩托、一辆轿车，我认为是有什么地方领导来这里视察，走到门口，出来迎接我们的五十来岁的主妇陈明美告诉我们，家里没有什么客，我们就是她家今天最尊贵的客人。我们惊讶地问，这些都是? 陈明美笑了，告诉我们，这些"东西"都是他们家自己的。"我们这些年，全靠花椒，所有山石地，都种花椒。不仅是我家，我们顶坛，家家都是种花椒。当初政府告诉我们，种花椒，石漠化也治理了，我们的收入也增加了。就是要让顶坛这方土，养好我们这一方人。你们看，以前在这里无法生活搬走的十七户人家，现在又回来了。你们城里有的这些现代化的东西，我们都有了。"她指家里的电器、家具对我们说。

最让我们羡慕的，是她家客厅里的那张她与温家宝总理的合影。她告诉我们，那是 1999 年温总理来视察的时候照的，当时，对她们是极大的鼓励。通过几年的努力，现在，房前屋后，坡土石窝，花椒树已经长成了茂盛的经济林。她又激动从里屋拿出当时的其他照片，给我们看。她指着墙上的照片告诉我们，这些年常有国际友人来这里考察，有一次是一队加拿大、澳大利亚的友人来到这里，对着照片三鞠躬，旁边的人都为之惊奇，"友人"庄严神秘地伸出大拇指说，"中国人了不起，在这样的不能生存的地方，生存下来，发展起来，了不起!"

听了介绍，我非常感动。我邀请陈大姐一起合影，把她的勤劳和幸福留作永远的纪念。而与我们同行的省总工会的一位领导，却迫不及待地和她商量起买花椒树苗的事，她就很现代化地把手机号留给了这位领导。这位陈大姐还说，这些年政府经常组织他们接受远程教育，通过网络的形式寻找商机、洽谈生意。

恰好这时，一辆摩托车停在她家门口，车上的小伙子大声喊道："陈嬢，不要忘记今天到学校上课！"

我问她上的是什么学校，她告诉我，"'贞丰县石漠化治理农民技术学校'刚成立，就在他们镇上，今天贵州大学教授来讲《花椒高产模式——修剪整枝与水肥管理》，我们都要去听。"听了陈大姐的话，我不禁十分感叹，这些年，贞丰在"顶坛模式"、"贵州模式"上的成功，其实最为重要的，是县委县政府的领导者们改变了农民的观念。

由于我们还有更多的采风任务，我只好带着遗憾，向站在大门口台阶上的陈大姐招手再见。当我们的车转弯的时候，我从车窗里望去，陈大姐还在向我们的车队张望。

侗寨感觉飞

在一首流行歌曲中有"感觉像在飞"的歌词，在电影《泰坦尼克》中上有"感觉像在飞"的镜头，这次在玉屏的侗寨，我亲身感受了"感觉像在飞"的情境。

从玉屏出来十多里路，就进了朝阳侗寨。这里是侗族群居的典型，依山傍水，吊脚楼、杆栏式的建筑。我们沿河而行，河面不宽，水不足三四尺，用清澈见底来表达为未免俗气，不过的确是鱼翔浅底。两岸的群山植被覆盖很厚。我们走进了一个干净而清净的世外桃源。在我们一个院落一个院落参观考察的时候，有两个八九岁的小孩子一直跟着我们，他们告诉我们，"爸爸、妈妈他们都出去做活路去了。""你们这里家家都这样干净，一个寨子像公园一样，是谁打扫的?""谁打扫?我们从来就是这样的!都打扫。""你们不用门闩,不上锁,不会被人偷吗?""不会!"他们对我们老是问他们这些问题,显得有些奇怪。我们提议给他们照相,他们的脸上显出腼腆的微笑,拿着他们的铁环,唤着他们的狗走到我们的面前,做出各种姿势,大方而纯真可爱。由于给他们照相,我们和大部队走散了。两个小孩和我们走下他们的寨子,告诉我们现在的这个地方是朝阳村民组,如果走尖坡村民组,跟着大路走就行了。两个孩子一直站在那里,还有他们的狗。他们站在朝阳村的山脚,远远地向我们挥手。我后悔没有把女儿的书带几本来,好送给他们。

我们顺着大路走,走到一个三岔路口,不知该往哪边走。一个十五六岁的男孩,站在远处一个土坎上。我拉长了声音,问:"尖坡怎么走?"我说的是贵阳话,他却用普通话回答我们。看来这里常有旅游团来。在他的指引下,我们终于走到了尖坡村。尖坡就是尖坡,我们的确感受到了它的"尖",一路都是上坡,爬得是汗流浃背,村子就在最高的"尖坡"上。尽管我们抄小路追赶,还是没有赶上前面的大部队,因为坡太陡,我们无法加快速度。我们赶到的时候,他们已经在老支书家坐下了。

回来就没有那么辛苦了,老支书叫人从山下开车上来送我们下去,并对刚才上来的时候没有让我们坐车表示不过意。我们却想,这样陡的山路,这样窄的路面,也就一个车身多一点那么宽,路面坑坑洼洼,开拖拉机还差不多,开汽车,除了越野车,怕就难了。

一会,车来了,却是一辆敞篷货车,一个三十来岁的年轻人开着,老支书介绍,他是刚当选的新支书。看着这样的车,这样的路,有两个老同志不放心了:"这车,没问题吧?"新支书笑了:"你们放心坐,这条路,我们是白天、晚上,下雪、下凌都在跑,从没有事!"说着就来拉我上车。他的热情与豪爽感染了我,我一下就跳到了车上。于是我们一行十多人,大家都像小孩子一样,争先恐后地爬到车上。

车在陡峭的山间简易公路上盘旋而下，我站在车厢的最前面，车行在陡坡上，只感觉人和坡成了垂直体，那时的第一个感觉是在飞。车在飞，人在飞，视线在飞，我的思绪更随着刚才老支书有声有色的介绍飞了起来……

我好像看到了缸钵岭上的大石钵，看到了牛角洞、叫花洞，看到了传说中六十年相合一次的两个巨石——岩相打，看到了岩上据说能发光的两棵大杉树，看到了铁门槛瀑布。美丽的自然山水，朴素的传说故事。看到了朝阳寨前的钟鼓楼前的集会，看到了风雨楼上谈情说爱的情侣，看到了侗家寨门前的拦门酒热情的场面。看到了一队队的男女青年在赶坳——烂泥坳、灯草坳、尖坡坳，他们斗鸟，对歌，好不热闹。

侗家人好歌、好鸟、好客。好歌，歌有山歌、伴嫁歌、酒歌、茶歌，古朴自然情深意浓；好鸟，他们这里的人家基本上都养鸟，喜欢斗画眉、斗鸡，逢五赶坳的时候这是一项重要的活动，大家提着鸟笼去了，聚在一起争个高低；好客，到了侗家，迎送客人进出寨门有三铁炮、大唢呐，迎客的拦路酒，送客的送行酒；坐在侗家先送上来的是罐罐油茶，跟茶一起来的是敬茶歌，茶味香，歌意浓，放下茶碗接酒碗，又是酒歌飞出来。每一个仪式都是那样的真诚朴实，让你情不自禁陶醉在那风情中。在老支书家，两位农家大嫂就一面给我们敬酒添饭，一面给我们唱山歌，不知不觉，我们就多吃了两片大肥腊肉。

车行如飞，飞的感觉真好，它让我把这里的一切感受得更加深刻。朝阳侗寨感觉飞，回想那山、那水、那人、那路，都用得上一个字——美。

化处之谜

　　普定向西南 17 公里处，就是化处镇。从普定出来的一路上，路面平且直，虽是贵州山区，在这段公路上奔跑的感觉，就像是平原，说不上大平原，也是中原地区的小平原。公路两边的油茶，这时已是颗粒饱满，枝杆受不住丰登的种子压迫，不断地倾向一个方向，远远望去似一个个绿色的波浪。我还沉醉在这一片绿的海洋中，努力寻找它的最美之点，路已经把我们带进了化处镇。

　　这是一个地理条件很好的小镇，镇公路可以一直通往六枝，株（洲）——六（枝）铁路从镇南侧穿过，总面积一百多平方公里，现有 34 个行政村。

　　我们沿着镇考察了一圈，这里的地貌就是一个天生地设的公园，不作人为加工，只要调整一下民居，把它天生的东西展露出来，就是一个天然的"公园镇"。我的这个提法，同行的县旅游局和宣传部的同志都很认同。有他这样好的地理条件——普定 17 公里、安顺不到一个小时、贵阳也才两个小时——发展旅游业、生态农业都有很好的前景。

　　这里是典型的丘陵地带，山很矮小，多是几十米高，形态各异。仅就镇政府所在地的化处镇，方圆几百米的地盘上值得一游的山景就有：屯上，传说中仙人"坐化之处"，镇名的来源之地，山形像一屯堡；空山，上下两层由众多小的溶洞组成，也就三四十米高，形似楼台，用得上"娇小玲珑"这个词；狮子山，就似一只沉睡的狮子，在狮鼻的位置有一庙宇，好似有意的装点，整个山的灵气顿时显现，庙里至今还有和尚，每年还香火不断，当然它也是镇上老人休闲的好去处；五指山，它是这里的最高山，也不过几百米，形似五个脚趾还似五个手指，那要看你站在什么位置，从那个角度去欣赏，有时候它像一只竖着的巨大脚掌，五个指头依顺而列相互依靠，那样敦实有力，有时候它像是一只撮起的莲花手，五个手指互相照应，那样的妖艳迷人。

值得我们欣赏的景色很多；值得我们考证文化的也很多。

首先是五指山下古驿道上的"反字岩"，形似反的写汉字，故名。经专家认定为古彝文，现在可辨认的有 88 个字，如核桃般大小。在"反字岩"的侧面，还有一个破残的老屋基，当地人称"苗族屋基"。传说是当年苗族起义失败后，头领在这里埋了很多财宝，为了记住埋宝的地方，就在此山岩上题写了这样一些"反字"，说法很多，大同小异。对于它的研究是近些年才开始，在 1981 年 8 月对它第一次进行临摹、整理，后几经专家考证，能够辨认，其所写记载的史实是古老的彝支系之二呗勒阿德定居安顺后，征战、拓土、祭祀之事。不过它给后人留下了许多疑问，"反字"是何年何月书？到底有多少文字？它和旁边的"苗族屋基"究竟有没有关系？如反字岩上所说的"九枪入库、牧马南山"的这个民族，是怎样在这里繁衍、消失的？……都是谜，都值得研究。

在化处值得考证的地方还很多，还有一个谜就是"重化村"，我们前面说过，化处镇有 34 个村，而我这里要说的"重化村"当然不在这 34 个行政村里。在它的"村"门口有大石匾刻着的"重化村"几个大字，现在却只有一家人住，据说还是这两年才住进去的一户四川人家。镇领导说，它离我们最近，但我们对它一点都不了解，知道的就只有大石匾刻着的"重化村"几个字，所以它不在我们预先给你们安排的行程之中，听他们这么一说，大家更是要去这个"村"里走一圈。

我们很快就到了"重化村"，它就在镇上的一个矮山上。从山脚上二十多米就到了"重化村"的朝门，整个"村"囊括了这座山从半山以上的所有地盘，凡非悬崖绝壁处，都有坚实的高墙，只有寨门一个入口，门上"重化村"几个字清晰可见。大家赞叹，这里可真是"固若金汤","一夫当关万夫莫开"。大家在讨论，它为什么叫"重化村"呢？是因为"化处"——仙人"坐化之处"，是在这个地方，还是借化处的"化"，在这里重化？走进"重化村"，人世的悲凉与沧桑，是我的第一感觉。同行人说，这些多少年的房子屋基、残垣败壁，这个气势、这个规模，让人想到的是《红楼梦》里的大观园；有人说，他看这里至少拥有一个团的兵力，更看到了当年鏖战的情景；反对的人士提出，不，不是红楼梦，也没有激烈的鏖战，当年它应该就是一个"桃花源"。正说着，有人在一个全石建筑里喊，快来看这里有一个地道。大家走上一个碉堡似的建筑，是这里的又一个制高点，果然在里面墙根有一个洞，看样子可一通往山外，估计这是建筑者修筑的一条退路。大家为这一发现感到兴奋。我还没有来得及去考证，却有了更大的发现，在碉堡似建筑的石门上看到这样一幅对联："重修墙屋，化洽乡闾"，横批是"固我根基"，落款是民国壬申仲春月张灵谷、张禹贤。大家都围过来考证，把经受时间磨炼的字认识清楚。这一来对这个村的修建的时间、原因，修建的人等大致情况，算是有了一定的推测了解。

走出"重化村"，我们每一个人都认为今天的收获很大，乡政府的、县旅游局的、宣传部的，都从不同的角度去谈论，准备怎样研究、开发、利用这个"村"。我们也在打算请几个朋友到这里来玩，特别要请新闻界的朋友来。

如此。我们不过只是在这个谜团边走了一圈，更多的研究和发现，还要靠对贵州文化旅游开发感兴趣的有心人了。

我所知道的湄潭茅坪

湄潭茅坪镇距湄潭约 50 里。山高谷深，沟壑纵横，平均海拔 1千多米，人们把它喻为"神秘小西藏"。这里多为汉族，也杂居有苗、土家、布衣等民族。我所知道的湄潭茅坪——山水如画，民风古朴。

在茅坪我们首先是到百面水村。一进入百面水，让我难忘的是四面的山，用得上欧阳修的名句"环滁皆山也"，还让我难忘的是，山上那上千亩的野生猕猴桃林，正是枝叶茂盛的时候，让你想到结满果实的情景。这时迎接我们的人递上他们自己酿造的猕猴桃酒说，"喝一口吧，这酒是纯天然的"，酒是那样的纯，人是那样的真。更让我难忘的是走在乡间小路上，正忙着欣赏那应接不暇的自然竟观，天是多情的，路是有意的，远远走过两个孩子，一个鲜红，一个淡绿。我正在体会这诗一样的意境时，那两个小孩停在了路边，山路较窄，他们是在让我先走，我走到他们前面，他们向我举起右手敬了一个少先队队礼。我很激动，好久好久，没有见过这样的场面了。我给了他们 5 块钱，要他们去买文具，他们急急地跑了。看到远走的那一红、一绿，我不能忘记。

说来也巧，在这里竟遇到了我们警官学院毕业的我的两个学生——刘光明、杨英康。他们都在茅坪镇派出所，刘光明已工作两年了，杨英康刚去报到三天，他们都是本地人，受镇政府指派来护送我们采风团。一路上，他们除了任我们的向导之外，还是我们的解说员、护理员。

我们在一座山顶部，顺着山脊走。路很险、景很美。他们指着对面山上说：看，那是我们的迎客松，就那棵在悬崖上的，那姿态，的确像黄山的迎客松。正在这时一位老先生的脚扭了，不能走，大家都很着急。路险景美，进山前湄潭带队的同志就安排老同志走另一条平而近的路，但没有一个人去，我们这一路人 60 岁以上的有七八个，没有一个服老的，都要求走远而险的这条路。采风，采风，"无限风光在险风"，这个道理谁都懂。现在怎么办？没有任何工具，老先生走不了。这时，刘光明走过来，什么也不说，把老先生背着就走。看着他个子并不高，还穿的是橄榄色的老式警服。见面时，我就问过他这个问题，他说：县里财政困难，还没有换新式的，这是在学校是发的，也没什么，我们都习惯了。看着他背着老先生走得很艰难，我有些不忍，一路等着他们。他们走一会，歇一会，总算走到了山脚，有了人家。他们到老乡家找了一匹马，把老先生扶上马，老乡牵着马走，刘光明才算完成了他的任务。一路上大家对刘光明、杨英康称赞不已，让人民警察的形象在这一路文人中得到了展现。

老乡牵着马把老先生送到有车的地方时，老先生激动地摸出20块钱，递给他，老乡是无论怎么说也不收。"你们是贵人那，到我们这里来我们就高兴了，那里要收你们的钱！"说完，赶着马走了。老先生含着泪向他挥手。在回来的路上，他还常常说道"民风古朴啊！"

因我们一路有人脚扭伤，又有年纪大的同志，百面水的1000亩黄杉、瀑布群两个风景点，我们就不能去了，只听他们的介绍，留下一点遗憾，为以后再来奠定一个基础，也是好事。

在百面水土槽村寨边，有一棵古树，有三四人合抱那么粗，远看谷黄色，光光的，像没有皮，树干很直，直冲云天。我们到时候是4月初，古树还没有叶芽。村里的老乡告诉我，这棵树有一千年了，他的爷爷现在80多了，他爷爷小的时候就听他爷爷讲"这棵树，在他懂事的时候就这么大"。这位老乡还专门介绍说，这棵树有灵性，毛主席死的那年，没有发芽。树开小白花，结果像芝麻，但从不再生，四周没有第二棵。我看树上有一小铁牌，是省社科院制订的：树名马铃光，200年，国家一级保护树木。我们一行人纷纷到树下拍照，摸摸树杆，说是要沾点灵气。

有个问题我专门请教了这个村的村支书，是"百面水"还是"白面水"，他认真地说道："我们这一村60多户人家，都姓'潭'，潭离不开水，只有百面来水入潭，潭才永不枯结。"听了他的解释，我认为很好，他对命名学还很有研究，也看出人类的文明中对水的依赖。我还在沉思之中，一位大嫂热情邀请我到她家坐坐，喝口水。她家就在古树下，我跟她走了下来，她指着下面的房子说，那就是我家，屋旁边犁田的是我当家的，在田边玩的是我儿子。我照他指的方向看过去，好美的一幅山水画：古树下，几间农舍，房后一片竹林，青青的、嫩嫩的，房屋的一边，有一小溪，细水潺潺的流淌，另一边，一穿衣小孩在玩耍。这可是天生地设的一幅风情画，有动有静，有红有绿，这样的风光，这样的意境，只能在王维的诗歌里去体会，这就是仙境。当时我产生的一个联想就是，我要是有钱，就来这里买间房子安家。可眼前，我不会放过这美的画面。我让大嫂进屋，提个篮子走到田边，我拿起照相机留下这一景。

　　从大嫂家出来，我想单独一人在这里欣赏体会百面水的自然风景，这就完全融进自然里，忘了大部队已走远了。我坐在小溪边的小桥了，看着潺潺的流水，水里的倒影，小桥、溪边的青草、小花，不时有一条小鱼窜出，这时，拿出刚才大嫂塞给我的两个玉米粑粑，细细地品尝，那感觉可真是好，也体会到徐志摩在他的《我所知道的康桥》中写到的"你要发现一个地方（地方一样有灵性），你也得有单独玩的机会"的含义。

　　大家都走了，刘光明见我没来，又回来接我，他看见我坐在桥上惬意的样子说："喻老师，你还在想什么，快走了！"我说，这里的治安情况怎么样。他告诉我，这里的治安非常好，去年一年茅坪镇，就发三起刑事案件，也就是偷牛盗马的事。他们平常多是做一些法律的宣传工作，调解一些民事纠纷，老百姓对他们很尊重。可真是民风古朴，就算待遇上赶不上城镇，他们在里工作很乐意，这也是我们当老师的最大安慰。

贞丰土陶

贞丰的陶器当然不能与江西景德镇的瓷器、宜昌的紫砂相提并论，甚至于你要说是天壤之别都可以。但从文化学和历史学的角度来说，任何一种事物的存在不能只见它的经济价值，或者说是工艺价值，更重要的还应该看到它存在的历史价值和文化的呈现，只有这样去考察，我们才能真正认识事物所内含的美学价值。这次应贞丰县委县政府邀请到贞丰采风，我才具体深刻地认识到这一点。也进一步认识到余秋雨为什么写下《文化的苦旅》、《千年一叹》，冯骥才为什么写下《巴黎·艺术至上》、《倾听俄罗斯》这样的散文集子，实际上两位作家都是对某地、某时的历史文化的一种重新认识极其深刻思考。

走进贞丰，我就有这样的感悟和思考。但我哪能与大师相比，只不过同是从这个角度去认识事物而已。

贞丰位于贵州西南端，是一个苗族布依族聚居地。有人认为它就是历史上所说的"夜郎之地"，这当然有待考证，不过它确在历史上有很多辉煌。贞丰原不叫"贞丰"，清朝嘉庆年间，因当地治乱有功，被朝廷赐予"忠贞丰茂"四字，于是取其中两个字而得名"贞丰"，一直延续到今天。贞丰经济发展历史上有"小贵阳"之称。贵阳、广西、广东、云南等地的人，都到此地做生意，那时可真是繁荣昌盛。这与它的物产"丰茂"有关，更与它的地理位置，水上交通发达有关。在陆上交通不便的年代，任何一个地方要发达就要靠它的水上通道。贞丰的水上交通就是县境东南边有名的北盘江。北盘江水运由白层古渡南下可进入珠江，在当时是贵州进入广西、广东的最近的黄金水道，也就是当时贵州省与外界沟通的最佳渠道之一。这里的陶艺在清朝入境，很快发展、繁荣起来，遍及周边县市并通过水道进入广西、广东的城镇村寨。广西、广东等地的盐巴、"洋布"又从这里进入贵州,这样一来一往,繁荣了经济,也带进了先进文化知识。这些坛坛罐罐与贞丰的近代发展史可谓密不可分,也可说为促进贞丰近代经济文化发展立有汗马功劳。

贞丰陶器的产地是贞丰县的挽澜乡窑上镇。

我们到窑上镇考察陶艺。一上车,驾驶员小黄就向我描述了路途的艰险。我们车行所在,是一高山大脉的峰顶,从峰顶而望,挽澜乡政府则在大峡谷的谷底,而窑上镇却又在峡谷对面高山大脉的山顶上。我们的坐车行驶到山谷这一面的垭口上时,小黄告诉我说,看见了吗,正对面与我们一样高的地方就是我们要去的窑上。但我极目远望,只看到对面与我们几乎平行的大山脉,茫茫苍苍,什么也看不见。他说,你不要说什么都没有看见,待我们从这边下到谷底,再从谷底爬到山顶,那里却是一望无边的大平地,不过要走过我们这两个平行山脉的一望之地,汽车起码要走一个多钟头,还算今天天气好,要不我们真难爬上去。我好感慨,脑子里突然出现了"一桥飞架南北,天堑变通途"的诗句。当然这是不可能的,如果要从这里往对面修座桥,可能再过一千年也是世界之最了。再说如为这些坛坛罐罐在这里修桥当然也不值,土陶现在有谁还用,那么多优质的陶瓷及塑料之类的用品价廉物美。土陶器还有它什么样的存在价值呢?

经过十几个之字形大弯道,我们的车终于行驶到谷底,说是谷底,实际是一个很大很的平川,这就是贞丰地形的特色。那天正巧挽澜赶场,场上现代化的东西很多,我们在贵阳所见的日用品这里也差不多都有,质量不同罢了。最可观的还是一进场口,我们就看到了那一地的土陶器,各种各样,大大小小的坛坛罐罐。大致两种颜色,谷黄色和红棕色,古色古香一大堆,很是气派,在其他乡场上绝对难以见到。可是这样一个四周被高山围起来的乡镇,它虽是产陶之地,却绝不是卖陶之地,陶器几大堆,问津的人却很少,卖主无精打采的模样，让人见了难受。我提议我们下车去买一个，其实有几个罐子式样很别致，还真有大土即大洋的感觉。小黄说，用不着，上面多的不是，再说回来买也不迟。我想的确也是这样，也就作罢。

出了挽澜乡，只见一溜一眼望不见头的吉普车长龙摆在路边，县宣传部的干部招呼我们下车，大家换乘吉普车。原来上到窑上镇，是沿着绝壁而上的土公路，只有吉普车才能爬，为了采风团，他们动员了邻近几个乡的吉普车。路上的惊险颠簸艰难，就不说了。只说经过这样的艰难行程，车一翻到山顶，眼前陡然一亮，啊！多么宽敞、平坦，这种反差对比的感觉，真是难以形容，一秒钟之内，你就完全忘记了刚才的艰难爬行。这才进入窑上镇的地界边，进入眼帘的，就是那些漫山遍野，墙边屋角，随处可见的坛坛罐罐，你真有到了陶器之乡的感受。

进入窑上村镇，给我的第一感觉是这里的人对就地取材、废物利用的道理领悟得那样的深。他们家园的一切都是用那些坛坛罐罐做的。篱笆是用陶器废品砌的，猪牛圈是用陶器废品筑的。最美的是用那些坛坛罐罐建造的房屋，它四面的墙就是用这些坛坛罐罐砌起来的，这些砌墙的坛坛罐罐，大小一样、颜色一样，相互间的粘合物不是石灰，也不是水泥，而也是他们就地取材，用做陶罐的强粘和力很强的黏土来充当。屋顶多是茅草盖的，配合陶罐做的墙，恰好让这样的建筑具有了它独特的美。最可观的还有它的烟囱，用一个个罐子叠砌而成，完全是一个艺术品。我激动地跑到一栋别致的房子前拍了一张照片。宣传部的干部说，就连凤凰卫视台也专门跑到这里拍专题片，当时也选了这个景照了一张照片。我还以为是我独具慧眼，谁知道早有高人在前，当然也说明了村子建筑的美学价值。我担心的是随着地方经济的发展，人们有钱建房的时候，总有一天，这个地方终会变得平庸，就跟贵阳青岩古镇的崎岖发展之路一样；这，需要地方领导们清楚认识这个村寨的历史文化价值。

　　我们在这个寨子上转了一圈，除了到处是陶器之外，看不到多少农作物。我向一个正在作坊做陶艺的师傅讨教，他告诉我，他们只会做陶器，不会做农活。粮食、蔬菜要到山下乡场上买。其实他们多是居民——非农业人口，没有土地。那时天天做陶器，在经济极端闭塞落后的时代，他们的陶器自有销路；而人民公社大集体时，国家拿去销售，他们只管做，不管其他。现在是市场经济，改革开放，其他地方的经济已经发展起来，这些百年不变的土陶器卖不出去，也不值钱，一个罐罐只值两三块钱，平均收入每天也就是几块钱。而且烧制陶器的窑子都已经分到各家，不会经营的，就没有生活可做。

　　走到另一家的院坝，几个妇女正在忙着，巨大的甑子蒸了一大甑的糯米饭。一个穿得很干净的漂亮女人告诉我，她们在帮人家加工粑粑——粽子。贞丰的粽子是很有名的，许多少数民族地区的人都做那种枕头形式的黑粽子，而贞丰的粽子才是最好吃的。我参观了它的制作过程，漂亮女人告诉我，我们现在没什么事做，陶器又不值钱，帮别人加工粑粑，还能找点菜钱。我男人还在做陶器，她说着指了指对面作坊。我看见一个男人正在一口陶制大水缸里洗手，旁边还摆着几个刚做好的泥坯，那是多好的大水缸呀，可现在又有多少人还用水缸呢？

　　最后，县里的人带我们去看一家做黑陶的人家，这是一种全新的工艺，做出来的陶器，具有现代设计的式样，做工十分精致，价值比原来的那些坛坛罐罐高了不知多少倍！采风团的一位男士当即买了一个烟灰缸，以示纪念。这样的黑陶，村里的其他人家都不会做，现在还未形成规模。

　　从窑上的陶器堆中走出来，我在想：在当今的商品社会里，任何人、任何事物都以他的商品价值来定位，这实际上是很悲惨的。黑陶的发展不能不说是经济发展的正确道路，我祈祷马克思保佑他们能够发达起来。但对于窑上这个在历史上曾辉煌过的地方，却应该保留下它的历史和文化地位。我们的国家、民族，不仅需要丰厚的物质产品，同样需要丰厚的精神产品。民族的历史、民族的文化就是一个民族生存、发展不可缺少的精神内涵。我在看完这漫山遍野的陶器后，深深感悟到的是，我们不能让这样的东西自生自灭，而应该有意扶持，不能只望土陶本身有多少财政收入，而应让它保留它的历史文化特色。这也许是我们更大的一笔精神财富，它终会转化为物质财富的，凤凰卫视台的风情专题片就说明了这一点。我们希望窑上镇能够发展，但我们同样希望窑上的发展，不会使"窑上"这个名字，成为一个名不副实的历史考证。

我们返回时，挽澜乡场已经散了，我们没有能买到贞丰土陶，这是这次采风留下的一个不能叫遗憾的遗憾。我也希望，有一天再到贞丰，"窑上"依然是"窑上"，但她焕发了新的光彩，我也会买回我所希望买下的贞丰土陶。

邂逅夜郎传说

我站在"点将台"上

出赫章城向西北走 60 公里，是夜郎古都——可乐。它以奇特的地形地貌，丰厚的文化底蕴展示在人们的面前，近年来逐渐为更多的人所知，必将成为贵州文化旅游热点。在这里，最有代表性的是夜郎古墓群、可乐大坝、演武坪和点将台。

点将台，坐东而西面可乐大坝，是古夜郎时期，夜郎王出征作战时点将带兵作战的威武圣地。它是一个几十米高、几十米方圆的土丘，是一个天生的检阅雄师的点兵指挥台。

我站在点将台上，一轮红日从我的身后冉冉升起。面对群山，面对可乐大坝，我不由得真的产生了一个感觉，我就是一个将军、我就是一个统帅，正指挥着千军万马，沙场点兵，真有些热血沸腾。那感觉有些像第一次登上天安门城楼，面对广场上的人和车挥挥手，仿佛看见百万军民对我欢呼。

我站在点将台上，面对群山，远远近近、高高低低。春天已至，远处的高山之顶竟覆盖有一层皑皑白雪，看上去有如一顶白色的帽子，这在贵州，可是难得一见的奇景；而近处低矮的小山已是青青，间隙里有树树粉色的樱花。

可乐大坝方圆有多少我说不上来，放眼望去，只看见一排排、一行行农作物列队在我面前，直向远方。正是麦苗青长，菜花乍黄的时候，田边、坝上劳作的人正忙着，有几个穿红红绿绿衣服的彝族、苗族少女在一边欢笑着。同行的可乐乡安乡长告诉我，"你看，那就是我们刚才去的地方——粮食局，在那个位置60年代就发掘出了古墓，当时还有古城墙；那是猪市堡，是一个'头顶青天白云，脚踩秦砖汉瓦'的地方，老百姓用秦砖汉瓦来砌猪圈，你一会就可以看到；那边是水营、桥边、柳家沟、陆家坪，还有还有……"我已经记不过来了，这里从20世纪50年代开始，前前后后发掘古墓9次，共发掘出战国至汉代的古墓240多座，这些古墓都是单人葬，都是一种长方形竖穴坑墓，没有墓道，没有封土，多不见棺木的痕迹，有很多是夜郎时期民族墓葬，其中有20座以铜釜、铜鼓、兵器为葬具，套头而葬。"套头葬"是及为罕见的一种丧葬发生，2002年被国家文物局作为"2001年全国十大考古新发现"。难怪有人把这里称为"贵州考古'圣地'，夜郎青铜文化'殷墟'"。

"你看，你看！那里下来是一个巨龟，那是龟头，就是粮食局的所在地，那里，还有那里，这四周的山势，便是群龟下坝，众龟来朝！"下可乐大坝，朝夜郎古都，从发掘出的这么多的古墓，以及这些古墓相互叠压、相互穿破的密集情景，可以看出这里当时人口的稠密。从发掘出的2000多件文物，铜鼓、铜戈、铜锄、铜牛灯、铜擂钵、铁刀、铁铧、铜戒指、铜手镯、五铢币等等都可以看出这里的人民在古夜郎时期就是以农耕为主，具有都城的民族。正如《史记·西南夷列传》上记载的"夜郎与滇同属，魋结、耕田、有邑聚"。

我站在点将台上，清楚看见可乐河从可乐大坝边潺潺流过，有人说它是当年夜郎古国的护城河。的确不错，是护城河的样子。顺着这条河向上，就是乌江的北源头。在贵州彝文文献《西南彝志》

上记载，"可乐"是彝文"柯洛"，称为"柯洛俣姆"，"俣姆"是大城、中心地带之意，当时能称得上"俣姆"的城市有今天的成都、重庆、昆明，还有就是可乐。可乐在秦时置为汉阳县，汉武帝时划汉阳以东境而置平彝县，在可乐境内的银子岩下近年发现的彝文摩崖《乌撒邑》记载了当时的县界自今天的纳雍马摆大岩至毕节野鸡的雄营往北而下，时间是汉武帝时期。《汉书·地理志上》："都尉治，三阆谷，汉水出。"《华阳国志·南中志》汉阳县里面记"有汉水入延江"。延江即是现在的的乌江，汉水即是从可乐流出的六冲河。由此，人们说：可乐河的尽头是乌江的发源地；秦时的汉阳都城在可乐。

够了，够了，就这两样，我们就应该为赫章可乐感到骄傲，难怪汉朝使者唐蒙第一次出使夜郎时，夜郎王要说"汉与我孰大？"它并不是像人们所传的"夜郎自大"之意，而是一种豪气、一种霸气、一种压倒一切的统帅之气。站在点将台上，你会体会到，那是一种油然生起的浩然之气。

我站在点将台上，看到了一层虚无缥缈的可乐云海。这神奇的云海，又给可乐古都罩上了一层神秘的面纱。这云海不是在什么时候都能看到的，只有在晴天的早上，在可乐大坝的高处，在点将台上，看到一层云雾在可乐大坝的中间，似玉带横穿在大坝上空的中间一层，下面是绿绿的农作物，上面是灿烂阳光照着的青黛群山。当地人说：这雾是在半夜时分开始形成，一丝一缕在空中慢慢扩大，直到把整个大坝铺满，有如一股仙气伸展，清晨又慢慢退去。这样的云海与黄山、峨眉山的云海完全不同，最大的特色就是它是在海拔2000多米上的低矮的盆地里形成，似雾又似云。

四周高山，都有着一个个神秘的传说，如"石海螺"、"银子岩"等。更为神秘的，当然是可乐这个古国，为什么消失得无影无踪。人们现在的考证主要有两种说法，一是战争中消亡，一是迁徙了化为其他民族，当然都有待进一步的考证。另外还有一种民间的传说，就是夜郎国国库的银子被人偷了，每天晚上都有人用马来驮银子，老百姓们还流传着这样一段话："方圆几十里，有马驮银子，谁能识得破，够用一辈子。"所以有传说中的银子岩、飞马石。没有了银子，就没有了作战的物资，因此在战争中消亡和迁徙就成为必然的结果。那么，是谁偷了夜郎国的银子？当然，那是考证家们的事。而我，脑海里已经满载了收获。

"夜郎王"家作客

初到赫章可乐乡，对这个夜郎古都的风情，就有了切身的感受。刚到可乐的境外，乡长带领乡镇府一行人，到几公里外来迎接我们，其盛情难以言表，我想，这也许就是夜郎国的遗风。一见到乡长，我们就亲切地称他为"夜郎王"，他很乐意，喜滋滋地笑。

我们跟着"夜郎王"走进可乐乡，走到乡粮食局大坝上，那里已经聚集了好多人。这天正好是赶场，不宽的街道上熙熙攘攘地满挤着人。"夜郎王"告诉我们从服饰来认识哪是彝族，哪是苗族。赶场天，乡民们穿的并不是他们的节日盛装，但还保留着民族的特点。苗族的姑娘媳妇穿的衣服已经是现在的流行衣服，但有她们的审美特点，一色的小西装领子的上衣，大红大绿的搭配，如果里面是一件红毛衣，外面就是一件翠绿、谷黄的上衣；脚上是各式各样的球鞋；长裤。最大的民族特点就是她们还穿着她们用自己织的布做的本民族的裙子。而彝族的姑娘媳妇，突出的特点就是头上包一块方巾，现在，她们都用红格子花的围巾了。"夜郎王"笑着说："他们也与时俱进了！"也引起我们一阵的欢笑。

站在粮食局的坝子上，"夜郎王"向我们介绍，这里在夜郎国时期是一个古城，至于是不是夜郎古都，"我认为是！"他很有信心地说。60 年代修建粮食局的时候，在这里出土了好多文物，还有古城墙，现在有的在省博物馆，有的在国家博物馆。从地理形态来说，这座山的山势来看似一只巨大的龟，我们站的这个位置就是一个乌龟头，它的头先进入了可乐大坝，四面的山就是群龟下坝，群龟来朝。听他这么一说，我们四面一看，真是个古都的地势。

　　欢迎我们的仪式没有主持，也没有人致欢迎词，但却显得那样的朴实和真诚，彝族姑娘们穿着她们节日的盛装，从人群中突然跳出来了。没有胭脂口红，丰满的脸蛋上泛着健康红晕，眉眼间似乎还有泥土，但她们有现代都市人所不具备的那种纯朴的美，那种真诚的笑，她的一切都是发至内心的，没有任何的功利目的。她们认真的做着挖土、播种、收割、捶洗、纺线、织布的舞蹈动作，将欢乐的劳动、生活场面淋漓尽致地展现在我们眼前。"夜郎王"告诉我们，这是彝族的一个传统舞蹈《撒麻舞》。姑娘们跳进了人群，小伙子们出来了，他们跳的是《铃铛舞》，这也是彝族人民的一个传统舞蹈，是由护送阵亡将士的战斗舞蹈演变而成的祭祀歌舞。舞姿刚强而遒劲，歌声悲怆而壮美，其歌词"两千年古树自然枯，百岁老人自然死"，在悲壮中使人体会到了彝族人民对生死的态度。最后一个节目是一个现代的歌舞，歌曲是他们自己作词作曲的《歌唱可乐好地方》，歌唱可乐历史文化，山川地理和今天的美好生活，虽是现代歌曲，却很有彝族民歌的味道。唱完跳完，我们报以热烈的掌声，面对热情的掌声，他们似乎有些害羞，低着头跑进了人群中。

　　"夜郎王"对我们说，他们乡跳得好的姑娘、小伙子都在外面打工，他们打工就是到贵阳、深圳、广州去作专门的彝族舞蹈表演，有的还到了北京。有的出去以后还成为编导，给当地带出一支彝族民族歌舞演出队。"昔日山间农人，今朝省城教头"，是人们对今天的彝族人依靠歌舞走出大山，走上致富路的评价。今天演出的这些人只是可乐乡中寨村民组的一般村民，听到你们要来，临时赶排的几个节目。以表他们的欢迎之意。我们听他这样一说，特别的激动，一个村民组，一两天就拿出这样好的节目，说明他们的确天生就有歌舞的才能，怪不得人们说他们是"会说话的能唱歌，能走路的会跳舞"。我走到了几个小演员中间，想和他们合个影，结果人们一下都拥了过来，前面后面站了一大堆人。这情景是我从来没看到过的，我真可惜我的相机没有广角镜，不能把这么多人都拍进去。但我仍然吆喝着让我们学会的人都过来一起照，让这些彝族兄弟姐妹在心里留下一个美好的记忆。

欢迎仪式在这样的气氛中结束了。"夜郎王"设宴招待我们。我们一坐上桌，就被桌子上的那一锅鸡给镇住了，铜锤般的两只鸡腿，蒲扇样的一个鸡头，比活鸡还有神韵。锅里摆放着红彤彤的干辣椒，鲜艳夺目。

"夜郎王"向我们介绍，"八卦鸡"可以用来扑卦。我们要求他占上一卦，他说可惜今天会算卦的人没来，只有等下次了，他给我们留下了以后再来的理由。

吃完宴席，刚一走出门，突然一个小伙子走到我的面前，递给我一张纸就匆匆地跑了。这张纸显然是从小学生作业本上撕下来的，映入我眼帘的是写得工工整整的字体，原来是刚才演唱的《歌唱可乐好地方》乐谱。词曲虽然是那样的简单朴实，旋律却是正宗的彝族民歌。我紧紧捏着这张不无幼稚却充满民族特色的简谱，看着他低头小跑的身影，渐渐消失在淡淡的夜色中……

夜郎古县

桐梓县城往北约 50 公里处，有一小镇，名曰"夜郎镇"。它是全国唯一以"夜郎"命名的地方行政单位。夜郎镇即唐宋时期夜郎县的所在地，早在先秦时期，这里就是川黔交通的重地。西周初叶，崛起于川东南的巴国在今合江县境建立稽查商旅的关口符关，蜀、巴古国及黔、滇交流，经此关然后渡巴符水（今赤水河），经现赤水县、习水县境到达夜郎坝。南进黔、滇，北出巴蜀，这一线一直为川黔交往的主要干线。从此我们可以想象此地当年繁荣昌盛的景象。直到元明时期新的驿道建立，这条线才逐渐荒废。传说唐代大诗人李白因永王璘称兵失败连坐，被流放到今天的桐梓县夜郎乡，留下三十多首有关夜郎的诗篇。当然，李白是否流放到达夜郎，史学界一直有争论，但其实这并无关紧要，却更为这里增添了神秘色彩。

这次到夜郎，最希望的就是实地感受古国旧地。这里有平川小河，站在河边远望，千百年来的古驿站也好，古县城也罢，现在都是人去物消，但山川河流，昼夜不舍。

车到新站，一副对联吸引了我："喜去寻夜郎故地，欣来悟太白诗情。"这的确是每一个游客真实心情的写照。我这时候的心情就是"遥想夜郎坝，追忆太白诗"。

我们刚进夜郎坝时，一个穿红背心的小男孩，就跟在我们左右。他也不吱声，只在我们身边穿前绕后。一个同伴惊讶地对我说："你来看，这小孩头顶上有三个旋，从来没有见过。"一般认为，头顶有两个旋的人，性格就比较"犟"，这个男孩却有三个旋，不知他的性格有多犟。但事实看来，这个民间说法也不太准确，这个头顶上长着三个旋的男孩，在我们研究他头顶时，他却乖乖地站在那里，一声不吭。然后，他却成了我们的带路人。

据说来到这里的人都要访太白故宅、观百碑台；问太白泉、看太白墓。太白听莺处住脚，太白书院前漫步。走过太白站，穿过太白桥；提着太白老酒，捧起太白花生；走进太白明茶楼，谈起太白夜郎诗。这里的一切都与太白联系在一起，我们不用去考证李太白是否到过这里，从这一切就可以看到，这位大诗人已经永远存在于这里的老百姓心中。李白如果在天有知，哪里还会觉得孤独独，影单单，写下他的《南流夜郎寄内》。"夜郎天外怨离居，明月楼中音信疏。北雁春归看欲尽，南来不得豫章书！"在当时，他是那样的悲苦、孤单。

这里是不是就是《史记》《汉书》所记载的汉武帝时期大汉使者出使西南夷，夜郎国国王所说的"汉与我孰大"的地方，是不是就是《史记》《汉书》所记载的"西南夷君长以百数，独夜郎、滇受王印"的夜郎，那是史学家的事情。在这里我倒是感受了古国圣地的山形地貌，不禁赞叹先人对生存条件的选择。整个夜郎地四面皆山，用得上欧阳修的一句名言"环滁皆山也"。但它并不都是山，四周皆山，中间是缓缓的山台，再往下却是一个大坝，故而得名"夜郎坝"，坝子中间是一条河，河床很宽，水很平，清澄见底，十几只白鹅在坝上、在水里是那样的安逸，让人羡慕它们的温馨与自由，我们的带路人"三个旋"的小男孩走到了它们的旁边，和它们嬉戏。看着这里的山水，我觉得张继的诗句"沙洲枫岸无来客，草绿花开山鸟鸣"正是对这里的写照。

我与河边坝上的一位大姐闲谈，她告诉我，这里是"榜上"村，"老人们说'榜上'，就是以前夜郎时期的文化中心，公布大事的地方"。

我们在榜上村走了一圈，带路的"三个旋的小男孩"不知什么时候和我们走散了，没有了领路人，我们走了好多冤枉路，但在金橘一片村子里穿行，却也是很大的享受。我们走出橘林，原来又回到刚才白鹅戏水的河边。"三个旋的小男孩"正站在那里等着我们，见我们走过来，他松了一口气似地说，叫你们跟我走，你们不跟着，跑了这么多冤枉路了吧。我对他说："不好意思，路跑得没有冤枉，你们的村子实在是太美了。"我说得也许太文雅，他也许没有听懂，但看他认真的模样，我再次摸摸他头顶的三个旋，依依不舍地和他道别。当我们走了很远，回头一看时，这个三个旋的小男孩，还站在夜郎坝榜上村的河边，一动不动地看着我们。我的眼不觉有些湿了。

探寻历史古墓

可乐古墓所思

有谁会想到在中国的西部，在贵州的一个边远县赫章，在距县城 60 公里的地方，有一个夜郎古国遗址——可乐。在 2000 年的秋天，揭开了她神秘的面纱，第一次向全中国、全世界展示了她的神秘与悠远。国家文物局向赫章颁发了"2001 年全国十大考古新发现"证书。

在这里的徐家丫口出土的"套头葬"，确立了可乐古墓群在考古学上、历史学上的价值和地位。它的出现不亚于西安的秦始皇兵马俑。可乐，秦时设为汉阳县。据考证，其地即为著名的夜郎古国，汉武帝时期，面对大汉使者有"汉与我孰大"的惊人之语。古夜郎在消失了近两千年以后，随着大批的文物出土，今天又出来与古代之地齐名。

可乐古墓群，在着 9 平方公里的地面上，有 14 个古墓群。分布在猪市堡、关山等地，到底有多少坟茔还难以确定。就现在发掘的这两百多座，就已经奠定了其历史地位。"套头葬"、"叠葬"、"无风土碑、无墓碑"，都实为罕见。

而"可乐猪"这个进入了教科书的品牌猪，早年就被《全国禽兽品种志》收录。其特点适是应性强、耐粗饲、善游牧、肉质好、瘦肉率高。曾有人说它是"吃的中草药，喝的矿泉水，跳的迪斯科，长的健美肉"，是一种绝对的环保猪。人们常说"宣威火腿，可乐猪"。当这个品牌的产地发生争议的时候，在可乐大地上沉睡了千年的随葬品陶猪被发掘出来，成为最有力的证据。从可乐关山汉墓群里出土的"关山陶猪"，就是可乐猪的模样，翘翘的嘴、高高的腿、长长的腰。于是，这种品牌猪也就铁定为了"可乐猪"

可乐古墓群，你的棉纱揭开，给可乐带来了什么，不仅仅是一个可乐猪的品牌，还带来了更多的历史文化探索。可乐是夜郎古国的版图，是没有争议的，但要确定它就是夜郎国的国都，还要继续从这里的千百个古墓中去寻找证据。相信有一天，会像"可乐猪"一样，会有着铁的证据。

但不管可乐能不能确定为夜郎的古都，这里的古墓群的发现，却是不可争的惊人成就。走在可乐的古墓群上，我思考一个问题，夜郎古国的人为什么不立风土碑、不立墓碑。在现在挖掘出来的二百多个坟茔中，没有发现一块碑，一个坟头，全都入土为平地。正因为这样，才会形成"叠葬"，以至于三个坟叠在一起。这三个墓也许是祖孙三代，也许是互不相干的人。也许在古夜郎国的人看来，他们看重的是人在世时候的生活，死后也就是一捧黄土，无论是冲锋在前的将领，还是击鼓呐喊的士兵，是官吏还是贫民，入土后，都有一种平等，一种和睦。无意向后人显示生前的什么，也不与后人争一寸土地。如此看来，"夜郎自大"，也许是一种阔大胸襟的情结？

寻访务川汉墓

20 世纪 80 年代初就听说，务川大坪镇江边有汉墓群，当时，还在文管局看到了当地老百姓交上来的蒜头壶、编钟。汉砖那就常见了，在很多亲戚朋友家也能见到。还常听任文教副县长的寿生对文管局的同志说道："要赶紧保护好，要告诉老百姓这汉墓的重要性，谁都不能碰。现在也不是挖掘的时候，我们还没有那个实力！"那时，我总在想，这是一个什么样的地方，为什么会有那么多的汉墓？当时汉砖在当地就当成一块一般的石头一样，农民用来砌灶头。一个江边的同学说，"你要是喜欢我给你背两块来！"不过那时我也不知拿它来有什么用，倒是很想去那个神秘的地方看看。

一晃日子过去了近三十年，这次来务川，回到了我人生成长过程中的一个重要地方，我在这里生活了十七年，人生最美丽的年华就在这里度过。很多人故地重游，主要是到以前生活过的地方看看，去寻找记忆中的点点地滴滴，我却想到以前想去而没能去的地方走走，以了今生之愿。这次回务川，就是这样的时机，而且，成为了最后的时机也是最佳时机，因为贵州考古研究所 10 月初来到这里，正对江边洪渡河两岸汉墓群进行抢救性地挖掘。在洪渡河上游，正在修建一个大型的水电站。电站建成，汉墓群将被淹。我们在这个时候来考察，是最后的机会，也正好能够亲眼得见古墓的发掘。这也算是"抢救性"的考察了，比起以往的考察来，又多了一层意义。

11 月 11 日，县里的豪华大巴车载我们来到大坪江边，路不远，从县城出来 8 公里，半个小时就到了。车停半山腰，人们纷纷下来远望、拍照，选择最佳拍照位置。我完全被美丽的洪渡河水和两岸连绵的群山吸引住了：在这里，洪渡河从两岸连绵的山峰中通过，河，在这里变得宽阔，山，在这里变得平缓。夕阳在天，河中一条小三板船正把对岸的几个孩子载过来。半山，七八个学生正从河谷爬到我们停车的大路上，今天是他们周末返校的日子，杳无人家的这里，因此显得很热闹。从他们一个个红红的小脸，看得出他们走得很辛苦。一位大姐在公路边放下背篼，擦着满头大汗。我问她，是去赶场吗？可知道汉墓在哪里？她笑着摇头说，"送我的两个孙孙到大坪上学！你们来看汉墓？这里到处都是！"听了她的话，就让我疑惑了。到处都是？我们怎么没有看到，也许我们的脚下就是！但发掘的地方呢？

看看大家，也许我们的车太大，路太窄，停在这里下去不了？有的在照相，有的望着远处放牧思绪，但好像都没有具体一看汉墓的意思，还有人说："晓得河的两岸半山上都是汉墓，就行了，又不是考古的，非要去验证一下！"但既为采风，我们来看汉墓，却不见而返，文章怎么写？幸好还是有好事者，他们已经爬下山崖，下到了河底。

我连忙抄近路去追他们，真是连滚带爬，从半山没有路的灌木丛乱刺茏中就冲了下去。来到河滩上，见几个小孩在石头缝中找什么东西，见我气喘吁吁的样子，他们窃窃地笑。我问他们，在这河滩石头里找什么，开始几个都不吭气，我走近，和他们攀谈了几句，一个大一点的孩子，就把他的一小袋黑黢黢的东西给我看，我凑上脸一看，是一些小虫，还在爬动。原来是地鳖虫。他们还告诉我说，外面有人到这里来收购，他们每天可以找得几块钱。但当我问他们汉墓在什么地方时，都用迷惑的眼神看着我。

我有些沮丧，这样艰辛的"爬"下来，看到的还是悠悠洪渡河水，静寂两岸群山。只有自我安慰地说下来感受这样宽阔的河床了。幸好找得两块红色的鹅卵石，石头中含着一些红红的沙点。后来，我见人就说这是"朱砂元宝"，是"宝王"给我的礼物！"宝王"是这一带传说中两千多年前仡佬人的祖先，因他向周武王进献朱砂元宝，而被封为宝王。宝王从此带领仡佬人采砂炼丹，后人就为他修建了宝王庙。从此，凡采砂炼丹的地方都信奉宝王，修建宝王庙。就像沿海渔业的人都信奉妈祖，修建妈祖庙一样。

　　两千年前，这里来了许多采砂炼丹之人，有朝廷高官，有商贾之人，于是这里发达起来。年复一年，人们在这里生老病死，这里就留下了许多汉墓。千百年来，他们在这洪渡河两岸守望这里神奇的丹砂和美妙的山水，他们永远地留在这片神奇的丹砂热土上。从考古发现的众多汉墓，我们可以想象这里当年的繁华。达官商贾们从洪渡入乌江，由乌江进长江，长江而朝廷，往返回复，这也是一条畅通的商道。在农业文明时代，这个地方得天独厚的矿业资源和商业来往，使这里一时繁荣，留下这样多的汉墓也就不足为奇了。

　　可眼前汉墓在什么地方！眼看时间很紧，我们得赶快回到大部队。一块下来的几个人都绝望地准备原路返回了。但我不甘心就这样回去，极目四寻，我惊喜地发现了河对岸的半山丛林中有一些新土，是不是正在挖掘的汉墓呢？再细看，还能看见红红的标语。这时，我发现还有两个老人也在河滩上找地鳖虫，忙过去细问，才知道那里果然就是汉墓发掘点。但发掘点在河的对面。刚挖掘的新土。再问两个老人，才知道我们这一面河岸上也在挖，这就义外地惊喜，忙请他们带个路。

　　有他们带领，我们很快找到正在挖掘的汉墓。我们赶到时，在我们的带动下，已是"更有早行人"了，大部队是在等我们的时候，一些人叫导游小姐带路，直接从半山过来，就走在了我们的前面。

　　到了汉墓考古发掘地，看见已经挖开了的几座墓地，新新的土，刚出土的湿漉漉的汉砖在一边排放得整整齐齐。砖与墓，显得是那样的神圣。贵州考古研究所的研究人员侯清伟是河东这一面的汉墓挖掘的负责人，他告诉我们："已经挖开了7座墓，出土十件陶俑。这里方圆两公里的地方都是汉墓，河西是另外一个挖掘组，两面同时进行，预计三个月完成。"

　　完成了这次汉墓寻访，虽然结果一样，但我们艰辛的过程不一样，感受当然不一样，应该说，我们感受应该深刻得多了吧。

大方奢香墓

大方的漆器很出名，漆茶具、漆酒具、漆首饰，等等；大方的豆制品也很出名，臭豆腐、糍粑包豆腐、豆豉粑、骟鸡豆花，还有好多说不完。有人从大方来，带来的就是这样一些特产。这当然很好，物质产品为人的生存第一需要嘛。不过大方的精神产品也很丰富，百里杜鹃、黄泥渡战役旧址、奢香墓等。这次到大方开会，可算是物质、精神双丰收。

让我感触最深的还是奢香墓。它坐落在大方县城的一个僻静之地，城北云龙山下，乌龙坡头的洗马塘畔，距县中心 0.5 公里，是国家级重点保护文物。墓，几度毁兴。1949 年时，只剩清代石墓和罩碑残存于迷离荒草之中。1964 年，贵州省人民政府将奢香墓列为省级文物保护单位。1979 年初步修复。1985 年正式重建。1988 年，国务院批准为全国重点文物保护单位。

整个纪念馆为"叠建"形式，依山而成，是中国传统的庙宇建筑形式，只是它不是庙。

在进大门的正前方有一个仿铜的奢香塑像，显得威严、端庄而美丽。

明太祖朱元璋加谥奢香为"大明顺德夫人"。让人震撼的是奢香的年龄与她的业绩，35 岁，多么的年轻！却为国家为民族做了一番轰轰烈烈的事迹。

塑像的左边是现在的人给她修建的坟墓，解说员介绍，真正的坟不在这里，重建在这里是为了建馆纪念的方便。

奢香，彝名舍兹，生于元顺帝至正二十一年（公元 1361 年）、系（四川蔺州）宣抚使、彝族恒部扯勒君长奢氏之女。明洪武八年

（公元1375年），年方十四，嫁与贵州彝族默部水西（今大方）君长、贵州宣慰使霭翠为妻。洪武十四年（公元1381年）霭翠病逝。由于子尚年幼，不能承袭父职，奢香毅然克忍居孀抚孤之痛，代袭贵州省宣慰使职。

奢香袭职摄政后，正值明王朝揭开消灭故元梁王政权，统一云南之战的帷幕。奢香审时度势，以国家统一为重，坚持不卷入使西南分裂割据的旋涡，积极让明军在水西境内安营扎寨，主动贡马、献粮、通道，支持明军经贵州进伐云南。再是凭借水西与西南彝族各部的宗族姻亲关系，亲自出访乌撒（今威宁）、芒部（今云南镇雄）等地，向诸土酋宣以大义，晓以利害，劝说开导，从而使割据势力失去支持。明王朝实现了对西南边陲的统一，奢香为国家的统一，作出了重要的贡献。

奢香主持开辟的驿道，成为纵横贵州以达云南、四川、湖南边境的交通要道，改变了贵州险阻闭塞"夜郎自大"的状况，沟通了边疆与中原内地在政治、经济和文化上的联系，增进了汉民族与西南各兄弟民族的交流，促进了贵州的经济开发和社会进步。"龙场九驿"成为奢香为国为民建树辉煌业绩中的一座丰碑。明王朝亦把奢香当作巾帼功臣。明太祖朱元璋曾这样称道："奢香归附，胜得十万雄兵！"经过奢香的勤政治理，苦心经营，使莽莽黔山彝岭的水西地区，社会安定，民族和睦相处，经济发展，文明气象日昌。

洪武二十九年（公元1396年），年仅35岁的奢香不幸病逝。明太祖朱元璋特派使臣到水西，参加奢香的葬礼，加谥奢香为"大明顺德夫人"。

我站在明初彝族杰出的女政治家奢香墓前，似乎看到了众多的古今中外的女中豪杰，花木兰、李清照，秋瑾、刘胡兰、居里夫人、撒其尔夫人等，她们都在国家、民族的危难关头，站在了时代的浪尖。

我更看到了千百年来世人对女子的定位，"传宗接代的工具"，

"相夫教子","贤妻娘母","女子无才便是德","金屋藏娇","女人，你的名字是弱者"。我不否认女人由于她生理上的原因，给她带来了许多生理、心理的特殊性，但这并不是阻碍她做一番事业的真正因素，真正的因素是千百年来，社会给她这个角色的这样一些定位，让她形成一种固定的心理模式。我并非女权主义者，我也承认女性在许多方面的特殊性，但这并不阻碍女人的发展，其实作为女人重要的是，在认识自己的各方面的情况下，找到自己的定位，做好社会的某一角色。而社会也应该给她筑起一个发展的平台。不论是为国家、民族做一番大事，还是平常人做平常事，都要抛开一切，不在乎是男人还是女人，只要能做，就要平等地让他们（她们）去做，谁敢说她们就不能成功，就做不出一番事业呢！

乳祖墓

乳祖墓，第一次听到这个名字的时候，不知含义；乳祖墓，第一次看到这个名字的时候，觉得不可思议；乳祖墓，第一次看到它的时候，我为之震惊了！

乳祖墓，在正安县离县城88公里的市平乡，距乡政府所在地两公里处的路边，横旦山脚。一座大石墓，隐藏在草丛灌木中，并不耀眼。但找到它并不费力，因为它在当地家喻户晓，随便一问，上了些年纪的村民们都能知道。

轻轻地扶开墓边的草丛，墓的右下方，一幅浮雕，一下抓住了我，那是经受了时间老人磨砺，饱含沧桑文化历史的见证。我轻轻走过墓茔，细细考查这个有着特殊意义的坟墓。这是一座清乾隆年间的墓，墓主是市平乡横旦山村民组李家的祖先李国俸。墓正面是按元代郭居敬辑录古代24个孝子的故事，篆刻而成的二十四孝图。其构图精美，抓住要点清楚说明故事的主题。从石材的选用，到雕刻的艺术，都足以说明一百多年前这里的工匠们的高超技艺，证明着本土本方的历史文化。"二十四孝图"右下方的那幅浮雕，显得格外清晰：一个楚楚动人的少妇，站在一个老者的面前，老者面容清瘦，正含着少妇的乳头。老的，少的，神态都是那样的平和安详。老的仿佛正伏在观音菩萨的怀里，咀嚼着上天赐予他的甘露；少的是那样的圣洁，若上天派下来的使者，救助这样一个重病之人。浮雕，传神的记载了这里广为流传的孙媳乳祖行孝的感人故事。

一条乡村公路从墓前通过，眼前是几个大坝子，间隙间有丘陵二三，几百亩的稻田横旦于间，也许这就是这里的地名"横旦山"的来源？

正是谷穗弯腰，谷子胀浆时节，一片片稻田很是可人。路上赶场的人正忙，我找到一个正赶着两头架子猪的喜滋滋的农民聊上了。他见我关心"乳祖墓"的事，便告诉我，这里以前还有一个庙，叫"狮子庙"，就在坟的旁边，所以这里的小地名叫"狮子庙"，后来被毁了。现在还可见庙宇的屋基。这里的人无论老少，没有不知道这个故事的。一个挑草赶牛回家的大哥听到我们的摆谈，也走过来，兴致勃勃地说："这里的李家，还有下面的申家都是我们这里的大姓，祖辈都发财，当时说'申家寨的顶子，刀塘坝的谷子，横旦山的银子。'这'横旦山的银子'说的就是李家。李家在墓主李国俸时期，因他勤劳，团结家族众兄弟，所以家族发达兴旺。李国俸在66岁时生了大病，一口牙都没得了，又得了严重的胃病，汤水难进。当时孙媳妇张氏正在奶小孩，为了救治老人，她大胆地以奶喂他，就是石图上的吃奶奇景。就这样过了一段时间，他的病慢慢好了，在能吃稀饭、油汤后才断了奶。在李国俸年事已高时，嘱咐儿子修墓时要把'孙媳乳祖'这事和'二十四孝'的故事都刻在坟上，记下他李家的这位奇孝之人，以激励后人。直到现在我们这里的人都很讲孝道，都以'孙媳乳祖'来教育后人，好人好事多得很。"

他们的讲述是那样的真诚、那样的朴素、那样的自然。"孙媳乳祖"，必然的害羞、腼腆，在中国传统文化里面，还有一个男女授受不亲的大问题，在他们的讲述中都好像根本就没有那么回事。而我，在第一眼看到这图的时候，是为之震惊的。

我站在墓前，瞭望远方的白云，遥想这块神奇的土地。这是古代商贸往来的必经之地，现在还有好多地方我们都可以看到淹没在荒草中那过去的"洋洋大路"——马道子、鹅卵石古驿道。当时，这里云集着湘、渝、川、黔的商人，也是重要的古盐道。商品的交易，促进着文化的交流，才有如前所述"顶子、谷子、银子"的说法，也才有这一方开放的文化、多元的文化，儒家的"孝"这一重要思想根脉在这里得到光大传承。

踏上红军之路

红军南渡乌江绝地

红军长征四渡赤水，南渡乌江，渡江战役的胜利，彻底粉碎了蒋介石企图消灭红军于赤水河以西、乌江以北的梦想，实现了数万红军的战略转移，使红军跳出了敌人的包围圈，为红军主力西进四川、北上抗日打下了坚实的基础。

对这段历史，可以说，妇孺皆知一句话，"四渡赤水出奇兵"。但要说"南渡乌江"，知道的就不多了。而要说亲自到过南渡乌江渡口的，就更少了。而我却有机会成为亲临红军南渡乌江渡口的幸运者之一。

红军南渡乌江渡口，就在金沙县后山乡境内。给我们做向导的就是后山乡的乡领导，负责管宣传方面的一个年青委员，我们叫他小刘。

一大早，小刘带我们去参观当年红军南渡乌江的三大渡口——大塘渡口、江口渡口、梯子岩渡口。小伙有些腼腆，不过还不失幽默。他自我介绍时诙谐地说，我是国家行政领导中"最小"的委员。大家也顺着他说，不管怎样，是"委员"就行了。我也随着他的话还他个幽默，"当年，红军是跟着毛委员四渡赤水，南渡乌江，甩了蒋介石的追兵，那是'毛委员和我们在一起天天打胜仗'嘞。今天我们是跟着你这个最小的委员——刘委员，重走当年毛委员指挥的南渡乌江的地方，一定会有很大的收获的!"

说着到了后山大塘渡口，小刘委员介绍说，因为下游修建了乌江水库，现在的江面看起来很平，很宽。但从前的乌江，水急坡陡。

这里的山水，两岸山郁郁葱葱，对面是南岸，坡陡，有"手扒岩"之称，不是用脚走，而是手扒，就这名字就知道这里的山岩有多险，所以号称乌江天险。北岸是后山乡的所在地，山势较缓，临江地段有一开阔地，县里准备在这里修红军南渡乌江纪念碑。新开的土泛出，呈现出红黄色。这红黄色的泥土，似乎在告诉我们这里当年的鏖战情景。

这里以江心为界，南面是息烽县牛场镇的地盘，北面是金沙县的后山乡的领地。远处江心有两条钓鱼船，船上的人，有的坐着，专注看着水面，有人正在提取鱼竿;近处有一个钓鱼人，刚从岸边的小船上下来，提着他的成果，一个大透明塑料箱子，装满了大大小小的鱼，从他的"武器装备"行头看得出来是个专业钓鱼人。见到我们，他便展示他的一塑料箱子鱼，约有二三十斤。他很有幸福感地告诉我们，这是他在这里钓了两三天的成果。他说在这江上垂钓，就是享受，有鱼无鱼关系不大。我想实际上，在这江上坐上两三天，江水如镜，人心如水，这是人生的一种境界，也这是人生的一种幸福。看在这里钓鱼人的幸福，我在想，在他们整天面对江面万籁俱寂的时候，是否能听见，当年这里曾经惊天鏖战的枪声?

1935年的红军，3月29日至4月1日红军，三万大军，进至此地。后有国民党中央军周浑元、吴奇伟部队5个师的尾随，前面是天险乌江，对岸的手扒岩、观音岩、梯子岩上，有国民党中央军薛岳一个营及黔军江防团驻守。江水上的船被国民党军完全控制，他们封锁所有登陆要道，妄图凭借乌江天险，阻挡红军南进。把红军消灭在乌江北岸的金沙后山一线。红军南渡乌江，这里顿成绝地。这时候正是狭路相逢勇者胜的关键深刻，而对于红军来说，却是智勇双全，绝路也要逢生。

这时候，在江口渡口，担任突击乌江先遣任务的红一军团一师第三团和军团工兵连的同志们，为了红军的大部队冲出绝地，面对翻滚的江涛，远望对岸山岩上敌人一个又一个的堡垒，看着后面等待过江的一批又一批的同志们，首先采用砍竹扎排偷袭渡江。船至江心，就被南岸守敌发现，没有成功。又决定用火力掩护强攻，在我军火力掩护下，他们乘坐竹排奋力向对岸划去，水急浪高，敌人的各种武器一齐上，我们的渡江战士的竹排在江中激励拼搏了半小时后，又回北岸江边。

最后，先遣队决定夜袭乌江。黄昏时分，天气突变，一时狂风大作，雷电交加，夜黑如墨，只能听见江水的咆哮声。晚10时许，红军先遣队在夜幕和暴风雨的掩护下，登上竹排，顺水斜划，瞬间便消失在夜幕之中。经过与江水顽强的生死搏斗，红军勇士终于胜利登上江口南岸，寻找到石壁上一条小路，趁这狂风暴雨，摸黑往上攀，天兵降临，突歼了山岩上的敌人。红军先遣队占领了江口渡口后，以一部分扼守渡口，保护后续部队过江，一部分趁机奔袭下游的大塘、梯子岩两个渡口，歼灭了沿江守敌，打垮了王家烈增援部队两个营，占领了江防据点。工兵连迅速在江口、大塘、梯子岩三大渡口架设浮桥。从3月29日至4月1日我军全部南渡乌江，在息烽牛场一带集结修整。从此地跳出了敌人的包围圈，把几十万追敌甩在了乌江北岸，胜利实现了中央红军南渡乌江计划。那也不过是两三天的时间。

看着那些在乌江平静江面上悠闲垂钓，自得其乐的钓鱼人，想起曾经在乌江险滩激流中殊死搏斗的红军勇士，我想，这同一地点，显现的和平安详与血火战斗的两种决然不同的历史场景，引起我们多少无尽的思绪啊！

三穗良上苗寨红军路

在红军长征胜利 70 周年之际，有机会走长征路，感受红军的精神，那是一件幸事。良上这块红色的土地，和其他红色的土地一样，令人起敬，叫人神往。1934 年 9 月 26 日红六军团任弼时、萧克、王震的部队，在剑河县与敌人激战一天，27 日转到今天的三穗良上，从这里过巴冶、芩松、施秉到龙里绕贵阳过思南上遵义。在这里住了十多个小时。就这十多个小时，留下了几多红军的故事，几多红军的精神。

良上距三穗县城 30 公里，海拔一千多米，最高处是良上水厂背后的老山坡，海拔 1470 米。当地人说，这里是三穗的西藏。尽管坝上已是麦苗青长菜花儿黄，远远近近的小山上李花开得热闹，桃花也不让，我们沿着红军当年在这里的足迹考察一圈，还是体会了"乍暖还寒"的真正感觉。

良上古称"梁上"，良上贡米从明万历十五年开始就被指定为"贡赋"，全乡现多为苗族，这里的几姓汉族，也是明清时期在这里屯的汉兵时，堡子守军的后裔。这里交通位置险要，历来为兵家必争之地，明清时期在这里屯兵数百，现还许多当年屯兵的残垣断壁，尤其良上上寨坝的练兵场、点兵台还能辩其形、观其痕。

我们缓缓走上小镇中的小山堡上，这里位置较高，正是登高远望的好地方。山上有这里的最高学府"良上民族中学"。在校门口最显眼处有一亭，名曰"红军亭"。我说它更应该叫"望红亭"，因为站在这里，"红一线"——清明庵、河沙坝、火神庙、红军树、紫藤庵、龙王井、三烈士墓、红军纪念碑尽收眼底。眼前是一良田万亩的大坝，一水分之为二，当地人叫河沙坝。四面环山，近低远高，错落有致。两面半山上是苗寨，几百户人家。河沙坝边上是小学、乡政府，还有一个古老而幽静的乡场小街，小街为石板路，两边的木屋是典型的吊脚楼苗家风格，小街边小店门前不时出现的特产激起你购买的欲望，苗家腌鱼、良上贡米，还有那舒黄油亮的油豆腐。

我看见了，看见红军当年从南面的剑河激战以后，沿古道来到良上。这里的苗族同胞受国民党"共产党共产共妻，杀苗人"宣传的毒害，逃到了深山老林，寨上只有少数老弱之人。但这些留下来的老弱乡亲，却深切感受到了红军的严明纪律和文明有礼，于是，在古道路边的清明庵，两个尼姑出来了，贫困之家的村民，也出来了，红军的六个重伤员留在了这里，红军的首长还吩咐留下一包银圆，千叮咛万嘱咐，红军大部队第二天走了。这六个重伤员，有的后来在苗族乡亲的护佑下，走出了大山，到达了解放区，重返人民战争前线，为人民立下了新功；有的长埋苗乡，为苗乡留下了绵绵不尽的红色思念。

我似乎看见，看见红军当年上万人住在河沙坝，他们躺在古练兵场上，靠在点兵台上，地头田边都是他们的床。冥冥夜色中有人在活动，是红军，有的在给苗寨老乡家挑水扫地；有的在写标语。不是吗？至今这里还传诵着多少故事，至今火神庙墙上的标语那字迹还清晰可见："消灭封建势力，打倒土豪劣绅！"；"消灭封建势力，打富济贫！"至今感动着人们。

我似乎看见，看见红军当年领导机关在紫藤庵里、龙王井前的一顿苗家的晚餐，一个因病没有逃到大森林的苗家妇女接待了他们。正是秋高柿红的时候，门前站岗的战士摘了柿子，被首长批评，首长拿钱给苗家妇女，她不收，红军只有把钱放在树下，同时，为了严明纪律，写了"三大纪律，八项注意，不拿群众一针一线。"的标语贴在树上。因这一本地旷古未见的义举，后来良上人民把这棵树亲切地称为"红军树"。

我似乎看见，看见老营盘烈士墓、红军纪念碑前清明、"六、一"时节的一队队悼念的人。有好多是自发的个人行为，在他们看来，他们就是在给自己的亲人扫墓，红军就是这里一代又一代的亲人。就在刚才我还看见七八人正在烈士墓、红军纪念碑前忙着种桃树，乡干部告诉我们：这是一种优良品种，叫冬桃，是很珍贵的，种植后第二年就挂果，每年九、十月间游人还可在树上摘桃。把它选种在这里的主要目的还有一个纪念意义，要让每一个来这里的人都记住我们的红军。

站在红军亭，远看这一线风景，可以说是天生的一条"红一线"，不禁心潮澎湃，促动心灵，为这珍贵的"苗乡红军历史足迹线"。

当我们返回时，行至大坝至高风水宝地——老营盘红军墓地，一直陪着我们的一个小学老师在分别之际，递给我一包剪纸说：这些是我的学生做的剪纸，给你作个纪念吧！

这可是很有意义的好礼物，我迫不及待地打开看，好几十幅，多为红色，也有蓝色、绿色、白色，各色各样，精巧、别致，有的手工还很复杂。最让我感动的是，有那么多的作品都是用一个红五星套着"红军""双喜"的字样，或者用红五星套着花鸟和苗家吊脚楼的花样。独特的剪纸产在这个独特的地方，彰显着红军的精神永远留在了这里，永远流传下去——这就是三穗良上苗寨红军路。

红军盘县会议

盘县是贵州的西大门，与云南的富源县接壤，素有"滇黔锁钥"之称，有着悠久的历史。1998 年在新民羊圈村发现了距今约有二亿三千万年鱼龙化石。1992 年开始发掘的盘县珠东乡十里坪村的盘县大洞，那是旧石器时期的文化遗址，距今有近 30 万年的历史。可见在这块土地上，30 万年前有了人类活动。

盘县这块富饶的土地经过了千百年的风霜洗礼，留下多少历史的见证。人们熟悉的有神秘的"盘县碧云洞";有佛光显灵的"盘县丹霞山";有范家大院里范兴荣打开的贵州小说第一页;有张家坡上张道藩作为中国话剧的开创者之一。

更有九间楼红军会议遗址,向我们传递的鲜为人知而至关重要的长征历史信息。

红军万里长征虽然过去了七十年,但万里长征历程中仍有许多富于传奇色彩的故事致今鲜为人知。"盘县会议"就是其中之一,史学专家对"盘县会议"的评价是,这次会议的历史性和重要性,是仅次于"遵义会议"的。

如果说首批长征的红一方面军四渡赤水解决了如何渡江北进的问题,那么"盘县会议"则解决了红二方面军(时称红二六军团)是否渡江北进的问题。

1935年1月,党中央召开了具有历史意义的遵义会议后,确立了毛泽东同志在红军和党中央的领导地位,中央经军在毛泽东同志的领导下,采取灵活机动的战术,兵分三路向云南转移,转移中,中央红军曾三次经过盘县。1935年4月,由毛泽东、朱德、周恩来率领的中央红军经寡妇桥、猪场、威舍、阿依等地过盘县入云南;由罗炳祥等带领的红九军团从水城境内的虎跳石竹竿桥渡北盘江进入盘县,经普古、鸡场坪、盘关等地进入云南;由彭德怀、杨尚昆等率领的红三军团经普安、旧营、保田、从响水的威箐进入云南。1935年10月,中央红军胜利到达陕北。

在中央红军长征同时,由贺龙、任弼时等率领的红二、六军团一直作战在湘西一带,这是为了配合中央红军的长征,利用当时所建立的湘鄂川黔革命根据地来牵制该范围的大量敌军,直至1935年10月中央红军长征胜利后,蒋介石调集了130个团的兵力,大规模地"围剿"湘鄂川黔革命根据地,二、六军团从湖南桑植出发,突破敌军封锁线向贵州西进。

1936年1月,红二、六军团到贵州石阡、镇远、黄平一带,19

日到达石阡并召开会议，研究部队去留问题，会议决定继续西进，向黔西、大定、毕节地区转移，伺机在此建立新的革命根据地。1936 年 2 月，他们攻占了黔西、大定、毕节地区，成立了以贺龙为主席的川滇黔省革命委员会。但敌人一直不断地对红军实施围追堵截，红军只得在乌蒙山区回旋突围，经过 23 天的艰难转战后，红军跳出了敌人的包围，利用南北盘江的有利条件创建新的革命根据地。

1936 年 3 月 27 日，红二军团从宣威腊家冲进入盘县，红六军团从云南富源后所经胜境关进驻亦资孔。当日下午，红二军团占领盘县城后，将总部设在盘县城武营楼（又称九间楼），在此召开了具有重要历史意义的盘县会议。"盘县会议"的重要决议在于，解决了红二方面军（红二六军团）是否渡江北进的问题。

"盘县会议"最后作出的抉择是："尽管当前情况有利于红二方面军建立川、滇、黔根据地，坚持江南斗争，但为了整体与全局的战略要求，决定放弃川、滇、黔根据地。"西入云南省，北渡金沙江，同第四方面军会合。

四月二日，红二六军团撤出盘县，西进云南。

中国工农红军的征程是曲折复杂的，但"盘县会议"作出的抉择，对二、四方面军的会师，以及随后而至的三大主力红军会师西北，结为一体，对迎接全民族统一抗战高潮的到来，对实现第二次国共合作，都有不可忽视的战略意义和历史意义。

当我站在红色的九间楼下，听身着雪白衬衫的讲解员，娓娓而平静地对我们叙述长征当时的情境，望着身边纷纷走过正放学的孩子，这种奇妙的感觉，真是难以描述！

黔桂锁钥　红军遗踪

沿贞丰县城往南驱车，至黔桂交界边陲。两座青山对峙，一座如白练飞驰的大桥，雄立于蜿蜒曲折的南盘江上空。这就是闻名于黔西南的白层大桥。

顺大桥左面迤逦而下，古木参天，修竹袅袅，绿荫掩映中，一座充满历史沧桑之感的石拱桥跨立在嶙峋巨石之上。

从石拱桥左面而上，一条乱石铺就的古道穿过一个巨大的石洞，石洞顶上依稀露出一线青天，漏下几缕天光。穿洞而过，沿乱石阶路而下，蓦然回首，只见洞口上方即是一方古石嵌碑，上书"黔桂锁钥"四字。这里是古黔桂经济贸易要冲，贵州的桐油、生漆、药材从这里运往广西贸易；广西的布匹、日用百货从这里输入贵州销售。

从石拱桥往右而上，一条石阶路。古榕参差纵横之中，高高的江岸石崖上，几座瓦木结构的平房，一座砖石结构的小楼，居然构成一截短短的石板街道，这就是白层寨。砖石结构的小楼，是当年国民党政府的厘金局遗址，厘金局对面的大木屋，是当年国民党政府的邮政局遗址。现均已为民居。

穿过白层小寨而下，几棵高高的榕树，巨根抓牢在一面大石砌就的坡壁上，顺石壁旁的小路下行，几弯小舟，两排竹筏，横在南盘江面上。这就是闻名遐迩的白层古渡。红军湘江浴血之后，两次从这里渡江，进入贵州，终至遵义，召开扭转乾坤的"遵义会议"。在"黔桂锁钥"石洞壁上，还留下红军书写的标语："誓灭倭奴！"朱砂色的魏体风格大字，入石三分，至今鲜明可见，读之令人热血沸腾。

白层古渡，黔桂锁钥，红军遗踪，为贞丰县，这颗黔西南大地上的布依明珠，增添了令人回味不已的历史韵味。县长张国华告诉贵州写作学会采风团，不久，一座巨大的水库将淹没古渡码头和石拱桥，幸刚可留下"黔桂锁钥"石洞和洞中红军标语。到那时，历史遗迹将与现代电站交相辉映，使贞丰更添风采，更加美丽。

欣赏侗歌苗舞

感谢侗族大歌

到凯里侗家寨，感受侗族大歌，洗礼心灵，享受人生。

我们到凯里侗家寨是农历九月十五。九月十五的月亮，是那样的皎洁，它早早地在天边等着，是等待我们，还是侗族大歌？依山的鼓楼带着它的神秘，屹立寨边，我们一行人在鼓楼下，推测它的没有一棵钉子的构建形式，感叹侗家的聪慧；傍水的花桥上留有多少侗族大歌的余音，萦绕在小溪上，人们似乎从中看到丰硕的金秋，听到了爱情的心声。夜光如水，行于小溪岸，我体味着鼓楼上的对联"天高云远琵琶古琴合奏天籁之音缠楼宇，歌海舞韵侗乡故俗重演南北亲朋醉花桥"。

侗寨、鼓楼、小溪、花桥，我深深地感慨侗家人居住的地方依山傍水，风光秀美。侗族一个极富创造性的民族，我静静感受他们的创造性财富，那就是被人称为侗人文化三样宝的——鼓楼、花桥和大歌。鼓楼和花桥，就在眼前，就在脚下，它是可以看见，能够细细揣摩的。大歌呢？是看不见、摸不着，要用耳朵用心去欣赏，去捕捉。它需要欣赏人有美的心灵，有音乐的耳朵，才能够享受这人与山水的和声，这亘古的天籁之音。

天翁知人意，今天用得上秋高气爽，行走在小溪边，格外惬意。田里的稻谷已经收完，一个个稻草垛立在田里，面对丰收的稻田，是那样的休闲安详。几个在河边洗布纺线的侗家妇女，在一天的劳作后，正收拾她们的活路准备回家了。两个小孩从田坎上走了来，好像在说着什么，两条小狗跟在后面打跳。太阳很快就要去到山那边，月亮挂在山尖，今天是一个月亮与太阳见面日子，好一个东西交辉的好日子。

大家是早早就到鼓楼找一个恰当的地方下坐着，那是怕漏掉侗族大歌的一个音符。伙伴们给我留着位子呢，在挥手要我过去。我也挥了挥手，还在沿小溪走，这时，仿佛有"杨柳岸小风残月"的感受。我不想过去，我觉得听侗族大歌，应该是与歌者有一定的距离，它是"天籁之音"，就要在大自然中去听，在一个有心情的地方去听，才能真正感受到它的美。

月光，流水，是如此这般，鼓楼下响起了歌声，一人领，众人和。我是第一次亲身体会这养心的歌，似秋蝉震颤翼翅，像春鸟展示歌喉。这歌声如清泉般闪烁，浸体，似柔丝样不绝，绕耳。这是人与山水的和声。这时候，主持人用汉语介绍：《蝉之歌》，曾在维也纳金色大厅里唱响，赢得了一次又一次的掌声。歌词大意是：

走进山间闻不到鸟儿鸣，

只有蝉儿在哭娘亲，蝉儿哭娘在那秋天的枫树尖，

枫尖蝉哭叹我青春老，得不到情郎真叫我伤心，

静静听我模仿蝉儿鸣，还望大家来和声。

我的声音虽不比蝉儿的声音好，生活却让我充满激情。

歌唱我们的青春，歌唱我们的爱情。

这歌唱爱情的经典歌曲，是那样真诚，那样的美。其实在维也纳金色大厅上表演的时候，没人去考究它的歌词，赢得一次有一次的掌声的是那无疆的音乐，无论在哪里，无论听者为哪个国家，哪

个民族，打动人的是那天籁的音乐。侗家素来有歌养心的说法。他们一辈辈都是通过歌唱来叙事，传情，教化养心。直到今天他们还完整的保留着这样的形式，有人说"这是人类疲惫心灵的最后家园"。

侗族大歌有鼓楼大歌、男声大歌、女声大歌、叙事大歌、童声大歌、混声大歌、戏曲大歌多种形式，它的曲调悠扬，旋律优雅，多声部和谐独特，演唱技巧高，享誉国内外。在国际上，专家们称之为"天籁之音"。

1986 年，在法国巴黎金秋艺术节上，侗族大歌一亮相，技惊四座，填补了东方民间复调音乐的空白，被誉为是"清泉般闪光的音乐，掠过古梦边缘的旋律"。当年法国巴黎金秋艺术节执行主席约瑟芬·玛尔格维茨听了后激动地说："在亚洲的东方一个仅百余万人口的少数民族，能够创造和保存这样古老而纯正的，如此闪光的民间合唱艺术，这在世界上实为少见。"

这里村村寨寨无处不歌，无人不唱，在侗家是老人教歌，年轻人唱歌，小人学歌。侗家人视歌为宝，认为歌就是知识，就是文化，谁掌握的歌多，谁就是有知识的人。他们的歌师，是公认的最有知识的人，最懂道理的人，最受侗人尊重的人。

据传侗族是古代越人的后裔，侗族大歌起源于春秋战国时期，至今已有 2500 多年的历史，它是一种"众低独高"的音乐，必须由三人以上来进行演唱，它多声部、无指挥、无伴奏。模拟鸟叫虫鸣、高山流水等大自然之音，是产生声音大歌的自然根源。它歌唱自然、歌唱劳动、歌唱爱情、歌唱人间友谊，是人与自然、人与人的一种和谐之音。大歌的演唱场地讲究，除平时训练，一般都要在侗族村寨的标志性建筑鼓楼里演唱，那是在重大节日、集体交往、接待远方尊贵的客人时才能在鼓楼里听到，所以侗族大歌又被称为"鼓楼大歌"。

侗族大歌你这养心的清泉般闪光的音乐，是你让世人认识了中国，了解了贵州，是你让我们贵州人认识了自己。让现代人这找到了心灵的憩息之地。

在国际上有"天籁之音"美誉的侗族大歌，今年9月30日被选入"联合国人类非物质文化遗产代表作名录"。于是侗族大歌，今年十月亮相国家大剧院，今年十月飞进美国，参加美国卡耐基音乐厅10月下旬举行的"中国音乐文化节"，曾随温家宝总理访问日本的黔东南州从江县小黄侗族大歌9姐妹合唱团，刚刚参加完第十一届上海国际艺术节演出交易会等活动后，载誉回凯里。她们应挪威卑尔根艺术节的代表热情邀请，将在明年进行访问演出，届时她们按比利时弗兰德斯艺术节代表提议，以侗族大歌为题材，组织一次欧洲巡演，届时侗族大歌将飞到挪威比利时，飞到欧洲各国。

黔东南的苗族、侗族及其他民族在长期的发展过程中，创造出了绚丽的民族特色和地域特色文化。在苗族文化中，他们保持了以服饰和节日为代表的文化；在侗族文化中，他们保持了以建筑艺术为核心的物质文化，以侗族大歌为核心的精神文化。这些具有原生性、唯一性、神秘性、多样性、不可替代性和群众参与性的民族文化，使黔东南州被誉为"世界最大的生态博物馆"，是全球18个生态文化保护圈之一。这里是人类十大返璞归真回归自然的旅游胜地之一。这里我们感激侗族大歌，是它把侗家文化三样宝的——鼓楼、花桥和大歌中的大歌飞向国内外。鼓楼和花桥，是凝固的音乐，对它的了解有地域性，大歌是行走的音乐，是它让世人认识了中国，了解了贵州，让我们贵州人认识了自己。让现代人这找到了心灵的憩息之地。

我从小溪边走回来，鼓楼下的侗族大歌已到尾声。天上的月亮这时候已经挂到鼓楼的顶上。我走到鼓楼下看看演唱大歌的几个一二十岁的娃娃，对他们说了声，"感谢你们，帅哥靓女们！你们一定要好好唱下去。"

绕山　绕河　绕家歌

车沿着狭窄的乡村公路走，满眼是绿。

弯弯曲曲，上上下下，终于到了！首先迎接我们的，就是绕河，这是绕家人的母亲河。河不大，却清澈见底。岸边稻花飘香，三五个绕家女人在河边石板上捶打着衣服，小孩追着小狗在绕河桥上奔跑。

紧接着，迎接我们的是绕山营上坡、大人山、姊妹崖。绕河在营上坡脚下打了一个弯，就像是想在这美丽如画的地方多留一会。绕河桥头有棵银杏树，桥就得名银杏桥，桥头对面是绕河村的一个寨子，寨子里面住着的绕家人是许姓、杨姓两家大姓。

这是个古老而和睦的民族村寨。

一进寨门，迎接我们的是吊脚楼上传来的绕家歌，浑厚、深沉、苍劲而富于活力，旋律古朴悠长，节奏富于动感。甫进村，我们就感受到了绕歌的魅力无穷。

村支书告诉我们，这里共有绕家人720多户，近3000人口。相传绕家人是明永乐年间从江西迁移来这里的，算来已经十七代人。村支书指了指后面的山顶说，先人刚刚来到这里，安营扎寨就在上面，后来才慢慢搬到现在的坡脚，靠着绕河而居，于是这座坡就叫营上坡了。

我们跟着村支书来到了吊脚楼上，坐定。我请他们把刚才唱的歌再给我们唱唱。陪同我们来的绕河小学的退休老校长用绕家话和村支书说了几句，过来了两个中年农民，四个人凑在一起商量了几分钟，老校长说："我们的歌是'绕家大歌'，我们叫它'呃嗝'，现在，我们给大家唱两首'成长歌'和'迎客歌'。这两首歌，代表我们黔南参加多彩贵州歌唱大赛，赢得了金黔奖。"听到这里，我们意外惊喜，他们也掩盖不住眉宇间的自豪喜悦。

歌声突然响起，他们唱的是多声部无伴奏合唱，四个人是哪样的默契，没有指挥，却是那样的和谐协律，低沉的声音让人忘了现实的忧喜欢愁，脑海中只出现着青山绿水，白云悠悠。

忽然，一个男中音骤然而出，歌声又进入到热闹欢快的境界。

听着这美妙动人的歌声，不是亲眼所见，真的难以相信，这竟是眼前几个这地道的农民汉子所唱。

老校长告诉我们，饶歌"呃嘣"是他们自小从老一辈人那里听来的，口口相传。过去，不是每一个人都能够唱得这样好，都能成为歌手，但大家都能够唱。要成为歌手，一要喜欢，二要悟性，要在岁月中不断地吟唱积累体会，才会"唱得出来"。老校长说，现在的年轻人，悟性不差，但已经没有几个人喜爱了。幸好，他们参加了多彩贵州的比赛，获得了金黔奖，这对绕歌的传承是一个巨大的刺激。目前，学校十分配合，已经在学校开设了绕歌音乐课。

绕歌的神奇，在于寨子上大事小情，各家的红白喜事，要用歌来传达。事情如何安排，大家集中，在坝子上唱"呃嘣"，用歌声发表自己的意见。我感到十分好奇，问村支书，"唱去唱来，那到底听从哪个的意见呢？"村支书笑了说，哪一个唱得有理就听从哪一个的。原来，绕歌还是这里保存着的一种原始的民主形式，这古老的大歌里，保存着古老的文明。绕家大歌是一种典型的寓教于乐，寓礼于乐，寓生产活动于乐。

不一会，大家围着一个大火锅坐好，火锅上放一个长条木板，锅里煮着鲜汤鱼，木板上放着油炸鲜鱼。鱼，是刚从绕河打上来的，我们来到时候还看着他们正在打整呢。菜，是山上的野菜，一种叫辣柳的菜，"辣柳"是一种草，叶如杨柳，味道辣中约带点苦涩，很清香。酒，是他们自己的家酿米酒。村支书说，他们这里，家家户户都自酿米酒，一户人家，每年要酿一千斤粮食！我们听了，嘴张开半天合不拢来！绕家人，生活中离不开酒，有酒才有情，有情才有歌！

　　说到这里。村支书激动地而风趣地端着一碗酒说，来来来，大家把碗端起来，尝一下我们的"绕河大曲"！我们这里的酒家家一个味，那就是绕河水的味。

　　他说着，很自然地唱起了祝酒歌。他的身体随着歌声节奏不停地摇摆，这就是来源于舞蹈的踏歌。忽然，我顿悟了李白的"忽闻岸上踏歌声"，读了 4 年大学，教了 20 多年大学，今天，才领会了汪伦送李白，是怎样的一个场景！

　　听他一唱，在另外一张桌子的几个汉子，端着酒就过来了，歌声又变成了和声，十分融洽自然。

　　我们在绕河听的酒歌，和我们在任何一个地方的酒歌都是不同的！无论是亮欢寨还是西江寨还是云舍村，还是我们所有参加过的其他地方的风情酒席，他们的酒歌，是劝酒的姑娘和大嫂唱给客人的，意在劝酒，唱歌的人不喝酒，喝酒的人不唱歌。绕家人的酒歌，是喝酒的人和客人一起唱一起喝，他们不是为了强迫客人喝酒，而是为喝酒助兴，为友情助兴，大家举碗唱歌就好，没有人会在意你喝不喝，在意你喝多少，他们沉浸的，是绕歌一唱的豪情，是蓬勃激发的友情！

　　我们所有的人，抬着碗，都感动了！大家一起举杯，跟着他们的旋律放声合唱，跟着他们的节奏扭动摇摆。酒歌的最后，是大家一起高喊："呀依——！"在高昂的吆喝声中，男人们干了碗里的酒，女人们则碰碰红唇，也有不善喝酒的男子，只小抿一口，但，大家都觉得，这酒，喝得真尽兴！

　　这一顿饭，吃了好久好久的时间，一席饭，酒在不断地加，歌在不停地唱，感情不断地增长！

　　不得不走了，在一阵歌的浪潮里，最后老校长握着我的手，那苍老的眼里含着泪说："我是这里小学校长，退休了，现在就一心搞我们的绕歌。2010 年，我们绕家大歌代表贵州参加了'上海世博会贵州周'的献唱，好多人喝彩，还有好多外国人呢！现在，我们让绕家歌进了校园，让我们的娃娃们把绕歌传承下来，演唱出去，唱到全中国，唱到全世界。我最后的人生，就做好这一件事！"

我们含泪告别，真正的含泪告别！

我们走了，好远好远，饶家的汉子们，还依依不舍地挥着手，还大声地唱着绕家歌！

再见了，饶家的朋友们，绕家歌永远在我心里！

布依歌者

离贵阳只有30多公里的新堡乡渡寨村，我是早有耳闻的。贵阳布依族每年的新堡布依"三月三"文化节在这里举行，到那天这里是车来人往，有三五万人之多。这个迷人的山寨、美丽的歌声，引来美国、日本、加拿大、新西兰、泰国等专家学者的青睐，他们前来观光考察；著名歌唱家胡松华、著名少儿节目主持人鞠萍也曾到这里采风。渡寨，在明清时期，是羊昌，经新堡通往水田的古驿道渡口，人们从这里乘船渡河，去赶场，去省城，外地商旅，从此过境，这一重镇，当年的新堡子屯军在此设有哨卡，在历史上渡寨就是繁荣之地。

生活在新堡的布依人有着300多年历史，按传统每年都要举行一年一度的"三月三地蚕会"。地蚕会的来历，据当地人的介绍，那是从劳动生产中产生的。布依族祖先认为，农历三月初三，大地复苏，是地蚕交配的日子，不能动土。动土，为地蚕的繁殖提供了条件。地蚕是农作物的一大害虫，它们活动相聚会，繁衍后代，庄稼受到破坏。因此，虽是春耕大忙季节，布依族人这一天不下地劳作，而是要欢聚一起，尽情歌唱。这一天每家都要炒包谷花吃，他们以包谷花代替地蚕，意在把地蚕吃掉，就能有好的收成。在这天无论走到哪家，都有包谷花吃；无论走到哪里，都能听到美好的歌声。后来大家也在这天来比赛唱歌，成了赛歌会。这种风俗一直流传至今。每到三月三地蚕会，人们方圆数十里的邻县，赶来参加。

现在的新堡布依三月三地蚕会越来越红火，赶会的人已不单是布依族，上台唱歌的人有苗族、汉族各民族的歌者相聚。赛歌场坝也发展了，都用现代化的手段。集会有上万人之多，观光和贸易人，来自省内外，国内外的朋友。现在的新堡地蚕会，已成为贵阳市地区各民族的一个盛大艺术节日。

我们这次到新堡，没赶上三月三地蚕会节的歌会，却遇到了歌会上的歌手。

到新堡渡寨正是隆冬，不过那天天气很好，冬天的太阳显得是那样的可爱宜人。半山的新堡渡寨宁静祥和，我站在村头高处的柏树下，欣赏着这依山傍水的布依寨。远处传来了歌声，接待我们的乡干部说："今天是一个吉日，村里罗老师家'进新屋'，正热闹呢！我们这里做什么都离不开歌，你们没赶上'三月三'也能听到布依歌，你们看到的本地人都是歌者。"说着他给我们唱了一曲布依欢迎歌。接着介绍说，布依歌的唱腔主要分为三滴水、四平腔等形式，内容上有古歌、酒歌、情歌、山歌四种。酒歌可以分为欢迎歌、做客歌、起房歌。他告诉我们，这里面学问深得很，他也只知道皮毛。说着他带我们到了"进新屋"的主人家。

一阵鞭炮声喻示主人在欢迎我们。鞭炮声停，歌声就起，一群布依姐妹拦在大门前，她们的歌是一遍布依语，一遍汉语，唱完要我们喝酒。她们的歌声婉转悠扬，真是表情达意的好方式。

门前喜鹊叫，必有贵客到。进家的原来是远方的客人，客人进家莫要见了笑，水酒三杯表心意。

歌歇酒到，我们都喝了三杯，算是过关。刚坐下，歌声又起。四个年纪大一定的布依歌者抬着酒杯，拿着酒壶又来了。难行来我们农户，唱首老歌欢迎你，倒杯水酒欢迎你。倒给你来你要喝，吃了双杯我心才落。她们一首首唱着，我这个不会喝酒的人也喝下去了。喝下去的是一杯杯情和意，喝下去的是一杯杯欢与乐。

接着四个老姐姐端着酒，一起走来，要我喝，并说出有"四"字的祝福语。我躲不过，最后只有要求她们推荐一个做代表，来和我喝，那样我就可以只喝一杯。最后她们推荐出来人叫罗应珍，是她们这里有名的歌者，她豪迈地走过来，对我说："我和胡松华握过手，他还给我写过一首诗。"我接着说"那我要和你握握手，也沾点歌手的灵气！"说得我们都笑了。她告诉我，她的家祖上就是读书人家。现在的家人也有文化，儿子是水田乡医院院长，我们进寨看到的那个簸箕画墙上的画，就是他画的。她的老公会写字，她指着旁边的罗老师家两栋新房子楼上楼下的对联说，"这些对联，基本上都是我家老者者写的。"我惊叹地说，我还以为这么漂亮的字是买的，这样的字已经是书法艺术了。正说着，他的"老者者"来了，听到我的称赞，不好意思地笑笑说："我们这里的人，好多的书法都不错，又不是只有我。"

酒喝完了，我们一起唱起那首布依最有名的民歌"好花红"。

"好花红呢，好花红呢，好花开在刺梨丛，那朵向阳，那朵红"。

四个老姐姐说，你要喜欢我们这里的歌，我们可以给你唱个三天三夜不歇脚，欢迎你随时来；你要看热闹，那你开年的"三月三"一定要来，你可以听到好多情歌，古歌，那时候有好多唱歌高手，我们不算什么，那时的歌者才是成千上万。那才歌的世界，歌的海洋呢。

打响金钱杆

从江口驱车而行十多公里，云舍村到了。村前有一道河，名叫太平河，河床平而宽，有一道不高却宽的堤坝，我们赤脚蹚水而过，那些汽车摩托车也从此涉水而过，这就增加了许多乐趣。河水清而凉，细细观察，偶有小鱼游动。走过三十来米宽的河，上路后，一个百亩坝子等着我们，迎着扑面的稻花香，我深深地吸了口气，爽！

沿着进村的公路，又有一条河，叫神龙河。神龙河发源地就在云舍村，来自一个幽深的潭，潭水千百年来，和这里的人们和睦相处，给这里的人带来幸福，却也十分神秘。其神秘有三：大山脚下，水从地下冒出，没有人能够知道它有多深，村民曾经用了几箩筐的绳索连接吊上石头，也未能到底，这是神秘之一；它是世界上最短的河，只有一千米，就进入了太平河，却永不干涸，此为神秘之二；潭水涨必定下雨，潭水消必定天晴，是一个天然的"气象站"，此为神秘之三。

沿河而行，两边是有特色的农舍，这就是有名的江口县太平乡云舍土家民族文化村。

这个坐落在梵净山脚下的村落，名字首先就表现了这里的美丽与神秘，云舍云舍，"云中的房舍"，那不是仙人居住的地方嘛！我想，小村坐落在神秘而美丽的梵净山脚下，它的神秘与美丽也就与生俱来。

云舍，被誉为"中国土家第一村"，拥有这块宝地，千百年来，保留了自己的民风民俗，让我们看到了中国土家上千年的历史文化：

四通八达的石板巷，一排排的土法造纸作坊，唐代的水排作坊，明清的"筒子屋"；独特的婚嫁仪式、独特的傩戏表演；完美地道的山歌，还有那顺拐同边的摆手舞，这些劳动生活的艺术结晶。

这里的地域文化秘密让我们着迷，这里的秀丽风光让我们迷恋，当然，让我痴迷的还有那一杆杆铮铮作响的"金钱杆"。云舍金钱杆，自打一进云舍寨门，就吸引了我。欢迎队伍的土家兄弟姐妹们在寨门口，设下拦路酒，他（她）们手上灵活跳动的金钱杆，发出悦耳动听的节奏。金钱杆吸引了我，使我对面前的村民平添了几分亲切。

　　我曾经有过金钱杆情结，那是四十年前，在我的外婆家，思南县一个土家族的乡村，正赶上过年，寨上人家请来了花灯，我们这些小孩子追着花灯队伍，他们到哪里我们就到哪里。他们也打金钱杆，同时又叫它"响杆"，因为竹干的两头是用几组铜钱镶嵌在中间，而铜钱互相碰撞就发出响声。

　　于是，外婆就给我讲了金钱杆的故事：说那是在唐朝末年战乱，民不聊生，一个女子带着两个孩子，出逃在外，女子被山寇抢走，留下十来岁的兄妹两人，到处乞讨。当他们要饭要到了 12 对铜板后，就把这些铜板装在用来要饭竹竿的两头，再把自己的身世编成唱词，打着金钱杆，沿街要唱，四处诉说。他们的行为终于感动山寇，放回了他们的妈妈，自此，金钱杆就作为民间的玩意流传了下来。外婆的故事很美，在我的童年记忆中留下了深刻的印象。

　　金钱杆又叫"霸王鞭"，传说楚霸王项羽武艺好，又善于用鞭，项羽死后，荆楚地区的老百姓为了纪念他，模仿他舞鞭的形象，来表现威武和勇敢，才有了这样的民间器物。这些都说明是这一地区的老百姓对英雄的膜拜和生活的艺术化，也可以看到江口乃至铜仁地区的文化，深深打上荆湘文化的烙印。

　　在江口，打金钱杆的活动是一种很普遍的活动。即便在现代文明的今天，在双江、桃映、怒溪、闵孝等十多个村寨，这样的民间器物也得到了很好的传承。去年江口县搞了一个万人金钱杆节，不分年龄大小，职位高低，同时走上这个舞台，金钱杆的清纯之声，响彻梵净山麓。

　　江口不愧为"金钱杆之乡"，他们做了巨型金钱杆，以示神威，巨型金钱杆两米左右长，碗口粗，用人扛着，二十多个人一起打，和着成千上万的如鞭的金钱杆，一起敲响，那阵势，震天撼地，地动山摇。他们把这样一个艺术形式传承下来，发展为集音乐、舞蹈、体育于一身的活动。为传承地方文化，江口的所有小学和老年大学都开设了金钱杆这样一门特色课。村村寨寨打，家家户户打，打出声威，打出民威，打出一个地方文化！江口的金钱杆，以它独特的音乐、舞蹈、体育的形式，以它磅礴的气势，辉煌的场面，走遍中国大大小小的舞台。

云舍村民族风情的表演开始了，金钱杆表演也开始了，他们纵情地唱着："打田栽秧排对排，一对秧鸡飞出来，秧鸡飞出成双对，情妹要等情哥来。"二十多人丰富多彩的表演，我是看得眼花缭乱，不知道金钱杆还可以打出这样多的花样。随着金钱杆响起的不同节奏，有时看到楚霸王的威武，有时出现赶山望牛的休闲，有时展示的是哥哥妹妹的"花棍"，有时是对"洋钱"的一种炫耀。这简直就是人们各方面生活的展现。

打到情浓处，他们就邀请观众一起参与，立刻就有十多个观众走上前去，我也忙跟着走上去，领队的姑娘说："现在的基本动作就是两人对打。来'犀牛望月'，跟我做！"经过她的点拨，不过几分钟，我们就能够合拍了。于是，我们的"教官"说："来，我们一起来，打响金钱杆！先打一个'洋钱调'！'一打雪花来盖顶，二打古树来盘根，干哥子！嗖！小妹子！嗖！姊妹耍起来！……'"

欢乐中，我们忘了时间的流逝，我们忘了回家的路……

芦笙舞

我对芦笙的认识是在二十年前。那是我初到学校教书，在一次班会活动上，一个十七八岁的凯里学生，现在我只记得他姓潘，他的一个芦笙演奏，演得跳得大家忘了呼吸。他又吹又跳，有时候在天，有时在地，在空中翻上两个跟斗，两脚交替在地上转划着圈，不管做什么动作，那吹奏的芦笙绝不间断，总是那样的悠扬婉转。总让人觉得他是在做动作的表演，另有他人在作芦笙的伴奏，他手中的芦笙不过是道具，然而，的确只有他一个人，一切都是他的表演。大家看出神了，进入了忘我的艺术胜景。一曲表现完成，他是那样的轻松自如，并没有我们想象的气喘吁吁，面对大家的称赞，他轻松自如地说：这不算什么，在我们家乡凯里，吹得好、跳得好的多的是了。凡男的都会吹，从四五岁的小孩子，到七八十岁的老人家都会吹。以前女的不吹，只是跟着芦笙跳，现在有的女孩也吹。

我告诉他，你会演奏感人的芦笙，又会说熟练的苗语言，这是你的财富。他笑笑说，老师，这样的财富，在我们凯里人人有。老师有机会到我们凯里，我带你去看。我对他说，今天见你的芦笙表演，让我知道芦笙这样的好听，还有这么独特舞蹈动作，好！我一定找机会到凯里去，好好感受芦笙。

没有想到，这个约定，竟在二十年后的今天才得以实现。

到凯里我没去找这个学生。我想自己去慢慢体会。

今天的凯里已经是有"芦笙之乡"的称号了，从1999年8月28日首届国际芦笙节在这里成功举办以来，它就已成为人们关注的焦点。

我首先了解这样一种民间乐器的由来。关于芦笙的出现说法有几种，其中一种认为，芦笙是当年诸葛亮教苗家人做的，才有了这样好听的音乐，苗族、侗族的兄弟们劳作之余有了太多的欢乐，这样他们把芦笙叫做"孔明管"。另一种认为，芦笙，那是在苗族的祖先神告且和告当的古远时代就出现了。传说在告且和告当造出日月后，又从天公那里盗来谷种撒到地里，谷子生长不好，告且和告当从山上砍了六根白苦竹扎成一束，吹出了奇特之声，这声音让山里的苗家人听了欢快，地里的五谷听了愉快地生长，就这样当年获得了大丰收。从此以后，就有了这种物器，苗家每逢喜庆的日子，丰收的日子都要就吹芦笙，以庆丰收，以给人美好的祝愿。

据文献记载，芦笙节具有悠久的历史，远在唐代，贵州少数民族人民就开始制作芦笙，并涌现了不少的优秀芦笙吹奏家，进京朝贡者，就曾带着芦笙到宫廷演奏过，得到朝廷官员的高度赞赏。南宋范成大《桂海虞衡志》："卢沙瑶人乐，状类萧，纵八管、横一管贯之"。南宋周去非《岭外代答》："瑶人之乐有芦沙、铙鼓、葫芦笙、竹笛。……芦沙之制，状如古萧，编竹为之，纵一横八，以一吹八，伊其声。"这里的"卢沙"就是芦笙。明代钱古训《百夷传》："村甸间击大鼓，吹芦笙，舞干为宴"。明代倪辂《南诏野史》载云南滇中苗族"每岁孟春跳月，男吹芦笙、女振铃唱和，并肩舞蹈，终日不倦"。到了清代，文人陆次云在其所撰的《峒溪纤志》一书中写到："（男）执芦笙。笙六管，长二尺。……笙节参差吹且歌，手则翔矣，足则扬矣，睐转肢回，旋神荡矣。初则欲接还离，少则酣飞畅舞，交驰迅逐矣。"

芦笙乐舞，是苗族、侗族等民族，生活的重要组成部分。在苗族的每个村寨里，都有一个跳芦笙的中心院坝，在夏秋季节的月明之夜，芦笙鸣响，全寨的男女老少聚集在一起，随着轻松活泼的芦笙曲翩翩起舞，尽情地享受着劳动后的欢乐。

芦笙曲的种类很多，内容和形式也丰富多样，有专用的，也有标题或词意的，它们多是取材于民间歌谣，苗族人民用它们来表达细腻的内心感情和对于新生活的无限热爱。著名乐曲有《诺德仲之歌》、《大悲调》、《和调》、《赛调》等。吹奏芦笙多与舞蹈相结合。苗族《芦笙舞》有着悠久的历史，在人民中广泛流传，是最普通的一种舞蹈，大家围成圆圈，由男子吹芦笙在前，面朝圈里，横身领舞前进，妇女随后，面朝前进方向，随音乐而舞，左右脚交替前进。

芦笙是苗家人的密友良伴，他们男子人人会吹，女子个个能舞。每逢劳动之余或婚嫁喜庆之日，都要吹奏芦笙和跳芦笙舞，逢年过节时，数十支甚至上百支芦笙齐鸣，悠扬的乐声传十里。

芦笙还是苗族青年们的"红娘"，小伙子们倾吐慕之情时，芦笙又成了一种美妙的"语言"。姑娘们只要听到了他熟悉的芦笙音响，就像听到了他爱人的脚步声，向那芦笙想起的地方奔去。

最热闹的还是那芦笙节。节日里，苗家人盛装前往，各寨芦笙手高云集芦笙坡，平时寂静的青山翠谷，在节日里汇成芦笙歌舞的海洋，那芦笙、那歌舞满山遍野，一望无际。有时的芦笙节，参加的苗家男女达几十万人，有的人要从百余里以外地方赶来，他们披星戴月、带着干粮赶来参加献艺。在欢乐的节日里，芦笙的吹踩声，男女的对歌声，此起彼伏；男女青年在一起互诉衷情，赠送信物；老人们笑谈丰收，妇女们尽情歌舞，这时候最吸引人的要算是芦笙乐队的竞赛了，几十个芦笙队，每两队一组进行比赛，有个人表演，有集体吹跳，芦笙手边吹边舞，舞步活泼有力，诙谐风趣，旋转如飞。一曲又一曲，芦笙不停，舞步不止。最后无新曲者败北，曲多音亮的芦笙队获胜。胜者的芦笙挂上红色缎带，得胜的寨子和个人都受到人们的尊敬。芦笙节期间，还有斗牛、赛马等活动，你方唱罢我登台，苗家人有太多的欢乐。

我们随着欢迎我们的芦笙队伍，来到了芦笙之乡舟溪镇新光村。村支书为我们独奏了一曲"喜调"后，接着介绍说，这是个130多户的大寨现在还有40多户100多人专门从事芦笙制作业，全寨人都会表现芦笙。全寨居民为潘姓，其祖先自明末清初从江西迁到这里，到现在已有18代人。芦笙在这里一代代延续，发展。现在他们对于芦笙文化的发展是全方位的，村里有专门的芦笙协会，有专门的芦笙（苦竹）种植组，芦笙制作组，芦笙演艺组，大家相互受益，这样来传承发展芦笙文化。

我们到一个芦笙制作之家，一个60来岁的芦笙制作人，正在他的小作坊忙乎，说是在做芦笙的簧片，他告诉我们，这是制作芦笙最难的地方，有五六个工序。我看着他做得是那样的娴熟，每一个动作都像是固定的，在我看来，整个过程就是一种艺术。他说，实际上他的最好功夫是演奏芦笙，只是现在制作芦笙需要人，他更多的时间是在制作上，让年轻人去演奏。说起芦笙他是一套一套的："现在社会进步时代发展，芦笙的形状和演奏技巧，都有了改进。现在的芦笙有六管、十管及十二管的，其长度有二尺、五尺及一丈多的；现在的芦笙曲调，除保持原来的古朴、悠扬之外，曲调多变，节奏明快，特别是伴之深沉、雄浑的芒筒声，芦笙的声响和音量加重，那是格外委婉动人。"他一边说，一边给我们展示他制作的芦笙的各种部件。"现在的跳动，姿势变化更大，跳步踢腿刚健有力，舞姿潇洒自如，不讲究那么多规定。现在我们这里的芦笙会，更是规模空前，少则几千人，多则几万人；十几万人。就是在芦笙堂吹芦笙，一般都是套 6 支同吹，芦笙音域宽阔，乐声悠远，笙歌洪亮，令人回味；踩（跳）芦笙的姑娘数十、数百人不等，她们穿着银饰盛装，随着芦笙曲调翩翩起舞，尽情欢跳，场面壮观动人，姑娘们的银色首饰海洋般翻滚，被誉为'东方迪斯科'。"老人说着，吹奏起来，她的老伴在旁边笑着说："当年就是他的芦笙把我的魂吹散了，才嫁给他的。"我对她说："来来来！来展示你当年的舞姿。"说着，随着芦笙的节奏她跳起来，看着他们的欢乐，我们也参加进去。老人对我们说："去年日本友人来这里寻根，也和着我们一起跳，跳得忘了回家的时间。"

这次到凯里，没有见到那位 20 年前就让我认识芦笙的学生，我们虽到了他的家乡舟溪镇，问不着他，因为这里都姓潘，我说不出他的名字，姓潘的后生在外读书的多得很，我们在哪里呆的时间不长，难以打听到他，不知道他今天怎样了，他的儿子都应该会吹芦笙了。我总算是在 20 年后赴了他的约，尽管没见到他，可再次听到了他演奏过的芦笙调，见到了他跳过那样一些芦笙舞，真是如同见人。在这短短的时间里，我从不同的渠道对芦笙的有了深度的了解，也有切实的感受，收获颇丰。

凯里芦笙的家乡，芦笙是人们生活的一个伴侣，人人皆吹，人人爱吹。吹出无尽的欢乐，吹出永远的幸福。这里是芦笙的锦绣天地，这里是向世界推出芦笙的窗口。

"纯天然" 舞台上的苗族《迁徙舞》

现在的人们喜欢什么都加上一个"纯天然"，以表示他来至于自然，没有经过认为的加工。但作为舞台用"纯天然"三个字恐怕还是没有的吧？然而这次到赫章县的河镇乡，见到的苗族兄妹表演的舞台，只能用"纯天然"三个字，才能把它的妙处表达出来。

我所见过的舞台，有在大礼堂里的豪华型的，有在田间地头的乡村型的，有在机器轰鸣的车间型的，更有操场、晒坝上的随型的，不论哪种形式，都有它的时空性。这次在赫章河镇乡苗族兄妹给我们表演的舞台，却是众多舞台都不能及的。

一到河镇乡，就看到苗族穿着盛装，那是他们杂大型活动时才穿的。只见他们进进出出，脸上的表情很凝重，他们在乡政府的坝子边站了一会，又邀约着走了，他们顺着后山爬了上去，是那样的轻盈，一会就到了半山上，就像一群玉蝴蝶在起舞。乡里的领导走出来叫我们跟着走，说是台子在上面，说着他扛着半麻袋鼓鼓嘟嘟的东西走在前面。他回过头狡黠地对我们笑了笑说："请你们吃点吹灰点心！"我还没来得及问他什么是"吹灰点心"，他已经走远了。我们急急地跟在后面，山路不好走，昨天夜里刚下过雨，路很滑，我们都爬出了汗。终于爬到了目的地——山顶上的一个大草坪。

草坪并不是很平，有一点向东倾斜，不过很大，有两三个篮球场那么大，四周都是高大的松树、杉树，期间是一些不知名的灌木，它们形成一个围屏，远处的群山又形成一个更大围栏，放眼望去最远最高处的山上有一层淡淡的雾，不过还是可以清楚地看到山顶上的一层皑皑白雪。虽然已是阳春三月，在很多地方都是春暖花开的时节，可在这里，在这个有贵州屋脊之称的地方，这个海拔2000多米的地方，到处可见冰雪。两边的马尾松的枝叶，一根根就有麻绳那样粗，一把抓上去喳喳响。一切都是在冰的世界里，玉树琼枝是多美的景象，我突然想到，看雾凇哪里用得着大老远地跑到东北去？

我还在欣赏这大舞台的布局，乡政府的人已经在旁边燃起了一堆篝火，还忙着在里面烧什么东西。这边欢迎我们的舞蹈开始了，首先是他们的《迁徙舞》，他是一个大型的叙事性舞蹈，男男女女，扶老携幼，从黄河以北迁徙过来。一路艰难，跋山涉水，吃尽苦头。他们用舞蹈的形式把这一段历史再现出来，那氛围让人感动。苗族大迁徙舞是一个被几千年的迁徙文化和黔西北的水土孕育出来的舞蹈，是属于一个迁徙民族特有的舞蹈，是一部活着的传奇，是一曲遥远而又永恒的绝唱。史诗般的苗族大迁徙舞是一个民族大迁徙的浓重缩影，是一步跨越时空的苦难历史的诉说。流传于赫章县合镇乡一带的苗族大迁徙舞讲述了东汉建武 23 年至 25 年一场大战之后，历代封建王朝不断出兵挣缴沅江一带和武陵山区的苗族先民，苗族先民因寡不敌众而由各部落酋长带领本部落民众整体迁徙到黔西北山区的历史故事。大迁徙舞所演绎的历史恢宏悲壮，看大迁徙舞见到和触摸到的是苗族迁徙文化的缩影。被列入贵州非物质文化遗产保护名录。

这下我明白了他们为什么跳舞要在山丫上、山顶上，这更能真实地再现他们当年的苦难。苗族是一个山居的民族，他们分散在大山上，热爱大山，

毛龙翻滚　我心激荡

石阡仡佬毛龙，是中国首批国家非物质文化遗产名录推荐项目。这里正打造"中国毛龙之乡"，组织编扎两条千米以上的毛龙，去申报世界吉尼斯纪录。想想，一两千人一起舞动这样一条毛龙，那是何等的壮观！

按照时间推算，我们没有缘分见到毛龙。按照旧俗，每岁春节元宵期间玩龙灯，以求风调雨顺、五谷丰登、国泰民安。"仡佬毛龙"起于何时，源于何由，目前没有发现明确的历史记载。有人说毛龙源起于古代仡佬的"竹王"崇拜和生殖崇拜。可以算一家之说吧。据《石阡县志》记载："（龙）灯从唐代起。"仡佬族民间亦流传有"唐魏征梦斩金骨老龙之子"的故事，按此传说"仡佬毛龙"在那时也就开始了。《石阡县志》还记载：清末至新中国成立前夕，"仡佬毛龙"盛行于全县各民族村寨之中。今天的石阡县每年春节期间都会举办毛龙灯会表演，有的村寨清明节祭祖也要舞动毛龙。这一独特的地方道具集体舞在今天已经是全县各乡镇男男女女都比试着玩的一项民族文化活动，更凸显了它的风采。

我们这次采访来得不是时候，春节过完了，清明还没到，赶不上玩毛龙的时候。要想见毛龙，恐怕只有等下次有机会的时候了。心里总觉得空落落的，同行的人说，"也好留点遗憾，下次再来有一个由头"，我说，"也只能这样了。"

而接下来的参观却让我们大饱眼福，不虚此行。

我们来到有"中国历史文化名村"称号的石阡县国荣乡楼上村。楼上村是一个古寨，位于石阡县城15公里西南的廖贤河畔，名字就很独特。据县里的带队干部介绍，村里拥有众多独特的自然和人文景观，北斗七星树、戏楼、梓潼阁、千年紫荆、十子九秀才墓、龟忘石、猴子岩、倒栽松、椿楦墓、楠桂桥、天福井等多处神奇的景观，我们可以寻访寨中的古井、古树、古屋、古戏楼。导游干部的介绍，应该可以弥补"心里总觉得空落落的"感觉了。

在导游小姐"情姐下河洗衣裳"的歌声中，我们的车来到了寨门前。歌声打动了车厢里的每一个人，大家的情绪还在悠扬的旋律中没有出来，车厢出现了片刻的宁静。这时突然响起了鞭炮声，接着是锣声、鼓声、唢呐声。我正要看个究竟，不知道是谁在叫喊："毛龙，毛龙！"这一下，人们好像从梦中惊醒，纷纷挤出车厢，直奔鞭炮硝烟处。在我们的位置看去，只见前方翻滚着一波连一波的蓝色波浪，像很多条不断游上游下的巨型蓝鱼的背脊。这就是村民们上下盘旋飞舞着的毛龙了！

毛龙翻滚着、盘旋着迎面而来。原来，为了迎接贵宾，村里特意破例安排了毛龙灯舞。只见耍龙的人身着黄色的对襟衣，毛龙是蓝色的脊梁、蓝色的躯干夹杂着红色，人和龙交融在一起舞动，远远看去，只见翻滚的毛龙而不见耍龙的人。

毛龙追随着它的"宝"向我们走来。激动的我早已顾不上给毛龙让路，也顾不上躲开路边飞爆的鞭炮。兴奋紧张中只想到赶快和毛龙合影照相。

毛龙带领着我们进了寨子，在古戏楼旁、梓潼宫前，北斗七星树下的坝子内，欢迎客人进了家门的毛龙更是得意，它翻滚着美丽的身躯，展示着它的绝技："二龙抢宝"、"懒龙翻身"、"单龙戏珠"、"天鹅抱蛋"、"倒挂金钩"、"犀牛望月"、"螺丝旋顶"，各种表演引起我们不断地叫好。

旅游局龙局长告诉我："石阡毛龙灯舞十分讲究，它分为出灯、玩灯、化灯三个程序。先是出灯，必先取水，就是'说福事'（相当于主持人的角色）的灯师率灯队前往有水的地方，焚香化纸，供奉祭品，念祭文，取水然后出灯。二是玩灯，一般是20来个身强体壮的男子——现在也有女子玩龙灯的——舞动龙灯，龙灯的前面是一个汉子舞动'宝灯'，逗引红色的龙头；龙灯舞动，旁边还有敲锣打鼓的，放炮嘘花（焰火），念唱'说福事'的，十分热闹。三是化灯，一般是在正月十六日晚。玩灯结束，掌坛师都要率灯队到有水的地方设祭坛，供祭品、念祭文，以祈求龙王保佑，然后将龙灯烧掉，送龙升天，把一切不祥和灾害都带走，保佑吉祥平安，万事如意。"

毛龙形如蛇，尾似鱼，龙体的编扎十分讲究，与我所见过的所有龙都不一样。"毛龙的编扎很有讲究，首先以粗长的竹篾扎紧为龙脊，再用竹篾缠以剪成鞭炮形的彩色纸，我们叫它'火草杆'，将火草杆两端扎在龙脊上，一个挨着一个组成一个环，环环相连而成龙身。一条一二十米的毛龙，要用四、五百根火草杆来扎，蓝红相间的火草杆飘着彩花，看上去满身是毛，所以叫它毛龙。"

毛龙在坝子里翻滚着，我的心也激荡，神思飞扬。龙是中华原始祖先的图腾，是一种只存在于图腾中而不存在于生物界的虚幻生物。今天所知道的龙的形象综合了各种生物的特征：蛇身、兽腿、鹰爪、马头、蛇尾、鹿角、鱼鳞。研究者认为，龙的形象是经过不断发展变化的，在漫长的历史过程中经过战争和联合，信奉龙图腾的民族逐渐成为领导，龙的图腾渐成为整个中华民族信奉的旗帜。其他民族原来信奉的图腾的形象逐渐被吸收、被充实到龙的形象中去，因此龙的特征愈来愈多，形象日益复杂和威武。在我国有多少龙的形式，恐怕没有人统计得出来。

中国的龙，家族庞大，有黄龙、青龙、赤龙、白龙、乌龙、金龙……千年之龙叫应龙、无足之龙叫烛龙、有角之龙叫虬龙、无角之龙叫螭龙，等等。它们有好有坏，有善有恶。《史记》二十八卷《封禅书》里说：黄帝乘龙上天，群臣无法跟随，只能抱着拉断的龙髯哭泣。以黄龙象征黄帝，中国古人以龙为尊。人们还把各种美德和优秀的品质都集中到龙的身上。我们从许多故事和传说中看到：龙是英勇善战的，它什么强暴也不怕；龙是聪明多智的，它甚至能预见未来；龙的本领高强，它能大能小，变化多端，兴云布雨，鸣雷闪电，开河移山，法力无边；龙是富裕的，龙宫成了宝藏的集中地；龙又是正直的、能为人民着想的，为了解救人间干旱之苦，它甚至不惜冒犯天条。在龙的身上集中了人们美好的愿望，也常把世间的杰出人物称为人中之龙，诸葛亮就号称卧龙先生。

但传说中也有关于斗龙伏龙的故事，如女娲杀黑龙、大禹斩蠢龙、李冰父子伏孽龙、周处除蛟龙等等。中国的龙崇拜有五千年以上的历史；封建时代，龙又嬗变为皇权的象征，帝王自称"真龙天子"。据韩非子说，龙和帝王一样，都有"逆鳞"而不可触，否则龙颜大怒、诛灭九族。所以李白诗云："有策不敢犯龙鳞，窜身南国避胡尘。"今天，龙走下了神坛，每个华夏子民，无论天涯何方，都称自己是"龙的传人"。

"仡佬毛龙"有着丰富的文化价值，显示出独特的民族性、地域性。

传说大禹治水，曾乘毛龙。其说始见于晋。晋·王嘉《拾遗记·虞舜》："南浔之国，有洞穴阴源，其下通地脉。中有毛龙、毛鱼，时蜕骨于旷泽之中。龙、鱼同穴而处。其国献毛龙，一雌一雄，故置拳龙之官；至夏代养龙不绝，因以命族。至禹导川，乘此龙。及四海攸同，乃放河纳。"

按此说法中国最早出现的龙的形象，还是蛇图腾中的毛龙。石阡的古老民族仡佬族保留了这样一种传说中的形象。"至禹导川，乘此龙。及四海攸同，乃放河纳"，石阡县城的龙川河，传说不就是一仙人乘龙而至形成的吗？县城里，龙川河边不是还有明万年间修建的禹王宫吗？

看着眼前毛龙翻滚的气势，我窜到毛龙的身边，跟着耍龙人一起舞蹈着，在毛龙身旁随着它圆润的身躯玩着"空手道"，有一种与龙共舞的感觉。这时候旅游局龙局长看出了我的心思，对耍龙的寨上人说，让他们也加入进来。我们兴奋地站进了耍龙的队伍，接过了杆子，一时间，我们的人占了耍龙人的差不多一半。但我们跟着他们的把式就是玩不转，手里的把杆总是不听使唤，好像很重，又像有人总是拽着，绕来绕去，也就是一个把式，左一个"懒龙翻身"，右一个还是"懒龙翻身"，大家逗笑成了一条卧龙。

耍宝的人，看到我的笨拙，对我说："你来耍这个，这个一个人耍，要好耍一些！""我不会呀！""你不会不要紧，你怎么耍都行，我们都跟着你就行了！"耍宝的人对我说。

"这是什么？"我拿着龙宝问他说。

　　"是宝!"

　　"宝是哪样?"

　　"是毛龙的蛋!"

　　他对龙宝的解释到让我长了见识,一般人都认为"龙宝"是宝贝,宝珠,宝石。龙跟着龙宝转,那是一种对财富的追逐,而这里的人却认为那是龙的蛋,毛龙跟随宝的飞舞,却是要保护它延续的生命。按这样说法,它是一种对自然的追逐,对生命的保护。在这鸟舞鹤翔的楼上古寨,这一个小小的不同说法,却大大反映了这里的人们对生命和生活、对自然和社会的态度,令人感叹、反思、回味。令我的心潮激荡久久不能平息,直到离开石仟很久很久……

缅怀历史名人

访旺草讲堂　怀先师尹珍

尹珍，是贵州文化的先驱者，贵州教育的先行者。他传播文化，施行教育的圣地就是绥阳旺草。贵州人都应该称尹珍为先师，贵州文化人自然都有旺草讲堂情缘。因此，这次去绥阳采风，我们特意提出，到旺草镇去寻先师足迹。

旺草距县城 27 公里，在唐朝时为芙蓉县城所在地，"一入旺草境，怡然天地宽。青烟缭万户，绿水绕千弯。"这里有黔北粮仓万亩大坝，这里有乌江支流芙蓉江。旺草据《绥阳县志》记载："东汉毋敛学者尹珍曾设旺三草堂于此讲学，芙蓉江边五把车地方有唐朝芙蓉城遗址。"

芙蓉江从镇中绕过，美丽多姿的江水，两岸青山如黛，让人真正感觉到什么叫江山如画，也知道了尹珍为什么在这里开设讲堂。有专家考证说，美让人产生快乐，快乐使人成功。后为东汉荆州刺使的尹珍，在这里从教 15 年，我们猜想，与这里的美丽山水是大有关系的。

东晋常璩《华阳国志·序志》上记："荆州刺使尹珍，字道真，毋敛人。"毋敛，古夜郎国名，今独山、都匀、福泉一带，也有人认为就是正安。南朝范晔《后汉书·南蛮西南夷列传》记："桓帝时，郡人尹珍自以生于荒裔，不知礼仪，乃从汝南许慎、应奉受经书、图纬，学成还里教授，于是南域始有学焉。珍官至荆州刺使。"尹珍就教于当时中原的大学者——《说文解字》的作者许慎。尹珍最大的成就和功绩，《后汉书》一句简单的评语，却是最高的肯定——"于是南域始有学焉"。从这样一个"连天际峰分，飞鸟不通"地方，走出去这样一个读书人；就教于这样著名的大学者；学成归里，在这里发展教育十多年，历史留下的深刻内涵，能让一千多年后我们这些现代人够破解一辈子的。

从《绥阳县志》查找到明万历二十九年（公元1601）绥阳建县的第一任知县詹淑的《尹珍讲堂铭》，"万历甲秋，余修旺草公署，掘地得碑，题曰：'汉尹珍讲堂'……爰即公署为讲堂，仍立唐人故石。而为之铭曰：'矫矫尹氏，生于遐荒。不圉于地，游学北方。归而有教，爰有此堂。我新其宇，其道重光。矫矫尹氏，道高水长。'"

走进旺草镇，有感于这位五百年前县令的尚古精神，我要求镇干部带我去找找"汉尹珍讲堂"第一任知县詹淑当年的"公署"。镇干部告诉我，遗址已不可见任何具体建筑，现在能看到的只是尹珍小学。但作为读书人，能到遗址之地——一千多年后的尹珍小学去找找讲学情缘，念念古人遗风，也是一种文化的陶冶。

我们沿着芙蓉江缓缓而行，走过场口，镇干部告诉我，这里以前有一个"写碑房"，老人们说，那是尹珍当年为老百姓书写对联的地方。现在这里已经是乡镇的现代化建筑，不过我还是饶有兴趣地在那里拍了张照片。出了场口，又是一座学校出现在眼前，这就是旺草中学。这也是旺草镇最大的特点，仅一个镇就有三所中学：尹珍中学、旺草中心、芙蓉中学。我深深地赞叹：这里不愧为一千多年前贵州教育的发源地，尹珍地下有知，足够欣慰。正因为他开了一代风气，贵州这块土地，才走出了6000举人，700进士，两个状元，一个探花；得风气之先的绥阳县，才在今天被人们誉为黔中大地，著名"诗乡"。

花溪有个周渔璜

前几天去参观考察花溪的两个景区，青岩古镇、周渔璜故旧。

到花溪街往前约三五公里，就到了花溪区黔陶乡骑龙村的周渔璜墓和桐埜书屋。门前是一个很大的坝子，在贵州山区，很难见到如此大的一个平坝。路边的田里，农民忙着犁田、施肥、插秧，远远望去，多美啊！

在这一大坝田地中间，有一条清晰的小溪缓缓流过，它是花溪河的一条涓涓细流。小溪可真谓小溪，浅浅的水，清澈见底，下面的鹅卵石青黄色、浅红色实在好看。顺手摸一颗，捧在手里，多好啊！我实在舍不得把它放回去，犹豫了一会，最后还是把它放回到水里。美是所有人都渴望的，但大自然的美是大自然具有的，还是让它回到自然去吧。

小溪旁是一座小山，说它是山，还不如说是一个大土堆，只不过上面的树木是有些年头了，最大的要两人围抱，可真说得上繁复茂盛、郁郁葱葱，一色的深绿，显得那样深远、幽静。一个四合院，在这里清初康熙年间出了一个大诗人、雍正皇帝的老师周渔璜。他学问高深，影响极大，真可谓贵州的光荣。

周渔璜（1665～1714年），清初著名学者，诗人。字渔璜，号起渭，一字桐埜，别号载公，贵阳青岩骑龙人。康熙年间在京做了二十余年官，他的《秋怀绝句》中"不恋微官只恋诗"，写出了他做官与作诗的种种感受。写杭州西湖的诗很多，最为人传诵的还是他的"直把西湖比明月，湖心亭是广寒宫"。不过这两句诗，寿生十分嘲笑，认为诗味全无，现在体会，我认为寿生是对的。但这并不影响周渔璜的文化地位。

康熙皇帝曾问文渊阁大学士兼吏部尚书陈廷敬：当代诗人数谁？陈廷敬回答：要数周起渭（渔璜）和史宇义（蕉饮）。可见周渔璜当时在全国诗坛上已是数一数二的顶尖诗人。晚清"西南大儒"郑珍在瞻仰周渔璜的遗像后赞说："诗当康熙，如日正中。起问汉大，惟渔璜公。桐埜一篇，眉山放翁。经纬宫商，继盛长通。"他认为周渔璜是继承盛览（长通）之后，堪与苏东坡（眉山）、陆游（放翁）媲美的诗人。这话有些太夸张，与清朝本来就无诗歌大师有关，不过能够说明周渔璜在清代的文学地位。

周渔璜的学术成就是奉诏参与编纂《大清地舆图》、《康熙字典》，前者清初编成的地理学重要图籍，后者是张玉书、陈廷敬等奉旨编纂的，周渔璜名列二十七名纂修者之第三名，担当重任。

周渔璜的学问与高官来至于他的聪明与勤奋。这方面的传说很多，相传他非常聪明，读书能做到过目能颂。但并非天生如此，说他开蒙时很笨，读书常常被先生骂。一次因他读书太笨，先生忍无可忍，顺手抓起桌上的镇纸砸向他。从此，周渔璜开窍了。又有一说是书院旁边有口井，周渔璜是长期喝这口井里的水变聪明的。传说有些玄乎，但就从这两个传说我们可以看到，周渔璜被先生的"镇纸"砸过以后，发奋学习、刻苦读书，年复一年地在这里读书、在这口井里打水喝。没有发奋的精神，没有十年的苦读，要想"聪明"是不可能的。现在的人们在井边塑了个石碑取名"慧泉"，说是只要喝了"慧泉"的水，就会变"聪明"，如果真是这样，那世界上的事就太简单了。

永乐李端棻墓前桃李芬芳

"贵阳十大历史人物"，同治"维新第一人"，北大前身"京师大学堂"的首倡者，清礼部尚书李端棻，于宣统元年二月长眠在贵阳永乐乡这块宝地上。这块宝地因李端棻而充满了文化底蕴，这块宝地因李端棻而桃李芬芳。

永乐乡离贵阳市区17公里，是贵阳东郊旅游观光的乐园。由于这里独特的地理环境，保存完好的喀斯特地质自然生态，无污染企业，今天发展为万亩菜园、万亩桃园、千亩藕田的农业生态园。近年来每年三月有"永乐桃花节"、八月有"桃园文化节"；还有二月场、六月六等民族文化风情；还有永乐古堡、罗吏大古钟、石笋沟水库、石塘小三峡游览胜地。这里，历史传说与美丽自然融为一体，传说因自然而流芳，自然因传说而神秘。

2008年7月3日，我们贵州警官职业学院公安管理系的老师们一行人二十多人，驱车来到永乐乡。与我们同行的，还有参加我们支部活动的几位学院领导。不过我们到永乐的主要目的不是休闲观光，而是到永乐乡的罗吏小学开展"智力帮扶"。今天是第一次活动——"送书"。我们用捐出来的书籍，帮助罗吏小学建一个图书室。我也送上自己写的几本散文集。我尤其希望孩子通过我的散文集《多彩贵州行：水灯载去我的祝福》，来了解贵州的山山水水，从而了解一些贵州文化，更加热爱贵州、热爱自己的家乡；我也希望孩子们能够通过我的论文集《心灵的行走》，去感受人是怎样学习；还希望孩子通过我的专著《文学欣赏艺术》，能够了解一点文学欣赏常识，得到美的陶冶。院领导们也特意指示学校图书馆支持了几百本少儿图书，共千册图书，不能说很多，但已经可以给这些孩子们建一个不错的图书室了。

早上十点，孩子们早已在学校的操场列队等着我们。他们本来已经放假，为了这次活动，大家都返回了学校。可以感觉到，他们对我们的到来，充满了好奇和欢欣。我看着那一张张红扑扑的小脸，胸前飘曳的红领巾，仿佛自己也回到了几十年前的童年时代。特别是当孩子们给我们带上红领巾的时候，那种感觉真的是"做了一个美好的梦"，系里同行的一个老师对我说，"就像是 30 多年前第一次戴上红领巾那样，差点就掉下了眼泪！"

罗吏小学六百多学生，二十多个老师。学生的主要组成，却不是当地农民的子女，大多是外地"农民工"的孩子，有乡里沙厂、石厂、印刷厂的农民工，有做果蔬劳务的农民工，他们的小孩都能够就近入学。永乐乡的王艳乡长告诉我们，"我们要每一个农民工的孩子都能就近上学！"从乡长的口中，我们才知道，小小一个永乐乡，竟然有 4 所学校！作为永乐乡的毗邻和"手拉手"友好单位，我们不禁也有些自豪感。在这里，我看到这样一条横幅："读完初中才出去打工"。我感到十分欣慰，这里，不愧是著名教育家李端棻的长眠故土，如果全国所有农村都能做到这一点，我们民族无疑就有了希望。

捐书仪式结束后，我们就来到了李端棻长眠的墓地。

李端棻，贵州贵阳人，是贵州师范大学、贵阳一中的创办发起人之一。1896 年 6 月（清光绪年间），时任礼部左侍郎的李端棻在给清廷的《请推广学校折》中，提议设立"京师大学堂"。京师大学堂是北京大学的前身，也是中国近代最早的大学。它开办于 1898 年 7 月 3 日，是戊戌变法的"新政"之一。辛亥革命后，改称北京大学。

110 年后的 7 月 3 日，我们来到这位北京大学首倡者的墓地，来到墓地旁的罗吏小学。本来，这个日子的选择，并不是我们的特殊性考虑。但，这一个巧合，是上天冥冥之中的安排，还是李端棻泉下有知而暗中所致？不管怎样，这都是我们与罗吏小学未来的祥瑞！

在小学到乡政府的公路边，贵阳市文化局 2007 年 11 月 17 日立的一块大石碑跃到眼前，上面醒目的大字写明：清光绪监察御史礼部尚书，京师大学堂（北京大学）首倡者，李端棻墓。

我们顺着一片片桃林往里走，正是桃红李酥的季节，耀眼的永乐桃让人馋涎欲滴，一个果农正把树上的又大又红的桃摘到筐里，见我们到来，他爽快地挑了大个的给我们尝。一口咬去，哎呀，真是清脆香甜！我们赶忙说好：回来就买！

只见桃树下还套种着瓜豆。一片片桃树的间隙间，一畦畦辣椒、茄子、莲花白，都长得水淋淋的。而最惹人喜爱的还是西红柿，一排排人高的架子，挂满了浆果，红、黄、绿，色彩斑斓，十分耀眼。有同行的年轻老师已经受不了诱惑，钻进菜地，去找农民买去了，他们边低着头走，边带诗意地说，"去感受感受农家摘果的丰收心情"！

很快到了李端芬的墓地，石墓坐落于平顶丘陵堡，前面是辽阔宽广的坝子，站在墓前，遥望远方，逶迤直到天际。墓脚下，是"一望无际"的永乐乡"万亩桃园"和"酥李林"。我想，这也许并不是特意的设计，永乐乡的气候和土壤，丘陵和平畴，本来就是种植果树林的福地；但这也许就是上天冥冥之中的安排！这岂不预示，李端棻，我们贵州这位著名的前辈教育家，他的面前，今天已是桃李芬芳，永乐无前！

李端棻——永乐堡——万亩桃园！我与这块景色迷人、风光旖旎的宝地已经毗邻了 30 多个春秋，今天竟因结识了罗吏小学的师生们而得以一朝领略：这里，竟是贵州教育历史中的一块文化圣地！

噫，来哉！这里还大有神秘的历史文化宝藏未能尽寻，我将流连而再来揖拜！

我与寿生先生的文缘

一

三联书店出版的《北大旧事》一书中，有朱海涛先生所著《北大与北大人》一组文章，其中《"拉丁区"与"偷听生"》一文说："但也尽有毫无别意为学问而学问，一年又一年去的。并且产生的英雄并不少。听说沈从文就是此中人物。时常在《独立评论》上发表极精彩的文章，为胡适之先生所激赏的申寿生，也是'拉丁区'的一位年轻佳客。"这位"为胡适先生激赏的申寿生"就是我的公公。不过在他是我公公的二十年前，按他的话说我们就是老朋友了。这个朋友一开始就起源于文学。

"文革"前期，他是务川县的头号走资派之一。他是分管文教的副县长，我爸爸是文教科科长也是走资派。他们是上下级关系，再加上脾气相投，两家从来大人就常来往。最早认得他的时候，就给我留下了很深的记忆。那时我还是个十来岁的娃娃，那是在务川县西门福泉水井边。在这以前只是在大街上的批斗会上看见过他。那是一个三伏天，当地人都自己做一种叫冰粉的东西解暑。我们几个娃娃也学着做，揉好了冰粉，放在水井里等它凉。一个老人过路，过来喝水。他个子高大，头发全白了，衣服干净整洁，样子很精神。他喝完后坐在旁边的石凳上休息，看着我们在那里玩，就对我们说：小朋友，过来过来，过来我给你们唱首山歌。这首山歌是几年前我在这里喝水，我和一个过路的农民对歌，他唱给我听的。你们听着，唱完了我还要问你们的问题。

我唱的是这样的：

> 好久不到这方来，
> 这方凉水长青苔。
> 心想喝口清凉水，
> 又怕青苔顺口来。

他唱的是这样的：

> 好久不到这方来，
> 这方凉水上青苔。
> 心想喝口清凉水，
> 一朵鲜花冒出来。

我们只听这老人唱得很投入，抑扬顿挫、婉转优美，每一句我们都听得很清楚，很好听，我们感到很新鲜。他问我们，哪一首好，为什么好。我们就不知道了。过了一会他对我们说："这是一首山歌的两种不同的唱法，其实两种唱法都很好，各有千秋。第一首它具有哲理，好久不到一个地方，这个地方的各方面形势都发生了变化，不了解情况，就不能贸然行事，要不就会出现问题。第二首更偏重于美学，'心想喝口清凉水，一朵鲜花冒出来。'这是怎么回事？知道吗？"

他见我们不说话，就对我们说："不知道吧，不知道你们小姑娘到水井边去喝点水试试看。你去！"他指着我，用命令的口气要我去。我踌躇着走到井边，正要去捧水喝，他大声地说："看到了没有？'一朵鲜花冒出来'了。"我再认真地观察，水里面除了我映在里面的影子和几片飘进来的树叶，什么也没有。他哈哈地笑起来："一朵鲜花已经冒出来了嘛！"接着他给我们讲开了。我什么也没听懂，但有一点我是记住了，那就是"民间有好多好东西，要注意收集的民间文学"。就这样我认识了寿生先生，这不知道应该说是缘分还是文学性。

再次见到他是时隔不久，在务川镇南五七干校。爸爸带我们到五七干校玩。那时县里的走资派这样的人物都在那里劳动，在政策情况开始松动的时候，好多走资派人物都带孩子去那里玩，也是一种见世面。我们一到，爸爸就给我们介绍，申伯伯。

"'一朵鲜花冒出来！'你看，又冒出来了。"看见我，申伯伯笑了。这就是在福泉边上教我们唱山歌，别人叫他"老县长"的人。

对于我们的认识，爸爸很奇怪。当申伯伯问我民间文学收集得怎样的时候，爸爸笑着说"她知道什么民间文学，十来岁的娃娃。你的题目出得太大了！"

"这你就不晓得了，你不要小看他们，以为他们什么都不知道，其实不然，就要从小给他们要求，给他们题目，让他们去想、去做！"

"那也要切合实际！"

"我不切合实际？那我们就长着眼睛看，看看谁的正确！小姑娘，不要听你爸爸的，要听我的，听到没有？"

"好的。我听申伯伯的！"其实他说的什么我也没有听懂，不过看着他是那样的慈祥，出于礼貌我这样回答。现在想来他的这种教育方式也就是今天发达国家对孩子的教育方式了。

在干校的一天，爸爸和申伯伯他们十多个县里较大的走资派，到二十里地以外的崖窝背炭。天冷了，这里的取暖问题要他们自己解决。他们早就派人到崖窝去烧木炭，那地方人迹罕至，森林很大，在那里砍柴烧炭是最好的。那边烧好，再派人去背，那里还没有车路。

我对爸爸说，我要和他们一块去背炭，爸爸答应了。我背着爸爸给我准备的小背篼跟着这十多位叔叔伯伯上了路。他们这一路年纪最大就是老县长申伯伯，六十多岁，头发都白了，看起来是很老。

回来的路上，我背了一点木炭，开始还好，走着走着觉得背上背的东西越来越重，双手托着背篼底，托了托，似乎肩上轻了一点。申伯伯说："慢慢的，有力不和坡打斗喔！"

"哎！仰仰坡，慢慢拖！"爸爸拉长了嗓子喊，一副老农民的声音。大家开始有了一点动静，有的也想跟着爸爸吼两句，但一时又找不到合适的词。

申伯伯把背篼靠在一个高坎上，长长地嘘了口气，吼一声："哎……越走越陡，哎……上去就好走！"

申伯伯多年来他长期搞农村工作，乡下的这些话他记得很多。当时我认为，他不是要我们收集民间文学吗？这些农民的话话，可能就是民间文学吧！他在上面大声地喊，"喔……平阳大路，甩开脚步！"

我们终于翻到了坡顶，大家坐下来休息。申伯伯在那边喊，"要喝水的到这里来，这里有水井。不要忘记吃一瓣蒜，我放在这里了。"说完他坐在了井边，监督每一个喝水的人，是不是都吃蒜了。我走过去，喝了水坐到了申伯伯的旁边。

看着远处的山，申伯伯对我说："你知道这里为什么叫崖窝吗？不知道吧？你看我们站在这高处看，就可以看到一点情形。你看那个方向，有几个深坑。它不是一般的坑，而是宽大幽深的，有多深，从来就没有人知道，更没有人下去过。他是一种天坑，当地的老百姓就把这叫做'崖窝'。不叫'天坑'叫'崖窝'这是群众的智慧，人民群众的语言是很丰富的。你想如果叫'天坑'这个名字多吓人，多难听，它叫'崖窝'，这个'窝'字，就很温暖，很人格化。"他说了很多，我没听懂多少，不过我知道了，人民群众是真正的英雄。

二

在一片毛主席语录、"老三篇"的诵读声中，我走完了我的小学时代，在一片激昂文字、批林批孔声中，我跨出了中学校门。那个时候，不知道文学是什么。现在想来，那时的写作，倒可以真正称为"文字游戏"，因为要写的内容都在各大报刊上刊登着，照着上面的文字很容易就炮制出一篇文章，炮制出一篇文章，就算完成了任务，也没有谁去评价它的好坏，除非你的文章"出了政治问题"。其实，那时写文章，也只能照着报刊上炮制，否则，也就可能出现"政治问题"。那时读书，只是多认识几个字，能够了解几个"立竿见影"、"克己复礼"之类的成语。根本不知何为"阅读"，何为"欣赏"，更不知"创作"。

我的爸爸、妈妈都是西南政法大学的毕业生，贵州公安干校的老师，"文革"时期，干校解散，他们下到黔北最边远的贫困县务川，我们姐弟也随之到了这个虽然贫困而历史文化悠久的县份。爸爸因是共产党员，好歹做了县教育局长。妈妈却因"出身问题"和"臭知识分子问题"，先到书店卖书，后到电影院卖票。但也因此，妈妈常常得以悄悄从当时县里大概都有点"出身问题"和"臭知识分子问题"的同事那里带来一些诸如《林海雪原》、《青春之歌》、《红岩》等小说，叫我十分喜爱。我觉得小说中的情节是那样引人入胜，描画的细节是那样打动人心。尤其在这些小说中，我看到了"青春"，看到了"爱情"，那个年代，觉得这些东西是多么美好、多么崇高而又是多么神秘，只能在内心深处暗暗期望自己能够拥有"这一天"。

但那个年代，这些东西是不能写在文章中的，我们的作文，总是以抄报刊为主。

上高中的时候，有一天，我参加一次"支农活动"。那时，中小学生经常到"生产队"帮农民干农活，叫做"支农"。学生"支农"，一般都是帮助农民收麦子，割谷子。但这一次却是在一个叫后坡山的地方帮助农民"割土"，就是将收完包谷后的地砍干净，将地里的包谷秆、叶等弄在一起，捆起来或者烧掉。因是坡土，草比较多，也还要将地边的草割干净。我觉得这样的劳动比单一的挖土或者割麦有趣一些。山坡上，许多大自然的美丽景色不断撞入你的眼帘，几朵野花，一树红果，几只蛐蛐，还有一片片如烟的霜叶。休息时，同学们可以满山遍野地跑、疯。这是多有趣的劳动，我从来没有感到劳动可以是这样的快乐。我们觉得一天的时间是那样的短，老师叫回家了，我们却是那样的不情愿。

收工后，老师叫大家推荐一个同学给学校黑板报写一篇稿子。同学们都推荐我。我想，写就写，不是经常都在写作文吗，又有什么难？回到家，就准备写，写什么呢？习惯地去翻报纸，可是，那里有啊！我只好硬着头皮把这一天的感觉写了出来。也不知道是好是坏，第二天一早就把稿子交给了老师。中午，我有意识地往黑板报那儿走过。只见我的文章用核桃大的字抄出来，许多同学在那里围看，还有老师在那里指指点点。寿生先生也在那里。这时候的寿生先生已经被解放了，也没有太多的具体工作，他家住在务川一中，他很关心学生，经常在我们学生中里转，常常在操场上，过道里和学生们交谈。

"这篇文章真不错!"寿生先生说。

"把我们劳动的感受完全写出来了。"

"是谁写的?"寿生先生问在一边的学生。一时没人回答。

稿子交上去,我只写了我们的班级,没敢名字,我怕写不好别人笑话,我真没想到这样的文章会有这样的效果,会这样引起别人的注视。在当时的历史语境下,我还没有意识到,文章是可以这样写的,更没有意识到,文章是应该这样写的。我看到申伯伯在那里称赞,也就走了过去。"你写的?写得好,文章就要这样写,有内容,写自己的真实感受。"他的称赞让我对文学有了兴趣。

1974年,我高中毕业,我也随着时代的命运,被"上山下乡"最后的浊浪席卷。但那时我们却充满激情,我要求到了本县最艰苦的地区当"知青",到了一个连自己都难以养活自己的农场,与真正的农村稍有不同的就是我们一帮青年男女过的是集体劳动生活。生活的艰难困苦难以想象,好在都是年轻人,男男女女凑在一起,也就不知苦为何物。农闲时,我们还组织"宣传队",自己编写节目,到各公社去巡回演出。我成为宣传队的主力,常常写一点"塞北的狂风,吹硬了我们的筋骨;南国的烈日,晒黑了我们的臂膀"这类的朗诵词。76年,周总理和毛主席相继逝世,内心的悲情化为"革命的激情",我们又创办了自己的油印刊物《春笋》,青春的我们,带着它,在同龄知青中进行交流。当我把这样一个幼稚的刊物送到寿生先生的手里的时候,他对我们的刊物作了肯定,要我们把它好好办下去,接着不客气地指出了我们的通病"无病呻吟",要我们写自己的生活,要观察农民的生活,来写作。要把一些好的民歌收上去。走的时候他又给我几本书,要我们回去好好读。

后来。遵义地区组织各县进行文艺调演,我被抽调到县宣传队,在这里,糊里糊涂认识了我老公,寿生先生的儿子。那时,我是县里有名的18岁骄傲女孩,而我未来老公已经是县里小有名气的中学教师，我的爸爸是县教育局长，而他的父亲是分管文教卫生的副县长。两家的通家之好，和他的名气，使我忘记了我与他的年龄差距，放弃了我的骄傲。这实际是命运的安排，我觉得，实际是我命运中与寿生先生的文学不解之缘使之。

后来我才知道他的父亲，就是被评为贵州20世纪最有影响的20部文学作品之一《黑主宰》的作者，寿生先生是30年代在胡适主办的《独立评论》等刊物上发表多篇小说和评论，深为胡适之激赏的作家。而我的婆婆则是贵阳有名的曾任国民政府财政次长的熊铁崖先生的女儿，全务川人都尊称她"熊妈妈"。

三

1978年，我的未来老公以全县第三名的成绩考入贵州师大中文系，我的父母也因贵州公安干校的恢复调回了贵阳，仍留在务川教中学语文的我只好住在未来的公公婆婆家。1980年，我雄心勃勃地参加高考，因中学老师和爸爸妈妈都认为我是"理科尖子"，我报考了理科。大家都没有想到，我们是背毛主席语录和"老三篇"升入中学的，在高中学的那一点数理化知识，早已在教中学语文的时候不知所终。结果当然是败北。我未来的公公婆婆因此极力主张我改考文科。

于是，寿生先生自愿给我当起了中文辅导。这位30年代的名作家全然不管什么是高考，考什么，也不管当时的高中语文教材上的内容。一开始他直接给我讲《古文观止》。每讲一篇文章，字句的舒通他是不管的，主要是谈古论今、讲文章怎样写的。他的辅导被当时中学老师们作为笑话，我的未来老公也悄悄给我寄来一些当时的文科复习资料。但他独特的讲课却打开了我的视野，激活了我的思想，拓展了我对人生和社会的认识。

从那以后，我才脱离了一个幼稚女孩的思维。记得寿生先生第一次给我布置写一篇议论文，他给我一个材料，是贵阳的儿歌：

　　大姨妈，

　　二姨妈，

　　蜂糖蘸糍粑。

　　打破蜂糖罐，

　　姨妈不到姨妈家。

　　他要我以此为题材，谈当今的中美关系。

　　再一次作文，是在春光明媚的一天，我和两个老在踏青的路上，看着一段公路两边的沟很烂，和前后的情景都不一样，他问我"知道这是为什么吗？这一节是大家都不管的地段，公路局认为是该乡里管，乡里认为是该公路局就成了这个样子。"他要我以此为题材写一篇，"从路沟的不管说开去"的文章。

　　每次作文完成交卷后，他当然有一长篇的讲评与分析。这样的作文题，十分前卫，我觉得在素质教育的今天，千奇百怪的高考作文题都还没有如此深刻的含义。

　　尽管寿生先生的中文辅导与当时的高考非常离谱，但却启发了我的文学和写作思维，实际上，我在整个中小学时代完全未能形成的文学学术意识，在他的这一年的断断续续的讲课中，奠定了思想基础。因此我总认为他是我的文学先生。

　　寿生先生总是鼓励人写作。他常说，每一个人都应该写作，写作不应该只是作家的事，只有大家都写了，才能有"大家"产生，才能产生当代的《红楼梦》，当代的曹雪芹。20世纪90年代寿生先生和婆婆住在我们的小家。我是见识了他的鼓励人写作的精神，我的两个小妹对写作也还有兴趣，应该与他分不开，除了经常激励她们写作，还经常给她们改文章，这是她们说的，"近水楼台先得月了。"来过我家的朋友们爱说"你们家老公公好玩，在他的眼里我们都可以成为作家了！"

　　亲戚朋友他是这样，不觉为奇。素不相识的人他也是样。一天，一个补皮鞋的四川人在我家门前补鞋。寿生先生也拿了一双鞋在他那补。这一补就跟那个鞋匠聊上了，一聊就是一上午，我婆婆对我说，"肯定又是在劝人写东西！"我拿着茶给他们送去，也想看看他们这两三个小时在做些什么。他老先生果真是在教人写作，四川小伙按他的询问，把他的家乡的事，家庭情况一样样细说了一遍。那时他已是八十岁的老人了，和一个二十来岁的补皮鞋小伙的摆谈，就像是我们现在博士生导师在指导博士论文。他甚至于口头给那小伙把写作提纲都设计出来，那小伙敏然一笑，不知该说什么，只是一个劲的补他的鞋，直到把他面前的鞋补完，起身和先生告辞，说他会去努力的。临走时，寿生先生还在强调，"一定不要忘记我给你说的话！"

补鞋的小伙走远了，他回头对我说："处处是生活，事事皆文章。深入生活，就是要深下去。并不是说你到农村走一圈就是深入生活了，要看的是你是不是深下去了，深下去了也就不在乎形式。你看，四川人好吃得苦噢！四川贵州，因地域的不同，就决定了四川人和贵州人的生活态度的不同，四川人比贵州人更吃得苦。这就是地域文化，搞写作的人不能不研究这些。"其实那时候我也只不过是刚刚在写作的路上起步，上一点写作课而已。对他说的这些不能说不懂，也不能说懂。不过在他的劝导下我开始学着创作长篇小说，不过这条路对于我比较艰难，在他1996年谢世时，没能看到我的长篇小说，没能得到他的再次指导，这是我最大的遗憾。

人生有很多种缘分，我和寿生先生这样的缘分太难得，它是那样的奇特，那样的具有戏剧性。寿生先生是我的申伯伯，我的公公，我的文学启蒙老师，文学创作的导师。我有在文学之路上有一点成绩，也是对寿生先生的在天之灵的一点告慰。

近观贵州竹艺

布依族播娜摩簸箕画

贵阳乌当区新堡乡渡寨村农民簸箕画——布依族传统艺术，"播娜摩簸箕画"艺术。播娜摩，布依族语，雄踞贵阳郊外的云雾山。播娜摩簸箕画，也就是云雾山簸箕里的画卷。

先，我们在新堡乡"庖汤第一村"王岗村，吃庖汤肉，就是杀猪饭。一进门，我被店家墙上的两幅画吸引了，这两幅画很有意思，造型夸张，色块鲜艳，少数民族艺术情调浓郁，却是画在两个簸箕里面，很有特色。店家看我盯着两个簸箕画看，过来说，"呵，你喜欢这个家什？那你要到渡寨村去，哪里才是簸箕画的基地咯。可以说是家家有画手，人人都会描，还出了几个农民艺术家呢！1992 年，渡寨还被省文化厅命名为'高原农民画'之乡呢。"听他这一说，饭一吃完，我和几个同伴来到了渡寨。

渡寨坐落于阿渡河畔，一个依山而建的寨子，是进入香纸沟风景名胜区的桥头堡，全寨 82 户，275 人，有韦、罗两个大姓。寨子里，布依干栏式建筑错落有致。一进寨门，就看到，这里果然是簸箕画家家有，有的摆放在地上，有的悬挂在墙上。最典型的是寨门口的第一户，韦家，大院高楼，古色古香。院门口一座巨型木雕上刻着"中华渡寨布依农家艺术博物馆"的字样。一进院门，只见两三个老人悠闲地坐在哪里，桌上摆着一壶茶，几个白瓷茶杯，就像是特意在等着我们一样。我们到他家的大房大屋里走了一圈，那的确是一个艺术之家，根雕、剪纸、编织、木贴画、书画，真像进入了一个民族艺术博物馆。

我问韦老爹："大爷，你知道簸箕画是怎么来的吗？"他风趣地说："你可是找对人了，我就是搞这个的，从小就弄起。"韦老爹告诉我们，布依先人，用簸箕来盛放糍粑。他们将打好的糍粑捏成各种形状，人物、动物、花卉等，再着上各种颜色，放在簸箕里。结果糍粑拿出来后，簸箕里就留下了五颜六色好看的图案，这就是最早的播娜摩簸箕画。后来布依人觉得留在簸箕上的图案非常好看，于是就直接在簸箕上画画，播娜摩簸箕画就成为了一种独特的绘画艺术。播娜摩簸箕画，主要是画的是布依族生活风情以及牛、鱼、鸟、太阳、星月等自然界的东西，牛和鱼是画得最多的形象了，因为这两样东西代表着勤劳和丰收。老人告诉我们，你们顺着进寨的大路走，一直通到寨子里面的"凤泉"，巷道的墙上边都是簸箕画，看了这一道长长的画墙，你们就了解了什么是簸箕画了。

我们顺着进寨的大路，果然看到了一条长长的簸箕画艺术墙。乡干部给我们介绍，这是农民艺术家韦启林的作品。"墙"随路边房屋的变化而变化，蜿蜒延伸。大大小小的簸箕画被搬到了墙上，成了一个个震撼人心的艺术浮雕。簸箕画色泽鲜艳，大胆启用红、黄、蓝、绿、黑几个颜色，对比鲜明、强烈，耀眼夺目。绘画手法夸张，变形大胆。一幅幅簸箕画，画的是花鸟鱼虫、人物风景，民间传说、神话故事、风土民情。有现代派的太阳公公、公鸡和狐狸的故事、狼外婆的故事、春耕秋收、结婚育娃等等。当看到一幅祭牛图时，我们都站住了脚，有人说，"这牛，就像毕加索笔下的牛，抽象而神似！"走在前面的人喊道，"快来看！这里的是一个个系列，就像生活连环画。""哎呀，这个系列是布依人建造房子的过程：锯木头、立房子、上大梁、撒抛梁粑、开财门、说福事；这里是过节系列图：舂米、打粑粑、煮酒、杀猪；这一个是成亲系列图；呀，又一个，是生儿育女系列图。"大家都看得十分兴奋，举起相机拍个不停。播娜摩簸箕画将生活提升到艺术，以艺术的形式展示布依乡村的日常生活，让人们通过艺术之美感受生活之美。构图自由奔放、想象大胆丰富，创作风格古朴中却具有现代艺术手法，浅显中又蕴含深刻寓意。从村口到"凤泉"，画墙上的六十多幅簸箕画，形成了一个绝妙的布依艺术画廊。面对画墙，我不禁想起了"绘画是思想的寂静，视觉的音乐"这句话，这里展示的，不就是布依农民艺术家们对生活的静思默想，就是那凝固了的生动欢快的布依乡风民情之旋律吗！

三穗竹编上的梦

对三穗的认识，最早就是竹编。那是在 20 世纪 80 年代，一个朋友三穗人，每次来都提着两个筛筛簸簸，三五年下来我家这一类的东西就很多，尽管这样，每次她走时我还是要叮嘱一句，"下次来，不要忘了给我带筛筛簸簸！"后来她到四川去了，我家也就不再有三穗的竹编了，还真是时常挂念。

这次去三穗，我的第一想法就是要去买三穗的竹编。有朋友说，竹编，那已经是过去时了，现在还有多少人用那种东西？不都被塑料制品和更高级的东西替代了，有哪样意思！我认为他是纯粹的实用主义，任何东西的价值，不是只看它是否有用。中国五千多年的文明史，从来就没有离开过竹，没有离开过竹器，它甚至成为文人墨客一种高洁品格的象征。现代文明的发展，也许使它的实用性这一面减弱了，可它的审美价值和审美意义却更显现出来了。朋友听了，表示十分赞成。

到了三穗，怀着那份依恋之情，我终于真正认识了三穗竹编。三穗竹编主要是家庭作坊，祖传技艺，村寨各自发展。其品种有斗笠、竹簸、竹篮、竹椅、竹篓等等，几十种之多。较为集中的生产村寨是瓦寨。瓦寨斗笠早在1938年就参加了贵州省国民政府召开的全省手工艺品展览会；1959年又被人民政府选送北京参加国庆十周年献礼，后来畅销在广州、河南、北京，在20个世纪八九十年代以后还远销泰国、法国、美国。另外还有八弓镇陆寨村、青洞村、美敏村等村寨，它们的箩筐、竹篮、竹簸、筲箕等多次参加广交会，全国林副产品展销会和国庆商品展销会，受到国内外商家的好评。有"竹器之乡"美誉的三穗县，拥有万亩竹海景区。早在明末清初时期，竹编工艺就已在三穗兴起，至今已有400多年的历史。美观耐看又经济实用的各类竹制品，曾走过一段辉煌的历史，20世纪70年代，瓦寨斗笠在美国总统尼克松访华时得到高度赞誉，之后名声远扬，产品远销泰国、法国、美国等地。1984年，瓦寨斗笠被作为国礼赠送给访华美国总统里根。瓦寨镇也被誉为"斗笠之乡"。

为了亲身的感受，深入的了解，我访到了美敏村就在县城边。这个村的编织特点是在竹簸里编字，有福、禄、寿、喜；三穗地名、产品年代等，各色各样的字。多是一个簸箕一个字，大大小小的簸箕，方方正正的字。簸的圆，字的方，外圆内方，仿佛中国古钱币构思。整个村子的人家，大多都会竹编。我们了解了几家最好的，最后走到了吴家。一个70多岁的老人家出来接待我们，听我们说明来意，进屋抱出一叠已编好的簸箕，一个七八岁的小男孩，也跌跌撞撞抱来一大堆半成品。我们一个个翻看着，编字是那样的规正，就像计算机打出来的宋体字。这么好的工艺，我是从来没有见过。以前朋友带来的筛筛簸簸，编得虽精致，但是没有编字，今天可算是见识了什么叫"能工巧匠"。

一会，老人家的儿子来了，一个30多岁的庄稼汉子。他是我们今天来访的主要对象，在编字这个门道上他有自己的创意和创新。

有创新就有发展、有发展就有生命，于是，他的竹编已经不是一般的竹器产品，而是带上了三穗地域文化意蕴。他从小跟他父亲学竹编，并不循规蹈矩，总是爱搞些创造发明，总是被父亲责备，说他不按规矩，编的哪样东西。他却按他想法去做，以至于发展为编条副对联、山水花鸟挂画，打开了筐筐，拓展了边界。他拿出给三穗人的骄傲——"中国军队后勤之父"杨至成将军编的一幅对联给我们看，一米多长，一尺来宽的条幅，上"书""杨至成将军永垂不朽"，让我们大开眼界。我们还在赞叹不已的时候，县委宣传部的同志告诉我们，他已经得到了北京奥运会的邀请函，要送一幅竹编参加奥运会。这是多么荣耀的事！这不仅是他的荣耀，也是三穗的荣耀、贵州的荣耀。我们和他一起讨论了这幅竹编的大小及图案的设计，叮嘱他一定要编出我们三穗人的气概，编出贵州人的气概，向全世界展示三穗、展示贵州。

这就是我们三穗的民间工艺，只要把它做好做大了，说"走向世界"，也就不是梦。

塘头斗笠葳葳闪

"塘头斗笠葳葳闪，思南姑娘大脚板。"我知道这个俗语已有三十八年了。那是在我上小学之前，去外婆家的时候。当时也不知道它是什么意思，不过就是说思南姑娘的脚板大，不好，外婆常常教导我们，不要打光脚，那样会长一双大脚，那就嫁不出去了。至于"塘头斗笠葳葳闪"，是说什么，就搞不清楚了。

"三十八年过去弹指一挥间"，今天又回到外婆家，去寻找儿时的那份记忆、那种感觉，总觉得自己还是那样的稚气，对儿时的记忆还是那样的依恋。不过还好，今天走到思南街上到处都能听到"思南姑娘大脚板"的声音，现在已经把它作为一个花灯曲目唱开了，大家都喜欢。今天细细考究起来它并非儿时所想的那样"大脚板不好"，而是"大脚板好"，它说明了思南经济的发达、文化的先进，思想的解放。别的地方都还在包小脚，以小脚作为女人美的标准的时候，思南开始解放女性，女人要出来做事，一双小脚，路都走不稳，还能谈做什么事，对女性的解放首先就表现在放脚上。我母亲不就是一个出生在 20 世纪 30 年代的，从一个思南大坝场乡下走出来的一个大脚板大学生吗？像她们这样的其他地方的大户人家的女孩，多是包过脚的。母亲常常抬起她的那双大脚板，得意地说："十一岁的时候，你外婆给我包脚，没包两天我就把它给扯掉了，外婆也没办法。"言语之中她战胜了外婆，才有这双大脚。现在看来并不是她战胜外婆，那是因为这里有优越的地理条件，乌江流域上的一棵灿烂明珠，得到乌江文化的哺养，接受新思想新文化快的原因，那时候这里的女孩都在开始放脚了，外婆不过是赶潮流而已，更何况我家外公本身就是一个最早接受新思想新文化的人士，要不他就不会娶外婆这个大脚板来做媳妇了。

可见一个地方的人的行为，是由这个地方的文化所决定的，并非那一个人能够决定的、形成的。

傍晚走在县里新修的广场上，我为在这样一个山城，一个寸土寸金的地方，县里能下决心修这样一个广场而感动时。又听到了那首这两天听得最多的歌"思南姑娘大脚板"，见到好多人在跟着这花灯调跳花灯舞，我把它叫花灯舞，因为它和一般的广场舞蹈不一样，又与花灯不相同。我们一行人也跟着在那里舞，大家很快进入角色，跳得很投入，两曲下来已有些累，站在一边。休息间，我问一边的两个老人，我记得好像以前是说："'塘头斗笠印江伞，思南姑娘大脚板。'为什么现在又说'塘头斗笠葳葳闪'呢？""都说，都说！两种说法都有，只不过现在我们思南人都讲'塘头斗笠葳葳闪'。"可见思南人的品牌意思是很强的。"那在什么地方能够买到塘头的斗笠？"他们告诉我，现在作为生活用品的已不多了，被繁多的现代化用品所替代，不过农村人劳动时它还好用，有一定的市场。要作为工艺品的那一种你得要订做。城里卖的不多，要赶场天才有。要不你到塘头去，那里肯定有。正好我们第二天要去塘头，我一定要买到塘头的斗笠。

对塘头的斗笠情有独钟，那是因为三十八年前，在外婆家，舅娘送了我一顶近似于工艺品的小斗笠，我从来没有见过那样精致的竹编器，从来舍不得戴，天晴时怕晒坏了，下雨时怕淋烂了，不晴不雨带到学校去，引得多少同学的羡慕，那是我当时的最大享受。后来在一次搬家的过程中不见了。外婆家的人又给我带来过几个，不过都没有那个好，我一直想，总有一天我要自己去挑一个，现在机会到了。

我们到了黔东重镇——塘头，我知道了在这里为什么有那么好的竹器，他自明代嘉靖年间就开始有陕西人来这里经营榨油等行业，到万历年间，川、滇、湘、鄂、桂等地的商人手艺人入境，促使其经济、手工业的大力发展，人称"小南京"。塘头斗笠葳葳闪，不仅"闪"出了斗笠本身的漂亮景致，更"闪"出了戴斗笠的人的精神风貌。

在大家等吃饭的时候，我就积极地到处打听那里有斗笠卖，都给我的是一个回答，"赶场天有！""昨天赶场！"这样的结果让我很气馁、很沮丧。他们都建议我，既然这样喜欢就过两天再来，五天以后又赶场，那是肯定有。不过这是不可能的，我们今天就要走。这天下午无论走到哪我都在惦记着我的斗笠，要是买不到，不知道要遗憾多久。

从乡下回到塘头，天已经黑尽了，我是完全死心了。坐在接送我们的微型车上，和小司机闲聊，说到这个遗憾，他说你早不给我说，就在我们中午吃饭的地方不远处就有一家专门编斗篷的人家。"那现在也买不到了把？""那倒不一定，我们回去时还要过塘头，我就开快一点，你去看看！"小司机可能看着我那样希望买到一个斗笠，主动提出送我去，我真是喜出望外。

车一直送我到那家店的门口，门还开着，是在卖百货，的确是有斗笠，我高兴地对我的同伴是，这真是"踏破铁鞋无觅处，得来全不费工夫"。老板我买斗笠！对不起，没有得了。那些不是？那些都是半成品，你拿去也没有用。我想，就是要买，半成品也要买，不在乎它与能用不能用，而在于一种心情，于是我豪爽地说："买！"

我买了一个半成品回来，它没有上色、加花，没糊油纸，就一个青竹面，不过它已展示了塘头斗笠精湛的工艺，显示了它的风貌。回到车上，我一面感激小司机，一面和同伴欣赏这半成品的斗笠。看着看着，我们同时发现了它的妙，我说可以插几棵芦苇，把它挂起来作为一种装饰，她说插几枝狗尾巴花也不赖。这个半成品的好处在于给后人留下了无限的创造美的空间。我想这就是为什么王熙凤这个不会诗文的人，说的一句"一夜北风紧"，大家认为它是好的，其道理所在，她留给后人无限的创作空间。这并不是自我安慰，的确它让我看到了"塘头斗笠葳葳闪"的又一层现代意义。

玉屏箫笛情

中国民乐以箫笛、二胡为代表，在中国古诗词中多有记载。最早的可能要算《诗经·静女》"静女其姿，贻我彤管"，唐诗中更是随处可见，王昌龄的"羌笛何须怨杨柳，春风不度玉门关"，李白的"谁家玉笛暗飞声，散入春风满洛城"，杜牧的"二十四桥明月夜，玉人何处教吹箫"。如此等等，不管怎样，箫笛都是情的表现，恋情、友情、思乡之情、爱国之情，千百年来，它都是人们表情达意的一种最好的方式。

中国箫笛，以贵州玉屏为最。因此玉屏有"中国箫笛之乡"的美称。玉屏箫笛始创于明末万历年间，1913 年就在英国伦敦国际工艺品展览会上获银奖，1915年更在美国旧金山巴拿马太平洋万国博览会上获金奖。深受国人及日本，美国等外国友人喜爱。

我知道玉屏箫笛是30年前的事了。那是在还没有"进门"的婆婆家里，也不知道我们当时是说到什么，她拿出一支两尺长的黑沉沉的竹管，竖着吹，那时我们的文化生活很落后，我还是第一次见到这样的乐器。她告诉我这叫箫，"横吹笛子，竖吹箫"，这是她的老父亲留给她的唯一的东西，已是经历了多少岁月考验之遗民了，上面的图案还清晰可见，是正宗的玉屏郑氏的产品。笛子不知什么时候丢失了。她说着，显得非常遗憾。我也就在那时候认识了箫，知道这东西的珍贵。婆婆的箫吹得很好，声音低婉，真是如泣如诉。"长亭外，古道边，芳草碧连天，"她含着眼泪，我泪眼汪汪。我第一次用心听音乐，才知道它是那样的震慑人心，唤起人多少联想、多少思念。

那是三十年前的事。为了这份思念，为了那支箫不再孤单，一次乘坐火车路过玉屏，我特意下车去给婆婆留下的箫找个伴，这就难倒了商家，他们都说，我们现在的笛子都是你那支箫的重孙了，哪里是能随便配得上的。我很遗憾，只有另外买了一对它的重孙，来给它做伴。

这次再到玉屏，我特意到了玉屏箫笛厂，参观箫笛生产的流水线，箫笛陈列馆。看到了箫笛制作的讲究，要经过制坯、雕刻、成品三个流程，七十多道工序，有的部分还必须是手工操作，可见其制作的精致。从箫笛身上的雕刻看到了它从明清、建国、文革到现在，每一个大的历史时期的文化特征：龙凤、花卉；龙凤、花鸟、山水；毛主席语录、红太阳；龙凤、花鸟、山水、诗词，在一支刚生产的笛子上我看到了这样的诗句，"仙到玉屏留古调，客从海外访知音"。玉屏箫笛和我省的茅台酒一样从1915年在在美国旧金山巴拿马太平洋万国博览会上获金奖以来，在国际国内的意义就不仅仅是一支箫笛、一瓶酒了，而是极品、精品的代言。

走过陈列馆，进入销售厅。一个小伙子正在挑选笛子，他很内行，除了选外观，还选了两三支在那里试吹，一曲"扬鞭催马送粮忙"吸引了好多人驻足，那欢快的节奏、洋洋洒洒的情调，倾听者羡慕愉悦的神情，都聚在这一时刻。不知是他吹得好，还是笛子好，应该说在善吹的人来讲，一支好的箫笛更能展示技艺。在他吹奏的间隙间我走过去，请他给我们吹一曲"长亭外"，他很乐意。他又换了一支笛子，酝酿一下情绪，缓缓起笛，舔了舔吹孔，一曲"长城外，古道边，芳草碧连天……"幽婉的声音从笛里透出，我和我先生坐在一边静静地听着，笛声给带来我多重的联想，带走我无尽的思念。

从玉屏回来，一个玉屏的好朋友知道我有这个情结，又特意给我送来了一对箫笛，它是一对近年来创新的箫笛——浮雕箫笛，朋友还介绍玉屏箫笛现在已经在 20 世纪 50 年代以前的一箫一笛情景下，发展为七箫十二笛 100 多个品种。"玉屏箫笛"下一步是全县的中小学的必修课，要知道它的历史，还要学习演奏。箫笛，是玉屏的形象代言词，它永远是"中国箫笛之乡"。

芦笙　芦笙

我对芦笙的认识是在二十年前。那是我初到学校教书，在一次班会活动上，一个十七八岁的凯里学生，现在我只记得他姓潘，他的一个芦笙演奏，演得跳得大家忘了呼吸。他又吹又跳，有时候在天，有时在地，在空中翻上两个跟斗，两脚交替在地上转划着圈，不管做什么动作，那吹奏的芦笙绝不间断，总是那样的悠扬婉转。总让人觉得他是在做动作的表演，另有他人在作芦笙的伴奏，他手中的芦笙不过是道具，然而，的确只有他一个人，一切都是他的表演。大家看出神了，进入了忘我的艺术胜景。一曲表现完成，他是那样的轻松自如，并没有我们想象的气喘吁吁，面对大家的称赞，他轻松自如地说：这不算什么，在我们家乡凯里，吹得好、跳得好的多的是了。凡男的都会吹，从四五岁的小孩子，到七八十岁的老人家都会吹。以前女的不吹，只是跟着芦笙跳，现在有的女孩也吹。

我告诉他，你会演奏感人的芦笙，又会说熟练的苗语言，这是你的财富。他笑笑说，老师，这样的财富，在我们凯里人人有。老师有机会到我们凯里，我带你去看。我对他说，今天见你的芦笙表演，让我知道芦笙这样的好听，还有这么独特舞蹈动作，好！我一定找机会到凯里去，好好感受芦笙。

没有想到，这个约定，竟在二十年后的今天才得以实现。

到凯里我没去找这个学生。我想自己去慢慢体会。

今天的凯里已经是有"芦笙之乡"的称号了，从 1999 年 8 月 28 日首届国际芦笙节在这里成功举办以来，它就已成为人们关注的焦点。

我首先了解这样一种民间乐器的由来。关于芦笙的出现说法有几种，其中一种认为，芦笙是当年诸葛亮教苗家人做的，才有了这样好听的音乐，苗族、侗族的兄弟们劳作之余有了太多的欢乐，这样他们把芦笙叫做"孔明管"。另一种认为，芦笙，那是在苗族的祖先神告且和告当的古远时代就出现了。传说在告且和告当造出日月后，又从天公那里盗来谷种撒到地里，谷子生长不好，告且和告当从山上砍了六根白苦竹扎成一束，吹出了奇特之声，这声音让山里的苗家人听了欢快，地里的五谷听了愉快地生长，就这样当年获得了大丰收。从此以后，就有了这种物器，苗家每逢喜庆的日子，丰收的日子都要就吹芦笙，以庆丰收，以给人美好的祝愿。

据文献记载，芦笙节具有悠久的历史，远在唐代，贵州少数民族人民就开始制作芦笙，并涌现了不少的优秀芦笙吹奏家，进京朝贡者，就曾带着芦笙到宫廷演奏过，得到朝廷官员的高度赞赏。南宋范成大《桂海虞衡志》："卢沙瑶人乐，状类萧，纵八管、横一管

贯之。"南宋周去非《岭外代答》："瑶人之乐有芦沙、铳鼓、葫芦
笙、竹笛。……芦沙之制，状如古萧，编竹为之，纵一横八，以一
吹八，伊其声。"这里的"卢沙"就是芦笙。明代钱古训《百夷
传》："村甸间击大鼓，吹芦笙，舞干为宴。"明代倪辂《南诏野史》
载云南滇中苗族"每岁孟春跳月，男吹芦笙、女振铃唱和，并肩舞
蹈，终日不倦"。到了清代，文人陆次云在其所撰的《峒溪纤志》
一书中写到："（男）执芦笙。笙六管，长二尺。……笙节参差吹且
歌，手则翔矣，足则扬矣，睐转肢回，旋神荡矣。初则欲接还离，
少则酣飞畅舞，交驰迅逐矣。"

芦笙乐舞，是苗族、侗族等民族，生活的重要组成部分。在苗
族的每个村寨里，都有一个跳芦笙的中心院坝，在夏秋季节的月明
之夜，芦笙鸣响，全寨的男女老少聚集在一起，随着轻松活泼的芦
笙曲翩翩起舞，尽情地享受着劳动后的欢乐。

芦笙曲的种类很多，内容和形式也丰富多样，有专用的，也有
标题或词意的，它们多是取材于民间歌谣，苗族人民用它们来表达
细腻的内心感情和对于新生活的无限热爱。著名乐曲有《诺德仲之
歌》、《大悲调》、《和调》、《赛调》等。吹奏芦笙多与舞蹈相结合。
苗族《芦笙舞》有着悠久的历史，在人民中广泛流传，是最普通的
一种舞蹈，大家围成圆圈，由男子吹芦笙在前，面朝圈里，横身领
舞前进，妇女随后，面朝前进方向，随音乐而舞，左右脚交替前进。

芦笙是苗家人的密友良伴，他们男子人人会吹，女子个个能舞。
每逢劳动之余或婚嫁喜庆之日，都要吹奏芦笙和跳芦笙舞，逢年过
节时，数十支甚至上百支芦笙齐鸣，悠扬的乐声传十里。

芦笙还是苗族青年们的"红娘"，小伙子们倾吐慕之情时，芦笙
又成了一种美妙的"语言"。姑娘们只要听到了他熟悉的芦笙音响，
就像听到了他爱人的脚步声，向那芦笙想起的地方奔去。

最热闹的还是那芦笙节。节日里，苗家人盛装前往，各寨芦笙
手高云集芦笙坡，平时寂静的青山翠谷，在节日里汇成芦笙歌舞的

海洋，那芦笙、那歌舞满山遍野，一望无际。有时的芦笙节，参加的苗家男女达几十万人，有的人要从百余里以外地方赶来，他们披星戴月、带着干粮赶来参加献艺。在欢乐的节日里，芦笙的吹踩声，男女的对歌声，此起彼伏；男女青年在一起互诉衷情，赠送信物；老人们笑谈丰收，妇女们尽情歌舞，这时候最吸引人的要算是芦笙乐队的竞赛了，几十个芦笙队，每两队一组进行比赛，有个人表演，有集体吹跳，芦笙手边吹边舞，舞步活泼有力，诙谐风趣，旋转如飞。一曲又一曲，芦笙不停，舞步不止。最后无新曲者败北，曲多音亮的芦笙队获胜。胜者的芦笙挂上红色缎带，得胜的寨子和个人都受到人们的尊敬。芦笙节期间，还有斗牛、赛马等活动，你方唱罢我登台，苗家人有太多的欢乐。

我们随着欢迎我们的芦笙队伍，来到了芦笙之乡舟溪镇新光村。村支书为我们独奏了一曲"喜调"后，接着介绍说，这是个 130 多户的大寨现在还有 40 多户 100 多人专门从事芦笙制作业，全寨人都会表现芦笙。全寨居民为潘姓，其祖先自明末清初从江西迁到这里，到现在已有 18 代人。芦笙在这里一代代延续，发展。现在他们对于芦笙文化的发展是全方位的，村里有专门的芦笙协会，有专门的芦笙（苦竹）种植组，芦笙制作组，芦笙演艺组，大家相互受益，这样来传承发展芦笙文化。

我们去到一个芦笙制作之家，一个 60 来岁的芦笙制作人，正在他的小作坊忙乎，说是在做芦笙的簧片，他告诉我们，这是制作芦笙最难的地方，有五六个工序。我看着他做得是那样的娴熟，每一个动作都像是固定的，在我看来，整个过程就是一种艺术。他说，实际上他的最好功夫是演奏芦笙，只是现在制作芦笙需要人，他更多的时间是在制作上，让年轻人去演奏。说起芦笙他是一套一套的："现在社会进步时代发展，芦笙的形状和演奏技巧，都有了改进。现在的芦笙有六管、十管及十二管的，其长度有二尺、五尺及一丈多的；现在的芦笙曲调，除保持原来的古朴、悠扬之外，曲调多变，节奏明快，特别是伴之深沉、雄浑的芒筒声，芦笙的声响和音量加重，那是格外委婉动人。"他一边说，一边给我们展示他制作的芦笙的各种部件。"现在的跳动，姿势变化更大，跳步踢腿刚健有力，舞姿潇洒自如，不讲究那么多规定。现在我们这里的芦笙会，更是规模空前，少则几千人，多则几万人；十几万人。就是在芦笙堂吹芦笙，一般都是套6支同吹，芦笙音域宽阔，乐声悠远，笙歌洪亮，令人回味；踩（跳）芦笙的姑娘数十、数百人不等，她们穿着银饰盛装，随着芦笙曲调翩翩起舞，尽情欢跳，场面壮观动人，姑娘们的银色首饰海洋般翻滚，被誉为'东方迪斯科'"。老人说着，吹奏起来，她的老伴在旁边笑着说："当年就是他的芦笙把我的魂吹散了，才嫁给他的"。我对她说："来来来！来展示你当年的舞姿。"说着，随着芦笙的节奏她跳起来，看着他们的欢乐，我们也参加进去。老人对我们说："去年日本友人来这里寻根，也和着我们一起跳，跳得忘了回家的时间。"

　　这次到凯里，没有见到那位20年前就让我认识芦笙的学生，我们虽到了他的家乡舟溪镇，问不着他，因为这里都姓潘，我说不出他的名字，姓潘的后生在外读书的多得很，我们在哪里呆的时间不长，难以打听到他，不知道他今天怎样了，他的儿子都应该会吹芦笙了。我总算是在20年后赴了他的约，尽管没见到他，可再次听到了他演奏过的芦笙调，见到了他跳过那样一些芦笙舞，真是如同见人。在这短短的时间里，我从不同的渠道对芦笙的有了深度的了解，也有切实的感受，收获颇丰。

　　凯里芦笙的家乡，芦笙是人们生活的一个伴侣，人人皆吹，人人爱吹。吹出无尽的欢乐，吹出永远的幸福。这里是芦笙的锦绣天地，这里是向世界推出芦笙的窗口。

抚摸苗衣苗绣

歪梳苗发正穿苗衣

马坝歪梳苗寨到了。

这是一个离六盘水钟山区不到二十公里的乡镇。百分之九十九的苗族；一千五百人，三百八十多户；多为杨姓。

我们驱车而至，人还在车上，就远远看见欢迎我们的人整齐地站在寨口，他们身穿苗家节日盛装，拍着手，喊着欢迎的口号。

我一下车，一眼看到，引起我的注意力的是这样一个情节：一个年轻的母亲手提一件小苗衣正急着给一个六七岁的小男孩穿，嘴里还在嘟哝着什么，小男孩手拿芦笙，不等母亲把纽扣全扣好，就急匆匆排到队伍的前列，跟着大人们的芦笙调调吹了起来。他不时地停下来，仰头探望，是找大人们吹的调调，还是在找感觉，他似乎有些着急。这样的苗家小男孩，真有意思，真可爱。

我跟着大家从欢迎的队伍前走过，就要走到欢迎队伍的队尾时，又发现了一个情节：一个七八岁的小姑娘穿着节日盛装，身后一个年轻漂亮的少妇在给她整理着小发髻。可爱的是，小姑娘的发髻向右歪歪梳着，外面还扎一个粉红色的花。我对小姑娘笑了笑，她也给我笑了笑，那双眼睛好像会说话，仿佛要对我说什么。

于是，我的视线就被一个个苗家女子的发髻所吸引了，我发现她们的头发都是一色向右歪着捆一个发髻，夸张的一大把装饰的头发从右向左绕头一圈，又回到起点，用一把碗口大的半圆小木梳别在发髻上。访问下来，才知道她们头饰的颜色搭配上也有讲究。比如未婚的苗家姑娘要用绿色毛线和头发挽成垂髻，当地的苗家人把这种发髻称作"网郎龙"。"网郎龙"！多好的名字，可见苗家姑娘们对爱情的大胆追求。而已婚妇女则为黑色毛线和头发挽成垂髻，展示着苗族妇女的勤劳和贤淑。

歪梳苗在贵州安顺、毕节等地方也有，他们都有一个共同处，就是头发歪着梳。安顺、毕节等地歪梳苗的头发歪梳，用一把约 20 厘米的长木梳斜缠长发盘于头顶，梳子留在头上作为装饰物。头发在那把长长的梳上绕过，颇有几分婆娑之感。而马坝村的歪梳苗，头发不是显婆娑而是透着实在。如果我们说长梳子的歪梳苗头发是浪漫主义，那么短梳子歪梳苗就是现实主义，或者说一个是写意，一个是写实。

这里的歪梳苗又称"汉苗"。相传马坝苗族的先祖男方本是汉族，是从江西、湖广一带辗转而来的游走四方的货郎。一天，这位汉族后生来到了水城的德坞，在水井边遇到一个背水的苗族少女。苗家少女的一个回眸打动了汉族后生，这片乐土也让后生喜爱。而苗家少女看了朴实勤快的后生，也喜欢上了他。于是，他们相信这是上天安排，两个相爱的人以天地为媒结成了夫妻，在这片世外乐土上生儿育女。他们的子孙后来就发展成了今天马坝歪梳苗的苗族支系。

在岁月凝成的时间长河中，歪梳苗以其独特的服饰文化来记录生生不息的发展历史。

歪梳苗的全套服饰包括头饰、衣服、围腰、裙子、裹腿布和绣花鞋。苗家妇女在梳妆时，用头发、马尾、毛线挽成发绳做右垂髻，右耳上方斜插月牙形的彩梳。"歪梳苗"的名称就由此而来。歪梳苗妇女穿戴的围腰图案取材于蝴蝶花草。百花丛中，蝶舞翩翩。象征苗家女子结婚后必须与大自然和谐，要像蝴蝶一样勤劳温柔，美丽可人。蝴蝶是他们的图腾，他们相信是蝴蝶妈妈的十二个蛋，带他们到了人间。他们把生养他们的土地称作"世乐坝子"。在他们的眼睛里，这片土地不仅仅是养育自己的母亲，更是他们精神的永世乐土。

　　一袭精美的衣衫，就是一部鲜活的苗族历史。五千年前的蚩尤部族穿越历史的尘烟，一路西行而来。在与天地自然抗争的豪情和勇气中，蚩尤部族的一支支儿女承载着灿烂的中原文化，辗转迁徙到这里繁衍生息，贵州山高路险，交通不便，使得居住在这里的人民筑寨而居，傍水而息，形成了100多个苗族的支系。在清代就有《百苗图》，各个支系苗族的服饰各有各的特点。

　　眼睛好像会说话的小姑娘笑着跟着我走，她笑我也笑。我问她有没有上学，她点点头。问她除了读书，还会做什么，她又笑笑。我指着她衣服上的绣花，"会这个吗？"她不回答，转身跑了。一会跑回来，把一个小绣片展示在我的眼前，一个蝴蝶图案还没完工。"你绣的？""是！我还有呢！"她自豪地回答。

　　我知道苗家的小女孩从六岁开始，就在母亲的传授下学习女红。出嫁之时，她们穿戴亲手缝制的嫁衣走进婆家；年老故去，她们仍穿着自己缝制的衣裳回归尘土。苗家女子制作一套华美的服饰，要经过蜡染、刺绣、贴布、粘花等数道特殊的工序才能完成。在苗家女儿的巧手中，针线成了画笔，绣布成了画板，大自然中的草木山水，鱼虫鸟兽，星宿天象都是创作的题材。她们把对未来生活的美好祈愿织成诗缝成歌，缝进密密匝匝的绣花布片中。

　　我正和眼睛会说话的小姑娘说着，小姑娘的妈妈来了。我最关心的就是她们怎样"歪梳苗发，正穿苗衣"，就问她，这里的女孩什么时候梳怎样的歪发髻。她告诉我，一般要在十五六岁，才梳正规的发髻，和她们的发髻比起来，形式一样，颜色不一样。小姑娘家就是歪歪捆一个就行了，没有专门的发绳。她说的"发绳"，正好她提着一个。"就这样的！"她给我看。那是一个用一把梳子套上，马尾、毛线挽成的发绳，长长的，好大一把，像演京剧用的一大把胡须。我再问她有多少这样的苗衣，她说："我和她都有五六套，要穿一辈子。难做得很！"她特别强调。

我想那是肯定的。因为我们今天看到了从粗麻到绣片蜡染的全过程。她们今天把她们的这一套工序都集中摆出来给我们参观，从纺麻线、梳理纱线、纱线上织布机，这就应该是我们说的经线，在织布机上再织上纬线，就成布，成布后，再用锭染成深浅不同的蓝布，下面的工序才是刺绣、贴布、粘花等。从她们的展示中可以看出，工序是相当繁复，单说"梳理纱线"，一组纱线就有八九个妇女一起在那里忙乎，有时像是在拨弄琴弦，一丝一缕的梳；有时候像在拔河，两边的人拿着纱线用力抖顺。这项工序一两个人是绝对不行的，她们告诉我，谁家要做这活的时候都是约大家帮忙。这样一个流水线，就是一组"活化石"，为当今这个浮躁时代保留固化了苗族先人们独特的，富有浓郁生活情趣的制衣活动全过程。

临走时，为了留下她们"歪梳苗发，正穿苗衣"的靓影，我提出和她们母女照张相，她们高兴地答应了。对着镜头，我们笑得是那样的开心。

绣出史诗　绣出美丽

刺绣，有湘绣、杭绣、苏绣、川绣，还有黔绣，还有还有……要细说，恐怕是无法说清的。这些刺绣都反映了不同地域的文化特点，它们各有风格，各有情韵，在绣的方法上、绣的面料上都各有特点，但在绣的内容上大致一样，都是龙、花、鸟、兽等等。这样一些绣品应该说我都见过，而且还有心想作为一种收藏，因此，认为自己在这方面还有一点发言权。这次在台江见到了苗绣，才知道自己并没有见到真正的刺绣，那才叫独特的刺绣，它不仅仅是一张张绣出的花样，更是绣出的一个个故事；它不仅仅是绣出的一幅幅图案，更是绣出的一篇篇史诗。一篇篇"无字史书"，其蕴涵的文化内涵折射出苗族的历史和变迁。它的工艺精湛、内涵深邃广博是其他刺绣所不具备的。

　　这次去到贵州"苗疆腹地"——台江，"天下苗族第一县"。在这里，苗族文化得到了全方位的保存，苗族姊妹节、独木龙舟节、祭鼓节、舞龙"嘘"花以及被称为"东方迪斯科"的反排木鼓舞等等……苗族的诗歌、舞蹈、民居、语言、服饰，好多好多，无论哪一样都堪称天下苗族之最，都是这样一个天下民族的骄傲，都是这个苦难民族顽强不屈、百折不挠的展现。从中我们看到了千百年来苗族人民不断与强暴统治者的大民族主义和险恶的自然环境进行抗争的历史；看到了五千多年前，在中原大地上，繁衍的一个古老的民族；这个民族的一群后裔，为了逃避战乱……转辗三千年，行程上万里，来到这块神奇的土地，开疆劈土，过着"自耕而食、自织而衣"，"人民皆知礼让"的生活。

　　在台江大寨乡，近千人身穿节日盛装，老老少少，老的有七八十岁，小的也就三四岁，都穿着他们最漂亮的民族刺绣服装，出来迎接我们，那一下映入眼帘"万头攒动"的情景，一方面给人那份深刻的朴素感情，另一方面就是那扑面而来的服饰海洋，颜色夺目，红黑为主，鲜明耀眼。各种各样的刺绣让你过目不忘，激起你的欲望，要想去了解它，读懂它。我忍不住过去询问几个老人，她们指着一幅系列刺绣用我们还能听懂的话告诉我们，"这是我们苗家的一个女英雄——巫母媳，她背着一个娃娃，打把伞，骑着驴子，她口中含着的是一把刀，手上拿着弓箭，要打敌人，要打野兽"、"这个是我们的民族英雄——张秀眉，他手持兵器骑在龙上，这几个人是他的部下"。单是故事就让我们着了迷。

在大屯乡，这里是一个刺绣最典型乡寨，这里的百分之九十的人家到现在除了做农活以外就是刺绣。我们走进这几十户人家的寨子，没见到多少年轻人，据说都出去打工去了。寨门不远的一家，姑嫂二人正在织布机上忙，我们忙过去观看，两台古老的织布机，已织出好看的成品。我不由分说地要求织几梭子。这下可给她们添乱了，姑嫂二人教我怎样丢梭，怎样踩脚板，我更是搞得手忙脚乱。这当然不是一下两下就能学会的，我只不过是感受一下"织女"这样一种"返璞归真、重返自然"的情韵。旁边的一家堂屋门口，坐着三位刺绣的大嫂，手里的针线正走得忙，每人手上的绣片都有不同的图案，脚下竹编的筮篦里，有几张绣好的绣片，红底的、黑底的、蓝底的、白底的，真是各有各的好看。我们请求着拿来照相，她们小心翼翼地拆下上面的保护纸，告诉我们，就如书本一样大的一张绣片，要用一两个月的功夫，为了保证绣片的干净美丽，必须要一层纸或者布来保护。看着这一张张的绣片，我不忘记的是请她们讲解上面的故事。这下可遇到了行家，乡干部指者其中的一位大嫂告诉我们，她叫张庭珍，全国劳模，党的十六代表，这里面的故事她最熟悉。这位张代表真是熟悉，对每一幅图都了如指掌，讲得头头是道。她告诉我们，他们有苗族刺绣系列图案一百多幅，里面的传说故事都是一代代口口相传传下来的。这里的刺绣没有师徒名义，都是母女、姑嫂、姐妹相互学习。她从小就会刺绣，高中毕业以后假如未能升学而回家劳动，最大的享受也就是绣好一幅新的绣片。

到我问到他们现在是不是还是完全穿自己做出来的衣服，她告诉我，他们也穿现代化衣服，每到赶场天，小摊大店到处都是漂亮、便宜的现代化衣服，为什么不穿？不过他们更看重的是他们的民族服装，每一个女孩出嫁前都要为自己全面地做一套自己的民族服装。这套服装可是很珍贵的，要用钱来论价，那可是要上千元、有的要好几千元。现在的绣片，好多都是作为民间艺术品出售，价钱也不菲。在北京、上海、广东沿海一带以及美国、欧洲、东南亚的一些国家很受欢迎。在北京的潘家园，就有好多这里出去打工的人，他们就是专门做刺绣。村里现在就是在走这样一条致富路，组织村里的人立足于家乡，守住民族的精神，民族的文化。

听了她的话，看着她摆满阶沿的绣片，我看到的，是绣出的史诗、绣出的美，更看到一种民族精神。

离开的时候我没有忘记和我们这位全国劳模，党的十六代表合个影；更没有忘记和一直都在屋檐下蹲着看着我们的小姑娘打个招呼，她那双会说话的眼睛远怔怔地盯着我们，我走过去，摸摸她的小辫说：Byebye，她腼腆地回答我：Byebye！

融进欢乐街市

赶场后山石板街

现代城市人有一种新的乐趣——赶乡场，他们在乡场上发现自己喜欢的东西，更多的是农民自己种植的蔬菜水果，养殖的鸡鸭、猪羊。这些东西要比在城市买的好吃得多；其实就是买的这个过程，也很有幸福感。果蔬鲜噜噜的，上面还有一层霜露，很是惹人喜爱，多看几眼也是享受；家禽是在外跑的，吃的是虫豸，喝的是山泉，那雄赳赳的神态显示出它们自然健康的体魄。还有赶场人的满足感、幸福感，是在繁华的城市看不到的。城里的人爱找机会赶乡场，这也是他们的一个重要项目。

这次到金沙县后山乡，其中一个项目就是赶场。

后山乡，是一个新划出来的乡，以前是属于沙土镇，因此，它的集市就是一个新建的现代化的乡场。这个乡场，却有一个时髦的特点，那就是它不能够通行车辆，叫做"步行街"。街的地面全是小青石块铺成。石面泛起淡淡的青色，说明了石材的质料好，整条石板街道显得很有成色。街道不算宽，全部安装的仿古木质的街灯，灯柱是一个曲尺形的支架，把灯横支到路中央，灯只有一个，挂着，就像古代的街灯。步行街有三四百米，曲线街道上，几十个这样的灯柱排列，远远望去，很有它的风味。这里的街灯，它的最大作用已经不是照明，而是街的装饰，成为后山石板街的又一道风景线。

街的两边有老房屋，也有新建筑。留给我印象最深的是一个新建的一楼一底的建筑，是一个有花窗的现代仿古楼阁。屋前的一棵大碗口粗的橙子树，挂满了成熟的橙黄色柚子，着实可人。一棵树枝正好挂在楼窗前，人在屋里就可从窗口伸手采摘橙子，很有诗意。

我们在树下徜徉，我对树下的人说，这么好的橙子，不要说吃，单是观赏就够味了！主人家却笑着告诉我，我们这个不是橙子树，而是"老木柑"，比橙子甜得多了。他告诉我们，他家八年前在这里修房子的时候，这棵老木柑就正好在他家门口，那时树虽还小，却已开始挂果了。现在是八年过去了，正是这树年轻力壮的时候，结果丰硕。去年是结得最好的一年，今年还不如去年。主人虽然这样说，但在我看来，今年就很不错了，几十上百的果子，黄澄澄的挂在树上，实在招人喜爱。我正在树下尽情地陶醉在这难得一见的美景中，主人家拿来杆子要摘那可爱的橙子，我们赶忙谢谢了他的好意。其实，我们也并不希望他在这个时候，用到处都可寻的物质享受来破坏了这难得一遇的美的精神享受。

我们赶忙走开去考察他的房子。只见楼的底层是一间很宽敞的门面，门面里面是居室，那是可以开窗见田土的房屋，这就让我十分羡慕。门面分为两格，一边卖百货，一边却是本乡的一个畜牧兽医服务点。我们得知了主人家姓骆。小骆告诉我们，现在农村养殖牲口，他们的工作很是受人欢迎。说到这里，正好有人来买兽药。我们就告别了主人出来。

站在石板街，抬头就可以望见马山，山不高不大，形似一匹卧马，故名。山不大而起伏有变，灌木覆盖，不时也可见古树参天，显得很有灵气。

我们顺街而行，小街上还有好多门面，有"后山烙锅屋"、"沁

223

源西饼屋""后山黑山羊粉店"。有人提议吃碗后山黑山羊粉，虽然还没有饿的意思，看这干净的小店，大家决定尝尝这里的黑山羊肉的味道，那可是真真正正满山跑的羊，在城里难得吃到。我们走进小店，已经是散场的时间了，店里的人不多，清静正合我们的要求。一会，热腾腾的羊肉粉就抬上来，还没有到面前，那扑鼻的鲜味就已经让人馋涎欲滴了。大家一尝，有人说汤鲜，有人说肉嫩。这时，老板娘抬着一漏勺刚烫好的鲜嫩羊肝说："这是我们自己家刚杀的羊，新鲜羊肝，最好吃了，送给你们尝尝!"吃羊肉粉，送新鲜羊肝，恐怕这在其他地方还没有遇到过。大家埋头一顿好吃。我觉得从来没有吃过这样新鲜美味的羊肉粉。

品完羊肉粉，谢过老板娘，走出粉馆，一个猪肉摊位上的一大腿猪肉就吸引了我，可能是刚才黑山羊肉给我的好印象，我想，这里的猪肉也一定是那样原生态的吧，上前就买下了。提着这十来斤的一腿肉，引来好多羡慕的眼光。我很满足，后山乡的感觉真好，好山，好街，好人家，还有后山的美味带回家!

欢乐的都匀石板街

都匀石板街。

牌坊前，一对石狮子披红挂绿。身着民族服装的老老少少，都按各自的角色忙碌着。牌坊前，耍狮子的，打鼓的，都早已准备停当，整条街已经沉浸在欢乐里。

今天，有一个布依婚礼在这里举行，好不热闹。当今，现代婚礼越办越豪华，但在我看来，都不及这场布依婚礼的形式好。参与者成百上千，认识不认识的，特意来参加的，路过驻足的，都在这条300米的传统街道上传递着欢乐和幸福。

刚到都匀，朋友就告诉我们，到都匀一定要去石板街，那是一条建于明洪武年间的著名老街了。当年徐霞客到都匀。就从这里经过，现在国内外朋友来都匀，更是一定要到这里。石板街，是一个缓缓的斜坡，两边的房屋顺势而建，临街的一面是三层，靠山的一面就可能是两层或一层，凸现出建筑的个性。房屋大多是吊脚栏杆，镂花窗户，朱红墙壁，街面是清一色一尺见方的石板，就跟重庆石板老街一样，你会觉得真的有老街的感受。如果运气好，赶上这里时有举行的布依婚礼，你就算赶上都匀观光一绝了。

我们能参与这样的婚礼，无论如何，都是好运气。

锣鼓响起了，首先出场的，是狮子舞绣球，周围看热闹的人都围过来了。锣鼓声尽，狮子舞停，新郎官就在一伙身着布依民族服装的男方亲属的簇拥下走进了石板街，后面跟着抬粑粑的、挑酒的，挑肉的队伍，好多的彩礼。娃娃们前前后后兴奋地来回跑着，人流涌动，街到两边的人也跟着向前走。走着走着，迎亲队伍忽然停下了，就听歌声突然响起，我一抬头，原来街边的吊脚楼上站着一排身着民族盛装的美女，和迎亲队伍对上歌了。我虽然听不懂歌词，但被他们的情绪所感染，还是挺有些激动。

抛绣球了！楼上的姑娘们甩动着绣球，不断变换着方向，街道上的人群跟着她的绣球转动的方向，一会涌向左边，一会涌向右边。我也跟着在下面跑个不停，旁边的朋友笑着说，你跑哪样，那绣球是给帅哥们的。我们几个女生一想，大家都笑了！不过一看，人群中，靓妹多着呢！同行的一个女士回说，你以为是抢绣球啰，我们是找感觉呗！大家都说，说得好说得好，抢的就是幸福和快乐的感觉啦！

我突发奇想，要是当年的徐霞客碰上石板街的布依婚礼，接得一个绣球，他会不会被美丽的布依姑娘留在石板街的吊脚楼上呢？

"来来来，这个给你！"同行的一个又高又大的帅哥，一人抢得了几个绣球，最后我们一行五人，不论男女，每人胸前都挂上了一个绣球，洋洋得意地走在街上，哪个管他是男是女哟！

石板街的顶头，女方的两个老人已经端坐在方桌两旁，盖着头巾的新娘站在他们的旁边。迎亲队伍到了！在司仪洪亮的主持声中，一对新人拜过天地，拜过父母，新郎就牵着新娘往回走了。幸福的糖果抛洒起来了，快乐的花生抛洒起来了，人群又是一阵欢乐的涌动。

一群小姑娘跳着簸箕舞，拦住了新郎新娘，新娘新郎好不容易穿过了舞动的簸箕。一排排竹竿又等着他们了，每两棵竹竿的两头，由两个小女孩拿着不停地有节奏地夹拢放开，新郎新娘必须从跳动的竹竿上跳过，如果踩不到点子上，就要夹着脚喽，一对新人十分专注地小心踩着点子，"喀嚓、喀嚓"，总算跳过去了。

跳过了竹竿阵，新郎新娘接着往前走，她们的身后，打糍粑的活动吸引住了大部分人群，一甑子热腾腾的糯米饭倒进大石碓里。几个布依汉子挥动着手里的木槌，对准石头碓里的糯米饭砸下，很快，一颗颗的糯米饭就变成了一大坨的糍粑！打糍粑的人刚提起木棒说，"好罗！"人们早涌过去，一人扭起一坨糍粑，然后跑到一张桌子那里，滚上白糖豆面芝麻面，人们的兴奋，到了一个高潮！

我没有去和兴奋的人群争抢美妙的糍粑，这样的欢乐，留给老人和孩子吧。我朝前望去，新郎新郎已经回到了出发的牌坊前面，正在那里合影留念呢。我赶忙举起相机，朝她们跑过去……

牵挂我的茶情

瓮安贵山白茶，我的牵挂

白茶？第一次听说这种茶，是在瓮安。

从瓮安县城往南行 30 多公里，我们来到瓮安县岚关乡。进入岚关，沿路两山茶山连绵，层层茶树，层层茶梯，连绵不断，放眼一望，竟让人产生错觉，仿佛滚滚而来那是起伏的绿浪，绿浪左左右右滔滔不尽向远方延伸，不知这茶的海流流向何处。

其实，我也算是一个老茶人了，30 多年前，"上山下乡"，就是下到一个茶场，自然对茶有些特殊的感情。不知现在的茶，与从前的茶，是否有些什么变化。到了瓮安贵山这样的大型茶叶基地，正是难得的考察机会。

在基地领导的带领下，我们爬到了一个高地，鸟瞰他们的 5000 亩茶山，放眼望去，远远近近的一片片老茶林、新茶树，"尽收眼底"。但远方有一块块黄色的土地，让我迷惑。基地老刘告诉我，原来那是新开的土地，种下茶籽，三五年后黄土地就变为绿茶林了。

这时山腰开始有雾，慢慢地流动，渐渐地，山在仿佛浮在云之上，如漂浮的岛屿。此时，茶园如梦幻般，恍惚人在天上。

渐渐地，采茶女们来到茶园，绿海中晃动着五颜六色的美丽剪影。只见采茶姑娘纤细的指尖，穿梭飞弹于芽叶之间。这情景不由打动了我们一行，大家兴奋地插进采茶的队伍，去感受采茶的乐趣。队伍中多有女教授女作家，围观的人取笑说："这倒是搞到事的采茶女！"说得大家一阵的欢笑。

正在兴致勃勃之际，基地的人却邀请大家："下山品茶啰！"我急忙对基地的人说，就准备下山了？还没看见到白茶呢？他不动声色，却忙着介绍：这里已经开始动工打造观光茶业，有体验茶业休闲山庄；茶山边栽种果蔬，整治鱼塘，人们来到这里，休闲之余可以采摘果蔬、垂钓肥鱼，还可以上山采摘茶叶，到作坊亲自体验手工炒制茶叶的技术，然后带着自己的成果归家。这可是圈养在水泥森林中的城里人最喜欢的放风大自然的活动。

品茶了，我一直关注的还是"白茶"。坐上茶桌，只见一个个玻璃杯盛上茶来，茶叶如针，枝枝如羽，汤色青绿，茶还未到嘴边，香气已飘满整个屋子，香味入鼻，沁入肺腑，只觉鲜爽甘醇，唇齿留香，回味无穷。

但！我为白茶而来，刚才茶山上不见"白"，此时茶水里不见"白"，何为白茶？我问："师傅，白茶呢？"基地主人微微一笑："刚才你们上的茶山，就是白茶山；你现在杯中的茶就是白茶！"他这样一说我的疑惑就更大了："这就是……'白'……茶？"主任关子卖足，方才解释道："白茶属珍稀绿茶品种，实际上它是茶的一种基因突变，它只有在清明前后，气温长时间在25度以下，才能够出现。因此，你们现在看到的和品尝的就是白茶，但它现在与别的茶却没有区别。"

原来，茶叶按发酵的程度，可分为绿茶、黄茶、青茶、红茶、黑茶和白茶。白茶的名字最早出现在唐朝陆羽的《茶经》七之事中，记载："永嘉县东三百里有白茶山。"白茶在清明前后，春茶幼嫩，色泽莹白，制成干茶后形如凤羽，色如玉霜。白茶一年只有春茶一季，不像别的茶可以采摘几次，因此，产量稀少。白茶的氨基酸比普通绿茶高一倍，而茶碱却只有普通绿茶的一半。故而白茶就显得特别的珍贵。

基地的人说，现在的白茶，最好的已经卖到几千块钱一斤。他要我买一点回去，现存的一千多块就可以了。他介绍说白茶对女性特别好，有人就把白茶称为"女人茶"。它的自由基含量最低，多喝白茶或使用白茶的提取物，可以美容美颜，延缓衰老，因此受到了现代时尚人士，特别是都市女性的欢迎。喝红葡萄酒饮白茶，"一红一白"，口味互补，而且白茶还可以解决饮用红葡萄酒容易上火的问题。这个"方子"我倒是很喜欢，不过……还是留到"下次来买"……吧。哈哈！只感受到白茶魂，未亲睹白茶形，临走时我还是有些遗憾。只有待明年，清明前，提前来这里，观赏白茶的特殊美，感受独特的白茶韵了……明年清明节，时间还遥远，心中总难免有个牵挂，这倒好，瓮安贵山白茶，你总在我心里，放也放不下了！

湄潭茶情

我不懂茶经，更不懂茶道，也不会品茶。所喝过的茶也不多，西湖龙井、天津大叶、四川沱茶、云南普洱、武夷山大红袍、洞庭湖君山茶、福建铁观音、海南苦丁茶，这些茶对我来说，尝不出好坏，也谈不上喜爱，只觉得它是茶而已。但茶对中国人来说是尚好的饮料，只要有中国人的地方就有茶，无论贵贱，都有他们自己的"茶"，什么人用什么方式喝，什么人在什么地方喝，对他们各自来讲，都是一种享受和休闲。常言"一杯茶品人生沉浮，平常心造万千世界。""凉茶在先，赛过神仙。"记得《说岳全传》上，茶老板交代小二，指着牛皋、王贵他们说："像岳爷这样的人，你用细瓷杯沏了好茶，让他们慢慢地品，自然是好；而这一桌的爷们，你就费力不讨好，你只管把大碗的凉茶端上去，包你对了他的路。"这位茶老板的道理，我倒完全能够领会。

"喝茶"本是中国人的一种享受、休闲的方式。但这个功能意义却被赋予了很多有意思的引申意义，如广州人把请人吃点心式随意餐叫"喝茶"，早上吃叫早茶，晚上用则称晚茶，显得很有品位，既意味着休闲，又可以拉家常、谈生意。贵州遵义一些地方最有意思，把女孩定亲叫"吃茶"："这家妹在哪点吃茶没得？"那是在问你是否有婆家，定亲没有。记得当"知青"的时候，就有过这样的笑话，几个下乡的女学生走到一个大嫂家拉家常，大嫂笑眯眯地说："妹，在哪里吃茶没得？""我吃过了，刚才在上面家吃了才下来的。"引起农民们一阵善意的哄笑。把"定亲"这种重大的事件，以它的形式"喝茶"来替代，显得典雅而含蓄。

我对茶的认识和了解，最早的是从遵义湄潭茶开始。那是在当"知青"的时候。我"上山下乡"，就是在一个茶场做知青。说是茶场，只不过是有几十亩茶树而已，其余有关茶的东西什么也没有，茶的制作，丝毫不知。我们"知青"到了茶场，什么采茶、炒茶，让我们胡乱做了一阵。第二年一开春，场领导就决定让我到湄潭请师傅来教我们，从种茶一直到做出成品，一系列的技术。

湄潭茶最早大规模的当然是永兴，我便到永兴去请师傅。一到永兴，一路上见到了号称"万亩茶园"的永兴茶场，可真是长了见识，那才是茶的山、茶的海！那样的美，是凭任何想象都不能达到的。60年代我国著名画家孟光涛、宋吟可用他们的画笔描绘过这里的美，那是何等的美我没见过。但我在见过永兴的茶山、茶海后才明白：中国国画的最高境界为什么是"神似"，荷兰绘画大师梵高，他的画为什么是抽象的，如果仅用照相机镜头似的来描绘永兴"万亩茶园"，那可真是只见皮毛，不见精神。

那次请到的师傅是一个20多岁的年轻人。永兴茶场领导向我介绍："他就是像你们所需要的那种'样样行'。只要是茶的活路，他什么都会做。"看上去，这位茶师傅是那样年轻、英俊。临走时，他提了一小包茶递给我，说："这是今年的第一道茶，还是'龙舌条'，是我自己加工的，带回去尝尝，我们永兴的茶。"

所谓"龙舌条"就是刚发起来的新芽，采最尖上的一片形如龙舌的芽尖。每年的"明前茶"，是清明前采的茶，是一年中最好时段的茶，因为它是经过一个冬的积郁而成的，而"龙舌条"是"明前茶"中最好的。

那一小包永兴茶，是至今我见到的最漂亮的茶，一根一根如一颗颗银针，那样均匀，每一颗都有一层银灰色的绒毛裹着，毛很顺，像是谁刻意做的标本，清新的香气沁人心脾。回农场后，再看看我们"产品"，才知道没有一道工序是做对的。采的时候，用手指随意一掐，泡出来茶叶片下有锈迹；炒过了火候，茶不香，有煳味；揉茶的时候，揉得太很，没有外形，香气也不正。错误太多。

永兴师傅也就把这些技术一一传授给我们，大家都叫他"样样行"。那几天，茶场上上下下，可是忙得没人能坐，然而每一道工序"样样行"都安排得井然有序。很快在"样样行"的指导下，我们的第一批茶出来了。说是第一批，也不过七八斤，大家忙着品尝，都认为非常好，再尝我们以前做的茶，就觉得那不是茶，而是煎煳了的中药冲水。有这样的成绩大家都喜滋滋的，不知是谁说"我们的茶跟永兴茶比比怎么样？"这个建议引起大家一阵兴奋，于是，我把那一小包"样样行"送的永兴茶拿来，两种茶分别泡在杯里比较，这一下就看到差距了，永兴茶泡在杯里一根根在水上站着，慢慢往下落，我们的怎么就是不站，香气也比不上，最不能比的是口感。大家一下又没气了。"'样样行'，这是怎么回事，我们是完全按你的要求做的？""人家是师傅，肯定比我们好。""这不是师傅徒弟的问题，你们这里的茶，由我做，也比你们好不了多少。茶这东西很怪，它与土壤、气候、采摘的时间等都有很大的关系，永兴是几十年的老茶场，是有一定道理的。"

"样样行"走了，我们也送给他的一包"知青茶"，茶不好，却是我们的一片心意。

我是不会品茶，无论什么样的茶我都没有兴趣，但只有湄潭茶我却情有独钟，"曾经沧海难为水，除去巫山不是云"，因为湄潭茶对我来说，不仅仅是"茶"的问题。